**10
18**

12, AVENUE D'ITALIE. PARIS XIIIᵉ

Sur l'auteur

Tom Sharpe, le bien nommé (*sharp* signifie « futé » en anglais), est né en 1928 en Angleterre. Après des études à Cambridge, il sert dans les marines avant de s'installer en 1951 en Afrique du Sud. Travailleur social puis professeur, il dirige également un studio de photographie. Dix ans plus tard, Tom Sharpe est expulsé pour avoir écrit et monté une pièce contre le régime de l'apartheid. De 1963 à 1972, il enseigne l'histoire au College of Art and Technology de Cambridge. Reconnu depuis *Wilt 1 ou Comment se sortir d'une poupée gonflable et de beaucoup d'autres ennuis encore* comme l'un des plus grands humoristes anglais contemporains, Tom Sharpe a reçu en 1986 le Grand Prix de l'humour noir pour l'ensemble de son œuvre. Il est décédé en juin 2013 dans sa résidence de Palafrugell, en Catalogne, où il s'était installé pour fuir le système de santé britannique, comme il se plaisait à le dire.

TOM SHARPE

COMMENT SE DÉBARRASSER D'UN CROCODILE, DE TERRORISTES ET D'UNE JEUNE FILLE AU PAIR

Wilt 2

Traduit de l'anglais
par Christine Guérin

10/18

ÉDITIONS DU SORBIER

Ouvrage précédemment paru
dans la collection «Domaine Étranger»
créée par Jean-Claude Zylberstein

Titre original :
Wilt Alternative

Plusieurs références de ce livre ont trait aux événements
relatés dans *Wilt 1*, paru dans la même collection (*N.d.T*).

ISBN 978-2-264-04244-6

1

C'était la semaine des inscriptions au Tech [1]. Assis à une table de la salle 467, Henry Wilt, imperturbable, fixait le visage pathétique de la femme en face de lui.

– Eh bien, il reste une place en Lecture Rapide le lundi soir, dit-il, si vous voulez bien remplir ce formulaire...

Et il tendait vaguement la main en direction de la fenêtre. Mais cette dame n'était pas de celles qu'on peut mener en bateau.

– Je voudrais en savoir un peu plus. Vous êtes sûr que ça va m'aider?

– Vous aider? dit Wilt, refusant de partager son enthousiasme pour les cours de perfectionnement. Que voulez-vous dire?

– Je lis tellement lentement que j'arrive à la fin

---

1. Il s'agit du Fenland College of Arts and Technology. Les collèges techniques, établissements d'enseignement supérieur parallèles aux universités, préparent à des certificats, à des diplômes divers ainsi qu'à des « degrees » équivalents aux diplômes universitaires. Ils reçoivent des étudiants à plein temps, à mi-temps ou en cours du soir. Les apprentis dont il sera question dans le livre ont leurs études payées par leur entreprise.

7

d'un livre sans me souvenir du début. Mon mari dit que je suis pratiquement illettrée.

Son sourire désespéré annonçait un divorce imminent. Seul Wilt saurait le prévenir en la décidant à passer tous ses lundis soir au cours de lecture et le reste de la semaine à dévorer des livres. Wilt ne pensait pas que ce fût le remède idéal, et il ne tenait pas à jouer les conseillers conjugaux.

— Vous feriez peut-être mieux de vous inscrire en Initiation à la Littérature, suggéra-t-il.

— C'est ce que j'ai fait l'année dernière. Mr Fogerty est formidable. Il m'a dit que j'avais beaucoup de dispositions.

Wilt étouffa une envie de lui dire que les dispositions évoquées par Mr Fogerty étaient d'ordre plus physique que littéraire et se demanda ce que l'on pouvait bien trouver à cette créature si sérieuse. Mais sans succès.

— Le but de la Lecture Rapide, dit-il en reprenant son vieil argumentaire, est de vous permettre d'améliorer votre vitesse et votre mémoire. Vous vous rendrez compte que votre pouvoir de concentration augmentera avec votre rapidité de lecture et que...

Et ainsi de suite. Cela faisait quatre ans qu'il enrôlait du lecteur rapide, et il connaissait le discours par cœur. Devant lui, le visage de son auditrice changeait à vue d'œil. Elle buvait ses mots comme parole d'évangile. C'était tout ce qu'elle attendait : l'éloge du perfectionnement individuel via les cours du soir. Quand Wilt eut terminé, elle remplit le formulaire, animée semblait-il d'une nouvelle vitalité.

Pas Wilt. Pendant les deux heures suivantes, il

continua d'écouter le même genre de conversations aux tables voisines. Quelle pouvait bien être la recette de Bill Paschendaele pour qu'il garde une telle ardeur missionnaire après vingt années de présentation de : *Une introduction à la culture populaire du Fenland?* Ce type suait l'enthousiasme. Wilt eut un frisson et inscrivit encore six lecteurs rapides. Seuls les fanatiques pouvaient résister à son air blasé.

Dans ses moments de répit, il remerciait le ciel de ne plus avoir à enseigner et de n'être là que pour mener les brebis au bercail. A la tête du département de culture générale, Wilt avait quitté les cours du soir pour le royaume des emplois du temps, des comités et des circulaires, se demandant qui de ses collègues ferait la prochaine dépression nerveuse. Grâce au Dr Mayfield, il donnait aussi quelques conférences pour les étudiants étrangers. Tout le Tech avait subi de sérieuses restrictions de crédit, mais pas le département des étudiants étrangers dont les cours étaient payants. A la tête du Développement universitaire, le Dr Mayfield avait ainsi bâti un empire d'étudiants arabes, suédois, sud-américains, allemands et même japonais qui déambulaient d'une salle de conférence à une autre, en quête d'une meilleure compréhension de l'anglais et peut-être des mœurs et coutumes de ce pays. Ils écoutaient un pot-pourri de cours groupés sous la rubrique : *Anglais supérieur pour étrangers.* Wilt y contribuait avec une conférence sur la vie familiale en Angleterre, sujet qui lui permettait de discourir à perte de vue sur sa propre famille avec une liberté et une franchise qui auraient rendu Eva enragée, et même gêné Wilt, s'il n'avait su que ses étudiants ne couraient pas le risque de le comprendre. L'aspect physique de Wilt ne concordait en rien avec toutes ces histoires, ce qui déroutait ses intimes. Mais devant des étrangers, son anonymat était assuré. Bien assis dans la salle 467, Wilt pouvait ainsi passer son temps à s'interroger sur les petites ironies de la vie.

Dans toutes les salles, à tous les étages, dans tous les départements du Tech, des professeurs étaient assis, des gens posaient des questions, recevaient les réponses appropriées et enfin remplissaient des formulaires qui permettraient aux professeurs de garder leur poste un an de plus au moins. Celui de Wilt, lui, était inamovible. La Culture Générale ne pouvait pas manquer d'étudiants. L' « Education Act » y pourvoyait, et les apprentis ne pouvaient échapper à leur heure hebdomadaire d'opinions progressistes. Wilt était en sécurité. Il aurait été heureux sans l'ennui. L'ennui, et Eva.

Ennuyeuse, Eva ne l'était certes pas. Maintenant qu'elle avait eu les quadruplées, ses enthousiasmes s'étaient diversifiés, s'étendant à tout ce qui était « Nouveau » sous le soleil; la Médecine Nouvelle alternait avec le Nouveau Jardinage et la Nouvelle Alimentation et même les différentes Nouvelles Religions. Aussi Wilt quittant la monotonie quotidienne du Tech n'était jamais sûr de ce qui l'attendait à la maison. Pas la même chose que la veille en tout cas! – Une seule constante : le tintamarre des fillettes. Les quatre filles de Wilt ressemblaient à leur mère. Et si la mère était énergique, les quatre filles étaient inépuisables. Elles quadruplaient ses multiples enthousiasmes. Pour être sûr de les trouver couchées à son retour, Wilt faisait tous ses trajets à

10

pied, laissant généreusement la voiture à Eva. Autre problème, Eva avait hérité d'une tante tandis que son salaire à lui avait doublé : ils avaient quitté Parkview Avenue pour Willington Road et une immense maison avec un immense jardin. Les Wilt avaient progressé dans l'échelle sociale. Mais pour Wilt, ce n'était pas vraiment un progrès. Certains jours il regrettait l'époque où la peur du qu'en-dira-t-on tempérait un peu les enthousiasmes d'Eva. A la tête de quatre enfants et d'une demeure, rien ne l'arrêtait plus. C'était devenu un monstre d'assurance.

Ses deux heures terminées, Wilt emporta dans son bureau la liste des nouveaux étudiants. Passant dans les couloirs du bâtiment administratif, il allait descendre l'escalier lorsqu'il fut rejoint par Peter Braintree.

— Je viens d'inscrire quinze péquenots en Navigation de Plaisance, ça va bouger cette année.

— Là où ça va bouger, c'est demain avec cette foutue réunion de Mayfield pour discuter des cours. Aujourd'hui c'était du gâteau. J'ai essayé de dissuader quelques femmes hystériques et quatre boutonneux de s'inscrire en Lecture Rapide. Mais des clous! Pourquoi ne pas créer un cours qui leur apprendrait à résoudre les mots croisés du *Times* en quinze minutes pile. Ils aimeraient mieux ça que de battre des records de vitesse sur *le Paradis perdu* de John Milton : 10 565 vers...

Arrivés en bas, ils traversèrent le hall où Miss Pansack continuait de prendre des inscriptions au Badmington pour Débutants.

— Je prendrais bien une bière, dit Braintree.

Wilt opina du bonnet. N'importe quoi, pourvu

qu'il rentre plus tard chez lui. Des retardataires continuaient d'arriver, et Post Street était bourrée de voitures en stationnement.

– Vous avez eu beau temps en France? demanda Braintree.

– On a eu ce qu'on devait avoir. Avec Eva et les filles sous la tente... On nous a priés de quitter le premier camping quand Samantha a défait les cordes des deux tentes à côté. L'embêtant c'est qu'une des campeuses avait de l'asthme. Ça c'était la Loire. En Vendée, on s'est trouvé coincés à côté d'un ancien combattant allemand commotionné sur le front russe. Je ne sais pas si tu as jamais été réveillé en pleine nuit par un type qui hurle « Flammenwerfen », mais je te garantis que c'est éprouvant. Cette fois on a décampé sans se faire prier!

– Je croyais que vous descendiez en Dordogne. Eva a dit à Betty qu'elle avait lu un livre sur les trois rivières, un bouquin formidable.

– Le livre peut-être, pas les rivières, dit Wilt, surtout pas celle à côté de nous. Il a plu et bien sûr Eva avait voulu monter la tente dans le lit d'un torrent. On l'a compris après. Monter la tente, déjà en temps normal, c'est pas rien, elle pèse bien une tonne, mais la sortir à minuit d'une inondation subite et la traîner sur cent mètres de broussailles à pic, avec cette foutue toile trempée...

Wilt s'arrêta, cette simple évocation était trop pénible.

– Et je suppose qu'il a continué de pleuvoir, dit Braintree compatissant, c'est ce qui nous est arrivé en tout cas.

– Cinq jours de rang, dit Wilt, ensuite on est allé à l'hôtel.

12

– C'est ce qu'il y a de mieux à faire, au moins on peut manger et dormir tranquille.

– Vous, peut-être, nous non. Pas après la colique de Samantha dans le bidet. Vers les deux heures du matin, je me demandais où ça puait comme ça. Si on parlait d'autre chose?

Ils entrèrent au *Cochon qui Sommeille* et commandèrent des demis.

– Les hommes sont tous des égoïstes, c'est comme ça, dit Mavis Mottram, assise dans la cuisine de la grande maison d'Eva. Patrick ne rentre jamais avant huit heures. A cause des cours du soir, soi-disant. Du vent, bien sûr. Avec toutes ces étudiantes divorcées en mal de cours particuliers... Mais ça m'est bien égal maintenant. L'autre soir, je lui ai dit : « Si tu veux jouer au con et courir après tous les jupons, c'est ton problème, mais ne t'imagine pas que je vais t'attendre en tricotant. Tu fais ce que tu veux, moi aussi. »

– Et qu'est-ce qu'il a répondu? dit Eva s'assurant de la température du fer à vapeur avant d'attaquer une des robes des filles.

– Oh! une idiotie, du genre : « Pour ce que tu t'en sers. » Les hommes sont tellement grossiers, je me demande pourquoi on s'occupe encore d'eux.

– Quelquefois, j'aimerais bien qu'Henry soit un peu plus grossier, dit Eva, pensive. Il a toujours été léthargique. Mais maintenant, en plus, il dit qu'il est trop fatigué par ses trajets à pied. C'est possible, il y a bien neuf kilomètres.

– Moi, je chercherais ailleurs, dit Mavis avec amertume. Méfiez-vous de l'eau qui dort...

– Non, pas Henry, je le saurais, et depuis que les filles sont nées, il fait très attention.

– Attention à quoi? Tout est là.

– Je veux dire très attention à moi. Il se lève à sept heures pour m'apporter mon thé au lit, et le soir il me fait toujours une tisane.

– Si Patrick se mettait à faire ça, j'aurais des doutes, dit Mavis, ça me paraîtrait louche.

– C'est vrai, mais c'est Henry tout craché. Il est vraiment gentil. Le seul problème c'est son manque d'autorité. Il dit qu'avec cinq femmes, il est battu d'avance.

– Si votre projet de jeune fille au pair aboutit, ça fera six, dit Mavis.

– Irmgard n'est pas vraiment au pair. Elle loue l'appartement du dernier étage, et elle n'aidera dans la maison qu'en cas de nécessité.

– C'est-à-dire jamais! Tu te souviens des Everard, avec leur Finlandaise. Elle restait au lit jusqu'à midi, et avec son appétit elle a bien failli les mettre sur la paille...

– C'est les Finlandaises, dit Eva, Irmgard est allemande. Je l'ai rencontrée à la soirée de manifestation contre la Coupe du monde chez les Van Donken. Tu sais qu'ils ont ramassé cent vingt livres pour les Tupamaros torturés.

– Je ne pensais pas qu'il restait des Tupamaros en Argentine. Je croyais que l'armée les avait tous exterminés.

– Il y a des survivants... En tout cas, c'est là que j'ai rencontré Miss Mueller. J'ai parlé de cet appartement mansardé, et elle m'a dit que c'était exactement son rêve. Qu'elle ferait sa cuisine toute seule et le reste.

– Alors, tu lui as demandé ce que c'était, le reste?

14

– Pas précisément. Elle veut s'inscrire à plusieurs cours et elle est très attachée à sa forme physique.

– Et Henry, qu'est-ce qu'il en a dit? demanda Mavis, revenant à ses premières préoccupations.

– Pour l'instant, il n'en sait rien. Tu sais qu'il aime bien avoir sa maison à lui tout seul, mais je me suis dit que si elle restait là-haut le soir, il ne ferait que la croiser...

– Ma chère Eva, dit Mavis un peu brutalement, je sais que cela ne me regarde pas, mais tu prends de sacrés risques.

– Je ne vois pas pourquoi. C'est un bon compromis, non? Elle peut garder les gosses quand on sort, et la maison est tellement grande. Personne ne va jamais dans cet appartement.

– Oh! avec elle vous allez avoir de la visite. Et ça va et ça vient... Sans parler de la musique.

– Mais on n'entendra rien. J'ai commandé des tapis chez *Sloanes*. L'autre jour je suis montée avec un transistor. On n'entend pratiquement rien.

– Évidemment, ça te regarde. Mais je connais Patrick. Si j'avais une jeune fille au pair, j'aimerais bien entendre ce qui se passe dans ma maison.

– Je croyais que tu avais dit à Patrick qu'il pouvait faire ce qu'il voulait

– Je n'ai pas dit chez moi, dit Mavis, il peut faire tout ce qu'il veut ailleurs, mais si jamais je le surprends à faire le Casanova chez moi, il va me le payer.

– Oh! Henry n'est pas comme ça! Je ne suis même pas sûre qu'il la remarque, dit Eva avec suffisance. J'ai dit à Irmgard que c'était un père la pantoufle. Elle m'a répondu qu'elle aussi avait besoin de calme et de tranquillité.

Mavis termina son café tout en pensant qu'avec Eva et les filles sous le même toit, Miss Irmgard Mueller n'allait pas trouver la cohabitation de tout repos. Elle se leva pour partir.

– Quand même, dit-elle, je ne me fierais pas à Henry. Il n'est peut-être pas comme ça, mais jamais je ne ferai confiance à un homme. D'après ce que j'ai vu, les étudiantes étrangères ne viennent pas se faire fourbir seulement leur anglais parlé...

En rentrant au volant de sa voiture, Mavis se demandait pourquoi la simplicité d'Eva lui semblait aussi sinistre. Les Wilt étaient un couple bizarre. Depuis qu'ils avaient emménagé à Willington Road, l'influence de Mavis Mottram avait diminué. Finie l'époque où Eva était sa disciple docile au cours d'Art floral. Mavis était franchement jalouse. D'un autre côté, Willington Road était dans un des quartiers les plus chics d'Ipford, et socialement parlant il y avait tout à gagner à fréquenter les Wilt.

A l'angle de Regal Gardens, ses phares éclairèrent Wilt qui rentrait lentement à pied. Elle l'appela mais, perdu dans ses pensées, il ne l'entendit pas.

Comme d'habitude, les pensées de Wilt étaient sombres et mystérieuses, et ce d'autant plus qu'il n'en comprenait pas l'origine. Il était envahi de fantasmes étranges et violents, d'insatisfactions que ne suffisait à expliquer ni son travail ni son mariage avec une locomotive, ni son dégoût à l'égard de Willington Road où tous les voisins étaient de gros bonnets en physique des hautes énergies ou en conducteurs à basse température qui gagnaient bien plus que lui. Outre ces données tangibles de mécontentement restait le sentiment que sa vie n'avait pas

16

beaucoup de sens et qu'il existait un univers erratique, chaotique et pourtant doté d'une certaine cohérence mystérieuse qui lui échapperait toujours. Wilt méditait sur le paradoxe du progrès matériel et de la décadence spirituelle, et, comme toujours, n'aboutissait à rien, sinon à constater que la bière à jeun ne lui réussissait pas. Tout ce qu'il voyait, maintenant qu'Eva s'occupait de Nouveau Jardinage, c'était que le dîner serait bon et que les filles dormiraient à poings fermés. Si seulement les petits monstres pouvaient passer la nuit sans se réveiller... Wilt avait eu sa dose de nuits blanches au moment de l'allaitement et des biberons. C'était de la vieille histoire, et ses nuits s'écoulaient maintenant paisiblement, à part le somnambulisme de Samantha et les problèmes de vessie de Pénélope. Marchant sous les arbres qui bordaient Willington Road, il fut accueilli par l'odeur d'un ragoût en provenance de la cuisine. Wilt se sentait, en définitive, relativement heureux.

2

Il quitta la maison, le lendemain matin, d'une tout autre humeur. « Ce bon dieu de ragoût aurait dû me servir d'avertissement », marmonna-t-il en partant pour le Tech. Eva lui avait annoncé qu'elle avait une locataire pour l'appartement, et cela ne laissait présager rien de bon. Depuis l'achat de la maison, Wilt avait craint cette possibilité, mais les premiers enthousiasmes d'Eva avaient été pour le jardinage, la botanique, les garderies d'avant-garde pour les filles, la décoration de la maison et l'arrangement complet de la cuisine. Ainsi l'appartement du haut avait été laissé de côté. Wilt espérait que ce serait définitif. Il était d'autant plus vexé qu'elle avait conclu cette location sans lui en souffler mot. Bien plus, elle l'avait complètement ensorcelé avec son ragoût. C'était un sacré cordon-bleu quand elle le voulait. Quand elle lui annonça cette dernière catastrophe en date, il venait de finir une seconde assiettée et une bouteille de son meilleur vin d'Espagne. Il lui fallut plusieurs secondes pour comprendre.

– Tu as fait quoi? dit-il.

– Je l'ai loué à une jeune Allemande charmante. Elle paie quinze livres par semaine, et promet de ne pas faire de bruit. Tu ne te rendras même pas compte qu'elle est là.

– Et merde! Mon œil, oui! Et le trafic de ses amants lubriques toute la nuit? Et la choucroute? Bonjour l'odeur!

– Non, pas d'odeur. Il y a une hotte aspirante dans la cuisine. Elle a le droit de recevoir ses copains tant qu'ils se conduisent correctement.

– Correctement! Les petits copains corrects n'existent pas plus que les chameaux à quatre bosses!

– On dit des dromadaires dans ce cas-là, dit Eva, utilisant une tactique de diversion par la confusion, ce qui avait en général pour effet de distraire Wilt qui s'interrompait pour corriger ses erreurs.

Mais Wilt était déjà bien trop distrait pour réagir.

18

— Non, ce sont de foutus étrangers, et je dis bien foutus! Ne t'imagine pas que je vais passer mes nuits à écouter un petit con ramenard s'éclater comme le Vésuve sur un matelas à ressorts juste au-dessus de mon crâne.

— Un Dunlopillo, dit Eva, tu te trompes toujours.

— Ah, oui, rugit Wilt, rageur, eh bien, ça nous pendait au nez depuis que tu as hérité de ta fichue tante et qu'il a fallu que tu achètes cet hôtel miniature. Je savais bien que tu le transformerais en un foutu bordel de communauté!

— Ce n'est pas une communauté et puis Mavis dit que la famille élargie d'autrefois avait de bons côtés.

— Ça, elle en connaît un bout sur les familles élargies. Patrick n'a pas cessé d'élargir la sienne, comme les coucous.

— Elle ne veut plus de ça. Elle lui a lancé un ultimatum.

— Et moi je t'en lance un. Au moindre grincement de ressort, grattement de guitare, fou rire dans l'escalier, à la moindre odeur de joint, je vais crécher en ville tant que cette demoiselle Schiekel n'a pas mis les bouts.

— Elle ne s'appelle pas Schiekelmachinchose, mais Mueller, Irmgard Mueller.

— C'était aussi le nom d'un des plus redoutables Obengruppenführer de Hitler, et moi j'affirme que...

— C'est de la pure jalousie, dit Eva, si tu étais un homme normal sans complexes sexuels hérités de tes parents, tu ne te mettrais pas dans un état pareil.

Wilt la regarda d'un œil torve. Elle n'avait qu'à

l'attaquer sur le plan sexuel pour l'abattre. Wilt alla se coucher vaincu. Une discussion sur ce genre de déficience l'amenait en général à vouloir prouver le contraire à Eva. Mais ce soir, après le ragoût, il ne s'en sentait pas la force.

Il n'en avait guère plus le lendemain en arrivant au Tech. Comme d'habitude les filles s'étaient battues pour savoir qui mettrait quelle robe, avant de se faire traîner jusqu'à la garderie. Il y avait aussi, dans le *Times,* une lettre de Lord Longford qui demandait la libération de Myra Hindley, la meurtrière des Moors, en soutenant que ce n'était plus la même femme maintenant, mais une chrétienne convaincue et une citoyenne active. « Si c'est le cas, elle peut rester en prison et aider ses consœurs », pensa Wilt furieux. Le reste des informations ne valait guère mieux : nouvelle poussée de l'inflation, chute de la livre, épuisement du gisement de la mer du Nord d'ici cinq ans. En Rhodésie, les Blancs avaient massacré cinquante Noirs et les Noirs assassiné plusieurs missionnaires. Toujours le même merdier, au total. Pour couronner le tout, il lui fallait maintenant écouter le Dr Mayfield pérorer à perte de vue sur les vertus du Cours supérieur d'anglais pour étrangers, avant d'écouter les doléances des collègues de son département sur leur emploi du temps.

Comme directeur du département de culture générale, il lui fallait hélas consacrer une partie de ses vacances d'été à faire concorder les cours et les salles, puis les professeurs et les cours. Quand il avait enfin convaincu le directeur des beaux-arts qui voulait la salle 607 pour ses études de nus, alors que lui en avait besoin pour ses Viande 3, il lui fallait encore affronter la pagaille de la rentrée, reprendre l'emploi du temps parce que le mardi à 2 heures Mrs Fyfe n'était pas libre pour Mécanique 1 à cause de son mari. Il y avait des moments où il regrettait le temps où il enseignait *Sa Majesté des mouches* aux gaziers au lieu de diriger le département. Mais son salaire en valait le coup. Les remboursements de Willington Road étaient énormes, et puis il pouvait consacrer le reste de l'année à rêver dans son bureau.

Il pouvait aussi s'évader pendant la plupart des réunions, sauf pendant celles de Mayfield, car ce dernier en aurait profité pour lui attribuer quelques conférences de plus. La rentrée commençait toujours par un éclat du Dr Board.

Mayfield venait de commencer, insistant sur un programme davantage centré sur l'étudiant et une sensibilité socio-économique, quand le Dr Board intervint :

– C'est de la foutaise. Le rôle de mes professeurs est d'enseigner à des étudiants anglais à parler allemand, français, espagnol ou italien et non d'expliquer à tout un tas d'étrangers l'origine de leur langue. Quant à la sensibilité socio-économique, il me semble que le Dr Mayfield ne voit pas les priorités. Prenons les Arabes que j'avais l'an dernier. Ils étaient on ne peut plus conscients du pouvoir d'achat du pétrole, mais si arriérés socialement qu'il faudrait des années d'enseignement pour convaincre ces abrutis que ça ne se fait pas de lapider une femme infidèle. Peut-être qu'avec plusieurs siècles devant nous...

– Abrégeons, Board, nous n'avons pas tellement de temps, dit l'adjoint du principal, poursuivez, Mayfield, s'il vous plaît.

Le directeur du développement universitaire continua pendant une heure et aurait bien ainsi poursuivi toute la matinée si le directeur du technique ne l'avait interrompu.

– Je vois que certains de mes collègues doivent donner des cours sur les réalisations de la technique britannique au XIXᵉ. Je dois informer le Dr Mayfield et les membres de ce comité que ces professeurs ne sont pas des historiens mais des techniciens, et ils ne voient pas pourquoi on leur demande d'enseigner ce qui n'est pas de leur ressort.

– Bravo! dit le Dr Board.

– De plus, je voudrais savoir pourquoi nous consacrons tant d'énergie aux cours pour les étrangers, au détriment de nos propres étudiants anglais.

– Je peux vous répondre, dit l'adjoint. Les restrictions que nous imposent les autorités locales nous obligent à financer nos cours et nos professeurs sur le dos du Département Étrangers où les droits d'inscription sont élevés. Si vous voulez les chiffres des bénéfices de l'an dernier...

Personne ne voulait les entendre. Même le Dr Board restait sans voix.

– Eh bien, tant que la situation économique reste inchangée, continua l'adjoint, la plupart des professeurs ne garderont leur emploi que parce que nous donnons ces cours. Il n'est pas non plus impossible que le Cours supérieur d'anglais pour étrangers soit sanctionné par un diplôme approuvé par le ministère, et tout ce qui augmente nos chances de devenir un Poly profite à tous, non?

Il s'arrêta et regarda l'assemblée muette.

– Bon, il ne reste plus au Dr Mayfield qu'à répartir les nouveaux cours dans chaque département.

Le Dr Mayfield distribua des listes polycopiées. En parcourant la sienne, Wilt constata que son fardeau comprenait le « Développement des attitudes sociales libérales et progressistes de la société anglaise de 1688 à 1978 ». Il allait protester mais il fut devancé par le directeur du département de zoologie.

– Je lis ici que je dois enseigner l'élevage et l'agriculture, en particulier l'élevage intensif des cochons, des poules et du bétail.

– Le sujet a une valeur écologique...

– Et concerne les étudiants, dit le Dr Board, l'éducation en batterie, ou même l'élevage des cochons avec notation continue. Nous pourrions même avoir un cours sur le compost.

– Oh! non! dit Wilt en frissonnant.

Le Dr Board le regarda avec intérêt.

– Votre superbe épouse? demanda-t-il.

Wilt hocha tristement la tête.

– C'est son dernier dada...

– J'aimerais revenir à ma première objection, au lieu d'écouter les problèmes matrimoniaux de Wilt, dit le zoologue. Je veux que vous sachiez tous que je ne connais rigoureusement rien à l'élevage, je suis zoologue et pas fermier. Dans ce dernier domaine, je suis un zéro complet.

– Nous devons tous élargir nos compétences, dit le Dr Board. Après tout, si nous pouvons devenir un Poly – privilège douteux d'ailleurs –, nous devons placer le collège avant nos intérêts personnels.

– Vous n'avez peut-être pas lu ce que vous allez enseigner, Board, continua le zoologue. « Les Influences spermatiques... » Ce n'est pas plutôt « sémantiques », Mayfield?

– C'est une faute de frappe, dit Mayfield. Il faut lire : « les Influences sémantiques sur les théories sociologiques contemporaines ». La bibliographie comprend Wittgenstein, Chomsky et Wilkes...

– Moi je ne rentre pas là-dedans, vous pouvez me rayer des listes. Cela m'est bien égal de redescendre au niveau d'une école primaire mais je ne vais pas me mettre à potasser Chomsky ou Wittgenstein.

– Alors ne me demandez pas d'élargir mes propres compétences, dit le zoologue. Je ne vais pas entrer dans un amphi plein à craquer de musulmans pour leur expliquer, même avec mes faibles connaissances, les avantages de l'élevage des cochons dans le golfe Persique.

– Messieurs, il y a bien sûr deux ou trois petites choses à changer dans les titres des cours, mais on peut les arranger...

– Les supprimer, plutôt, dit le Dr Board.

L'adjoint continua :

– L'important, c'est de garder notre répartition actuelle tout en l'adaptant à un niveau qui convienne aux étudiants.

– Je refuse de parler des cochons, dit le zoologue.

– Vous n'y êtes pas obligé. Vous pouvez donner une série de cours élémentaires sur les plantes, dit l'adjoint épuisé.

– Bravo! Et on peut me dire comment je vais parler de manière élémentaire de Wittgenstein? L'année dernière j'avais un pauvre con d'Irakien qui ne savait même pas épeler son nom. Vous le voyez étudiant Wittgenstein, vous? dit Board.

– Il y a une autre difficulté, dit timidement un professeur du département d'anglais. On va avoir des problèmes de communication avec les dix-huit Japonais et le jeune Tibétain.

– Tiens, dit le Dr Mayfield, un problème de communication. On pourrait bien ajouter une ou deux conférences sur le discours intercommunicationnel. C'est le genre de sujet qui plaît aux membres du jury des National Academic Awards.

– Il est possible que ça leur plaise, mais pas à moi! dit Board. J'ai toujours dit qu'ils étaient la honte de l'Université.

– Vous nous l'avez déjà dit, dit l'adjoint. Pour en revenir aux Japonais et au jeune Tibétain, vous avez bien dit Tibétain?

– Oui, mais je n'en suis pas sûr. Tout le problème de communication est là. Il ne parle pas un mot d'anglais et mon tibétain n'est pas fameux. Avec les Japonais, c'est pareil.

L'adjoint regarda l'assemblée.

– Je suppose qu'on ne peut pas vous demander non plus de connaître le japonais, même vaguement?

– Si, dit le directeur des Beaux-Arts, mais je veux bien être pendu si je m'en sers. Vous vous imaginez peut-être qu'après quatre ans comme prisonnier de guerre dans un camp japonais, je vais parler à ces ordures. Mon intestin ne s'en est pas encore remis.

– Vous pourriez peut-être vous occuper des Chinois à la place. Le Tibet fait maintenant partie de la Chine et si l'on ajoute les quatre filles de Hong Kong...

– Vous pourriez faire de la publicité pour les diplômes prêts-à-emporter dit le Dr Board, ce qui envenima la conversation.

Cela dura jusqu'à midi.

De retour à son bureau, Wilt constata, comme prévu, que Mme Fyfe ne pouvait pas prendre les mécaniciens à 2 heures parce que son mari... L'année commençait exactement comme il s'y attendait. Les mêmes agaceries durèrent encore quatre jours. Wilt assista à des réunions concernant la Collaboration interdépartementale au sujet des cours. Il donna un séminaire à des professeurs stagiaires de l'école normale du coin sur la valeur de la culture générale, ce qui était déjà, d'après lui, une contradiction dans les termes. Il assista à une conférence d'un sergent de la brigade des stupéfiants sur l'identification de l'herbe, et l'accoutumance à l'héroïne. Il réussit enfin à caser Mme Fyfe en salle 29 avec Boulange 2 le lundi à 10 heures. Pendant tout ce temps il ne cessait de ruminer au sujet d'Eva et de sa fichue locataire.

Tandis qu'au Tech Wilt s'occupait sans passion, Eva de son côté mettait activement ses plans en œuvre. Miss Mueller arriva le surlendemain matin et s'installa avec si peu de fracas qu'il fallut à Wilt deux jours de plus pour se rendre compte de sa présence en comptant le nombre de bouteilles de lait sur le pas de sa porte : neuf au lieu de huit. Wilt ne souffla mot. Il attendait le moindre signe d'animation dans l'appartement du dessus pour contre-attaquer.

Mais Miss Mueller se conformait aux promesses d'Eva. Elle était excessivement tranquille. Le soir elle rentrait avant lui, et le matin elle partait après lui. Deux semaines se passèrent ainsi et Wilt se dit qu'il avait eu tort de s'emporter. Il lui fallait maintenant préparer sa conférence pour les étudiants étrangers; le trimestre était entamé. Le problème de la locataire s'estompa car Wilt se demandait ce qu'il allait bien pouvoir dire à ces étudiants, que Board appelait « l'Empire colonial de Mayfield », sur la Libéralisation des attitudes sociales de la société anglaise depuis 1688. Dans le cas des gaziers, il y avait nettement régression. Au fil des ans, ces crétins s'étaient spécialisés dans la chasse aux pédés.

3

Mais les premières craintes de Wilt ne tardèrent pas à se concrétiser. Il était assis un samedi après-midi dans le « pavillon Piaget », petit pavillon d'été aménagé par Eva au fond du jardin; au début elle y pratiquait des jeux conceptuels avec les petiotes – expression que Wilt détestait entre toutes. Ce fut là que le premier coup tomba.

Une révélation plus qu'un coup. Le pavillon était agréablement en retrait, au milieu de vieux pommiers. Une tonnelle de clématites et de rosiers grimpants le dissimulait au reste du monde. Il dissimulait aussi Wilt à Eva quand il allait se taper des bières artisanales. A l'intérieur pendaient des plantes séchées. Wilt n'était pas en faveur de ces plantes mais il préférait les voir pendues ici plutôt que dans les abominables décoctions qu'Eva tentait parfois de lui faire ingurgiter. L'autre avantage était qu'elles chassaient les mouches attirées par le tas de compost. Ainsi il pouvait rester assis là des heures durant, près de la pelouse toute tachetée de soleil et se sentir relativement en paix avec le reste du monde. Plus il descendait de bière et plus ce sentiment de paix grandissait. Wilt s'enorgueillissait des effets de sa bière qu'il brassait dans une poubelle en plastique et dont il augmentait parfois le degré d'alcool en lui ajoutant de la vodka avant de la mettre en bouteilles dans le garage. Après trois bouteilles, même le tintamarre des filles s'estompait et devenait presque naturel, ensemble de récriminations aiguës, de hurlements, de rires souvent moqueurs quand l'une ou l'autre tombait de la balançoire, mais au moins distant. Cet après-midi-là, il n'avait même pas cette distraction. Eva les avait emmenées assister à un ballet dans l'espoir que la jeune Samantha sous l'influence de Stravinski deviendrait une seconde Margot Fonteyn. Wilt avait quelques doutes concernant Samantha et Stravinski. Il pensait, lui, sa fille plus douée pour la lutte ou le catch, et le génie de Stravinski était bien surfait. Forcément, puisqu'Eva aimait ça. Les goûts de Wilt allaient de Mozart à Mugsy Spanier, éclectisme qu'Eva ne pouvait comprendre mais qui lui permettait de l'embêter en passant d'une sonate de piano qu'elle aimait au jazz des années vingt qu'elle détestait.

Ce soir en tout cas il n'avait pas besoin de son magnétophone, il pouvait rester assis dans le pavillon et même si les filles le réveillaient à cinq heures le lendemain matin, il pourrait toujours rester au lit jusqu'à dix heures. Il allait déboucher sa quatrième bouteille quand ses yeux furent attirés par une silhouette sur le balcon de bois au dernier étage de la maison. Ses mains lâchèrent la bouteille pour s'emparer à tâtons des jumelles achetées par Eva pour surveiller les oiseaux. Par une trouée dans les rosiers il mit au point sur la silhouette. Ses yeux étaient maintenant rivés sur Miss Irmgard Mueller.

Debout, elle contemplait la campagne distante par-delà les arbres, et Wilt avait une vue on ne peut plus intéressante de ses jambes. C'étaient vraiment de très belles jambes. Elles étaient même particulièrement bien roulées, et les cuisses... Les jumelles de Wilt remontèrent jusqu'à des petits seins épatants sous un chemisier clair, et atteignirent enfin son visage. Il s'y attarda. Ce n'était pas qu'Irmgard – des mots comme « Miss Mueller », et « cette foutue locataire » furent immédiatement relégués au passé – fût une jeune femme particulièrement séduisante. Au Tech Wilt avait été confronté pendant des années à bien d'autres jeunes dames séduisantes (certaines le reluquaient franchement et s'asseyaient les jambes outrageusement écartées) et il avait dû produire un maximum de globules antisexe pour lutter contre leurs charmes juvéniles. Mais Irmgard n'était pas une jeunette. C'était une femme d'environ vingt-huit ans, une très belle femme aux jambes superbes, à la poitrine haute et ferme, « indemne de tout allaitement » – cette expression vint immédiatement à l'esprit de Wilt –, les hanches bien dessinées, même ses mains aux doigts fuselés tenant la balustrade étaient à la fois délicates et fortes, légèrement hâlées comme par un soleil de minuit. L'esprit de Wilt s'élança vertigineusement dans des métaphores dénuées de sens, aux antipodes des gants de caoutchouc d'Eva, des cañons de son ventre ravagé par la grossesse, de ses mamelles reposant sur des hanches flasques et de l'érosion physique de vingt années de vie conjugale. Cette créature splendide et son visage surtout le ravissaient.

Le visage d'Irmgard n'était pas seulement beau. Malgré la bière, Wilt aurait pu résister au magnétisme de la simple beauté. Mais il fut conquis par l'intelligence de ce visage. Pourtant, d'un point de vue purement physique, il présentait quelques défauts. D'abord il était trop énergique, le nez légèrement en trompette n'était pas commercialement parfait et la bouche était trop généreuse, mais c'était un visage personnel et intelligent et sensible et mûr et attentif et... Wilt renonça avec désespoir à faire le compte, et à ce moment il lui sembla qu'Irmgard regardait maintenant ses deux yeux ravagés d'amour, ou plutôt ses jumelles, et qu'un sourire subtil animait ses lèvres fantastiques. Puis elle se retourna et rentra dans l'appartement. Wilt laissa tomber les jumelles et saisit frénétiquement la bouteille de bière. Ce qu'il avait vu venait de changer sa conception de la vie.

Il n'était plus le directeur de la Culture Générale, marié à Eva et père à trente-huit ans de quadruplées querelleuses et braillardes. Non. Il avait à nouveau vingt et un ans et c'était un jeune homme mince à l'esprit brillant qui écrivait des poèmes et nageait dans la rivière les matins d'été. Son avenir était glorieux de promesses déjà accomplies. C'était un grand écrivain. Le fait que pour être écrivain il faille avoir écrit des livres n'avait rien à voir à l'affaire. Ce qui importait c'était d'être écrivain, et à vingt et un ans, Wilt avait depuis longtemps décidé de son futur en lisant Proust et Gide, puis des livres sur Proust et

Gide, puis des livres sur les livres sur Proust et Gide, tant et si bien qu'il pouvait imaginer ce qu'il serait à trente-huit ans avec une délicieuse angoisse d'anticipation. Considérant maintenant ces instants passés, il pouvait difficilement exprimer ce qu'il ressentait : c'était comme sortir de chez le dentiste sans le moindre plombage. Sur le plan intellectuel bien sûr. Sur le plan spirituel, il se situait dans une pièce enfumée par le tabac, aux murs tapissés de liège, les pages d'une prose illisible et splendide submergeant sa table et même voletant à travers son bureau, tout cela dans une rue de Paris délicieusement quelconque. Ou bien dans une chambre aux murs blancs, dans des draps, enlacé par les bras d'une femme bronzée, tandis que le soleil brillait au travers des volets et que ses reflets sur la mer d'azur quelque part vers Hyères miroitaient au plafond. Wilt connaissait déjà tous ces plaisirs à vingt et un ans : la renommée, la fortune, la modestie liée à la grandeur, les jeux de mots jaillissant spontanément de sa bouche devant un verre d'absinthe, les allusions lancées, saisies et relancées – joutes de l'esprit! – puis une marche rapide et intense pour rentrer en traversant les rues désertes de Montparnasse à l'aube.

Une seule chose différenciait Wilt de Gide et de Proust : les petits garçons – les petits garçons et les poubelles en plastique. De toute façon il ne voyait pas Gide en train de racoler des minets en brassant de la bière, encore moins dans des poubelles en plastique. Ce crétin était probablement un abstinent total. Il lui fallait bien une déficience pour se racheter des petits garçons. Wilt, pour sa part, avait chipé Frieda à D.H. Lawrence, tout en espérant ne pas choper la tuberculose, et l'avait dotée d'un caractère plus doux. Ils s'étaient allongés sur le sable d'une plage déserte pour faire l'amour tandis que les vaguelettes d'une mer azurée venaient se briser sur eux. A y bien réfléchir, c'est à cette époque qu'il avait vu *Tant qu'il y aura des hommes* et Frieda ressemblait à Deborah Kerr. L'important c'est qu'elle avait été vigoureuse et ferme, en harmonie, sinon avec l'infini, du moins avec les infinies variantes des désirs intimes de Wilt. Mais il ne s'agissait même pas de désir. Désir était un mot bien trop grossier pour les contorsions sublimes imaginées par Wilt. Bref, elle lui avait servi de muse sexuelle. Plus sexuelle que muse. Mais il pouvait lui confier ses réflexions les plus profondes sans qu'elle l'interrompe pour lui demander qui était Rochefou... enfin machin chose, ce qui n'avait jamais été le cas d'Eva. Eh bien, regardez-le maintenant le héros. Il rôde dans cette foutue « Piagetière », obèse et insensible à force de bière, ou de ce qu'il prétend être de la bière et qu'il a fabriquée lui-même dans une poubelle de plastique. C'était le plastique qui démoralisait Wilt. Passe encore pour la poubelle qui convenait bien à cette bibine, mais elle aurait pu avoir la dignité d'être en métal.

Non, même cette maigre consolation lui avait été refusée. Il avait essayé avec une poubelle en métal mais cette saloperie avait bien failli l'empoisonner. Enfin passons. L'important, ce n'était plus les poubelles quand on venait de voir sa Muse. Wilt dota ce mot d'un M majuscule, ce qui ne lui était jamais arrivé en dix-sept ans d'illusions perdues, mais il mit tout aussitôt cette faiblesse sur le compte de cette putain de bibine. Irmgard n'était pas une Muse, ce n'était probablement qu'une femelle idiote et séduisante avec pour *Vater* un patron brasseur de Cologne possédant au moins cinq Mercedes. Il se leva et regagna la maison.

Quand Eva et les filles rentrèrent du théâtre, il était assis, morne, devant la télévision, regardant ostensiblement un match de foot, mais bouillonnant d'une fureur secrète devant les sales tours que lui jouait l'existence.

— Allez-y, montrez à papa comment la dame a dansé, dit Eva. Je vais préparer le dîner.

— Elle était tellement belle, papa, dit Pénélope. Elle faisait comme ça, et puis il y avait cet homme et il...

Wilt assista à une reprise du *Sacre du printemps* par quatre petites filles pataudes et qui, de toute façon, n'avaient rien compris à l'histoire. Elles s'essayèrent à tour de rôle à esquisser un pas de deux en sautant du bras de son fauteuil.

— Eh bien, d'après ce que je vois, c'est une très grande danseuse, dit Wilt, mais j'aimerais bien savoir qui gagne dans mon match...

Mais les filles ne l'écoutèrent même pas et continuèrent d'évoluer avec frénésie de-ci, de-là. Wilt dut aller chercher refuge dans la cuisine.

— Elles n'arriveront jamais à danser si tu ne t'intéresses pas à ce qu'elles font, dit Eva.

— Pour moi elles ne feront jamais de progrès, point final. Tu appelles ça de la danse toi! On croirait des hippopotames en plein vol. Elles sont foutues d'esquinter le plafond si tu ne les surveilles pas plus.

Mais c'est sur le pare-feu qu'Emmeline vint donner de la tête et Wilt dut soigner l'écorchure au mercurochrome. Eva porta le dernier coup de cette foutue journée en lui annonçant qu'elle avait invité les Nye à passer après le dîner.

– Je veux lui parler des cabinets organiques, ils ne fonctionnent pas bien.

– Ils ne sont pas faits pour ça, dit Wilt. Ces horreurs ne sont qu'une version pompeuse des fosses d'aisances, et toutes ces putains de fosses puent.

– Ils ne puent pas! Une odeur de décomposition, c'est tout. Mais ils ne produisent pas assez de gaz pour faire la cuisine alors que d'après John ça devrait suffire.

– A mon avis, ils dégagent assez de vapeurs nocives pour transformer les cabinets du rez-de-chaussée en chambre à gaz. Un de ces jours un pauvre couillon va allumer une cigarette en allant pisser, et boum, tous au paradis!

– Tu es vraiment de mauvaise foi dès qu'il s'agit de vivre autrement, dit Eva. Et tu peux me dire qui était contre l'emploi de désinfectant chimique pour les cabinets? Encore et toujours toi, tu ne vas pas le nier, non?

– J'ai bien assez de soucis avec la vie telle qu'elle est sans m'encombrer de vivre autrement. S'il faut en parler, il existe certainement un moyen de ne pas empoisonner l'atmosphère au méthane sans pour autant tout stériliser au Harpic. Franchement le Harpic avait du bon, on pouvait au moins le balancer d'un coup de chasse d'eau. Quant au mange-merde de ton Nye, c'est au moins de la dynamite qu'il faudra pour le faire sauter. Ce n'est qu'un tuyau d'évacuation encroûté de caca avec un tonneau à la sortie.

– Il n'y a pas d'autres moyens si on veut ramener l'ordre naturel sur terre.

34

– Et s'empoisonner en même temps, dit Wilt.

– Pas si la décomposition se fait correctement. La chaleur tue tous les microbes avant que tu ne vides le réceptacle.

– Je n'ai pas l'intention de le vider, c'est toi qui as fait installer ce foutu truc et c'est toi qui iras le vider quand il sera plein, même si tu dois en crever. Tu ne t'en prendras qu'à toi-même si les voisins déposent encore une plainte auprès du ministère de la Santé.

Ils continuèrent cette discussion jusqu'au dîner. Puis Wilt emmena les filles se coucher et leur lut pour la nième fois M. Gumpy. Quand il redescendit, les Nye étaient arrivés et John Nye débouchait une bouteille de vin d'ortie à l'aide d'un tire-bouchon « *vivre autrement* » qu'il avait fabriqué avec un ressort de sommier.

– Ah, salut Henry, dit-il, avec cette bonhomie éclatante, presque religieuse, que tous les amis d'Eva appartenant au Nouveau Monde Autarcique semblaient affecter. Ce n'est pas un mauvais cru ce 1976, même si c'est moi qui le dis.

– C'était l'année de la sécheresse, non? demanda Wilt.

– Exact, mais il en faut plus pour tuer les orties. Braves petites choses.

– Vous les faites pousser vous-même?

– Ce n'est vraiment pas la peine. Elles poussent partout à l'état sauvage. Il suffit de les ramasser le long du chemin.

Wilt avait l'air perplexe.

– Vous pourriez me dire de quel côté vous avez récolté ce cru particulier?

– Si j'ai bonne mémoire, c'était entre Balling-bourne et Umpston. Oh oui, j'en suis sûr!

Il remplit un verre et le tendit à Wilt.

— Dans ce cas, je n'en boirai pas une seule goutte, dit Wilt en lui rendant le verre. C'est là qu'on a fait de l'épandage en 1976. Ces orties n'ont pas poussé naturellement. Elles ont été contaminées.

— Mais nous en avons déjà bu des litres, dit Nye, et cela ne nous a pas fait le moindre mal!

— Attendez d'avoir soixante ans et on en reparlera, dit Wilt. Et alors ce sera trop tard. C'est exactement comme avec le fluor, vous savez bien.

Et sur ce funeste avertissement, il traversa le salon rebaptisé par Eva « Salle de Vie ». Son épouse y était d'ailleurs en grande conversation avec Bertha Nye à propos des joies et des responsabilités de la maternité. Les Nye n'avaient pas d'enfants et épanchaient leur trop-plein d'affection sur l'humus, deux cochons, une douzaine de poules et une chèvre. Aussi Bertha écoutait-elle les propos ronflants d'Eva, avec un sourire stoïque. Wilt le lui rendit, et passant par la porte-fenêtre se dirigea vers le pavillon. Debout dans l'obscurité, il leva des yeux pleins d'espoir vers le balcon du dernier étage. Les rideaux étaient tirés, hélas! Wilt soupira, imagina ce qui aurait pu être et rentra pour écouter John Nye qui parlait des cabinets organiques.

— Pour produire du méthane, il faut une température constante et ce serait plus facile si vous aviez une vache.

— Oh! je ne pense pas que ce soit possible, dit Eva, nous n'avons pas assez de place et...

— Je ne te vois pas non plus en train de te lever tous les matins à 5 heures pour la traire, dit Wilt, décidé à couper court à la possibilité sinistre de voir le 9 Willington Road transformé en ferme miniature.

Mais Eva était revenue au problème de la transformation du méthane.

– Et vous le chauffez comment? demanda-t-elle.

– Vous pourriez toujours utiliser des panneaux solaires, dit Nye. Il suffit de quelques vieux radiateurs peints en noir enfouis dans de la paille et d'une pompe pour la circulation de l'eau...

– C'est hors de question, dit Wilt. Il nous faudrait une pompe électrique et avec la crise de l'énergie, j'aurais mauvaise conscience à augmenter ma consommation d'électricité.

– Il ne vous en faut pas beaucoup, dit Bertha, et vous pourriez toujours actionner une pompe grâce à un rotor Savorius. Deux grands tambours suffisent et...

Wilt se replongea dans ses songes antérieurs, n'en sortant que pour demander si on ne pouvait pas se débarrasser de l'odeur pestilentielle du cabinet du rez-de-chaussée, question spécialement conçue pour détourner l'attention d'Eva des rotors Savorius quoi qu'ils puissent être.

– On ne peut pas tout avoir, Henry, dit Nye, la richesse engendre le gaspillage. C'est un slogan qui est toujours valable.

– Je ne veux pas de cette odeur, dit Wilt. Si pour la petite quantité de méthane nécessaire à l'alimentation d'une simple veilleuse de cuisinière il faut transformer tout le jardin en chantier, je ne vois vraiment pas l'utilité d'empuantir la maison.

Lorsque les Nye partirent, le problème n'était toujours pas résolu.

– Eh bien, tu n'as pas été très constructif, dit Eva pendant que Wilt se déshabillait. L'idée de ces radiateurs solaires me semble très raisonnable. Cela réduirait les notes d'eau chaude l'été, et s'il ne faut que quelques vieux radiateurs et de la peinture...

– Et un crétin galonné pour les installer sur le toit. Zéro! Je connais Nye. Si c'est lui qui les installe là-haut, ils tomberont au premier coup de vent et iront aplatir quelqu'un en bas. De toute façon avec les étés qu'on a maintenant, il faudrait leur pomper de l'eau chaude pour empêcher le gel de les faire éclater et d'inonder l'appartement du haut.

– Ce que tu peux être pessimiste, dit Eva, tu envisages toujours le pire. Tu ne peux pas voir le bon côté des choses pour une fois?

– Je suis un sacré réaliste, oui, dit Wilt. C'est l'expérience qui m'a enseigné à craindre le pire. Mais si ça réussit tu m'en verras ravi.

Il se coucha et éteignit la lampe de chevet. Lorsqu'Eva sauta dans le lit à ses côtés il feignit de dormir. Les samedis soir étaient devenus ce qu'Eva appelait les Soirs de Rapprochement, mais Wilt était amoureux et ses pensées étaient toutes pour Irmgard. Eva lut un chapitre sur l'art du compost et éteignit en poussant un soupir... Oh! pourquoi Henry n'était-il pas entreprenant et aventureux comme John Nye? Tant pis, ils pourraient toujours faire l'amour le matin.

Mais lorsqu'elle se réveilla, elle trouva le lit vide à ses côtés. Aussi loin qu'elle se souvienne, Henry ne s'était jamais levé un dimanche matin à 7 heures sans y avoir été obligé par les filles. Il devait être en bas en train de lui préparer son thé. Eva se retourna et se rendormit.

Mais Wilt n'était pas dans la cuisine, il marchait sur le sentier qui longe la rivière. La matinée était

illuminée par un soleil d'automne et la rivière
étincelait. Un vent léger agitait les saules; Wilt était
seul, en proie à ses pensées et à ses sentiments.
Comme d'habitude ses pensées étaient sombres,
tandis que ses sentiments s'exprimaient en vers. A la
différence de la plupart de ceux des poètes contemporains les vers de Wilt n'étaient pas des vers libres.
Ils étaient scandés et rimaient. Ou plutôt ils auraient
rimé s'il avait trouvé quelque chose qui aille avec
Irmgard. Le seul mot qui lui venait à l'esprit était
hagarde. Il y avait aussi bombarde, camarade,
bâtarde... Aucun ne s'accordait avec la délicatesse
de ses sentiments. Après cinq kilomètres sans plus
de résultats, Wilt fit demi-tour et se traîna vers ses
responsabilités d'homme marié. Il y aurait bien
volontiers renoncé.

4

Ce qu'il trouva sur sa table en arrivant au Tech, le
lundi matin, ne lui plaisait pas davantage. C'était un
message de l'adjoint du principal lui demandant de
se rendre dans son bureau « rapidement, et même le
plus rapidement possible ». Cela n'augurait rien de
bon.
    – Rapidement, je t'en foutrais des rapidement,
bougonna Wilt. Pourquoi ne pas dire sur-le-champ,
et qu'on n'en parle plus?
    Pensant que quelque chose clochait et qu'il valait

mieux en finir tout de suite, il descendit deux étages et longea le couloir jusqu'au bureau de l'adjoint.

— Ah, Henry, je suis désolé de vous déranger ainsi, dit l'adjoint, mais nous avons une nouvelle inquiétante à propos de votre département.

— Inquiétante? dit Wilt, soupçonneux.

— Tout à fait alarmante. En fait, il y a une pagaille monstre à l'Académie.

— Où veulent-ils fourrer leur nez cette fois? Ils ne vont quand même pas s'imaginer qu'ils peuvent nous envoyer d'autres conseillers du genre de ceux qui nous avaient demandé pourquoi nous n'avions pas de cours mixtes maçons-puéricultrices pour promouvoir l'égalité des sexes. Vous pouvez leur dire de ma part que...

L'adjoint leva une main en signe de dénégation.

— Cela n'a rien à voir avec ce qu'ils veulent cette fois. Ou plutôt ce qu'ils ne veulent pas. Qui plus est, si vous aviez écouté leurs conseils sur les classes mixtes, ce qui vient de se passer ne serait pas arrivé.

— Je sais bien ce qui se serait passé, dit Wilt. On se serait retrouvé avec des nounous enceintes et...

— Écoutez-moi donc et laissez tomber les puéricultrices. Sodomisation de crocodile, ça vous dit quelque chose?

— Pardon? Vous avez bien dit...

L'adjoint hocha la tête.

— Hélas, oui!

— Eh bien, si vous voulez une réponse franche, ça me paraît plutôt impossible, et si vous voulez insinuer que...

— Tout ce que je peux vous dire, Henry, c'est que

quelqu'un de votre département l'a fait. Il a même été filmé.

— Filmé? dit Wilt.

Il avait du mal à saisir les implications effroyables d'une pareille approche zoologique, sans parler de la sodomisation elle-même.

— Avec une classe d'apprentis, poursuivit l'adjoint, le Comité pédagogique en a eu vent et veut connaître le pourquoi de la chose.

— Je suis bien de leur avis, dit Wilt. Il faut être un kamikaze du Krafft-Ebing pour faire des avances à un foutu crocodile. Je sais bien que j'ai des fêlés complets chez mes enseignants à mi-temps, mais s'il y en avait eu un de mangé, je l'aurais quand même remarqué. Où diable sont-ils allés chercher ce crocodile?

— Ce n'est pas à moi qu'il faut le demander, dit l'Adjoint. Tout ce que je sais, c'est que le Comité insiste pour voir le film avant de se prononcer.

— Ils peuvent bien accuser qui bon leur semble du moment que je ne suis pas concerné. Je décline toute responsabilité pour les films réalisés dans mon département. Si un fou a envie de s'enculer du croco, c'est son affaire, pas la mienne. Je n'ai jamais demandé tout ce matériel vidéo qu'ils nous ont refilé. Ça coûte une fortune de s'en servir, et il y a toujours un con pour le détériorer.

— Si vous voulez mon avis, c'est plutôt celui qui s'en est servi qui était détérioré au départ, dit l'adjoint. En tout cas, le Comité vous attend à 6 heures en salle 80. Vous feriez bien de chercher à savoir ce qui a pu se passer avant que les questions ne pleuvent.

Wilt retourna d'un pas fatigué vers son bureau,

essayant en vain d'imaginer lequel de ses professeurs pourrait être à la fois passionné de reptiles, zoophile cinématographique *Nouvelle vague*[1] et super-givré.

Pasco était certainement fou. Résultat inéluctable de quatorze années d'efforts incessants pour faire apprécier aux gaziers les subtilités linguistiques de *Finnegans Wake*. Il avait passé deux années sabbatiques dans l'hôpital psychiatrique du coin, mais il était assez gentil et bien trop gauche pour se servir d'une caméra vidéo, quant aux crocodiles... Wilt renonça et se dirigea vers la salle d'Audio-Visuel, pour consulter le registre.

— Je suis à la recherche du taré qui a fait un film sur les crocodiles, dit-il à Mr Dobble, gardien du matériel.

M. Dobble ricana.

— Vous êtes plutôt en retard. C'est le principal qui a le film et il est dans tous ses états. Entre nous, je le comprends. Je l'ai dit à Mr Macaulay quand le film est revenu du développement, c'est du vrai porno et ils ont l'audace de se servir du laboratoire pour ça. Eh bien, moi, je bloque le film tant qu'il n'a pas eu le feu vert. C'est ce que j'ai dit et je m'y tiens.

— Le feu vert, c'est bien le mot qui convient en l'occurrence, dit Wilt ironique. Apparemment, vous n'avez pas pensé qu'il fallait me le montrer avant de l'envoyer au principal?

— Mais vous n'avez aucun pouvoir sur les débiles de votre département, non?

— Et quel est le couillon qui a fait ce film?

— Je ne citerai personne, mais je peux dire que

---

1. En français dans le texte. *(N.d.T.)*

Mr Bilger connaît les dessous de cette affaire.

– Ce couillon de Bilger? Je savais que politiquement c'était un zéro, mais bon Dieu, à quoi ça peut lui servir un film comme ça?

– Motus et bouche cousue, dit Mr Dobble, je ne veux pas avoir d'ennuis.

– Les ennuis c'est pour moi, dit Wilt et il le quitta pour se mettre en quête de Bill Bilger.

Il le trouva en salle des professeurs, buvant son café, conversant dialectiquement avec son acolyte Joe Stoley, du département d'histoire. Bilger soutenait qu'une prise de conscience authentique du prolétariat ne pouvait être atteinte qu'en déstabilisant la foutue infrastructure linguistique de la foutue hégémonie de ce foutu État fasciste.

– C'est ce con de Marcuse, dit Stoley, suivant sans grande conviction Bilger dans le cloaque sémantique de la déstabilisation.

– Et c'est Wilt, dit Wilt. Si on peut vous sortir de cette discussion sur le meilleur des mondes, j'aimerais vous parler un moment.

– Il n'est absolument pas question que je remplace un collègue, dit Bilger, passant au quart de tour au discours syndical. Ce n'est pas ma période de remplacement, vous devez bien le savoir.

– Je ne vous demande pas de travail supplémentaire, mais simplement de me suivre dans mon bureau. Je sais que cela empiète sur votre droit inaliénable de citoyen libre dans un État fasciste de vous interrompre ainsi dans une discussion. Vous m'en voyez désolé, travail oblige.

– C'est pas mon boulot, vieux! dit Bilger.

– C'est le mien, dit Wilt. Je serai dans mon bureau dans cinq minutes.

– Ne comptez pas sur moi, dit Bilger à Wilt qui se dirigeait vers la porte.

Mais ce dernier savait à quoi s'en tenir. Le type pouvait bien faire le mariol pour impressionner Stoley, mais Wilt pouvait modifier l'emploi du temps en sorte que Bilger commence le lundi à 9 heures avec Imprimeurs 3 et termine le vendredi à 20 heures avec Cuisiniers à mi-temps 4. Il ne disposait guère que de cette unique sanction, mais elle était remarquablement efficace. Tout en attendant, Wilt considérait des manœuvres éventuelles et se rappelait la composition du Comité. Il y aurait Mrs Chatterway soutenant envers et contre tous que les délinquants juvéniles étaient des êtres sympathiques qui n'avaient besoin que de quelques mots aimables pour s'arrêter de tabasser les vieilles dames; à sa droite serait assis le conseiller Blighte-Smythe qui aurait quant à lui rétabli de bon cœur la pendaison pour chapardage et le chat à neuf queues pour les chômeurs, si on lui en avait donné la possibilité. Entre ces deux extrêmes se tenait le principal qui détestait par-dessus tout les incidents et tous ceux qui dérangeaient la sérénité de son emploi du temps; ensuite venait le représentant pour l'Éducation qui détestait le principal et enfin Mr Squidley, entrepreneur local pour qui la Culture Générale était une abomination et une foutue perte de temps alors que ces petits crétins devraient être en train de s'affairer à monter des tonnes de briques sur des putains d'échelles. Envisagée sous n'importe quel angle, la perspective d'avoir affaire au Comité éducatif était sinistre. Il lui faudrait les manipuler avec doigté.

Mais pour commencer il y avait Bilger. Il arriva dix minutes plus tard et entra sans frapper.

– Et alors? dit-il en s'asseyant et en dévisageant Wilt avec colère.

– J'ai pensé que nous devrions avoir une discussion en privé. Je voulais simplement parler du film que vous avez réalisé. Avec un crocodile. Je dois dire que c'est une très bonne initiative. Si seulement tous les professeurs de Culture Générale se donnaient la peine de se servir des possibilités mises ainsi à leur disposition par les autorités locales.

Son ton était délibérément chaleureux. L'hostilité de Bilger tomba.

– Ce n'est qu'en produisant ses propres films que la classe ouvrière pourra comprendre comment elle est manipulée par les médias. Mon rôle se limite à cette initiation.

– D'accord, dit Wilt, et leur faire filmer quelqu'un en train de sodomiser un crocodile les aide à développer une conscience prolétarienne qui transcende les valeurs fausses inculquées par la hiérarchie capitaliste?

– C'est exactement ça, mon vieux, dit Bilger avec enthousiasme, ces foutues bêtes symbolisent l'exploitation.

– La bourgeoisie dévorant sa propre conscience, pour ainsi dire.

– C'est ça, dit Bilger, mordant à l'hameçon.

Wilt le regarda avec stupéfaction.

– Et avec quelles classes avez-vous réalisé cette... hum... étude sur le terrain?

– Ajusteurs et Tourneurs 2. Nous avons trouvé le croco dans Nott Road et...

– Dans Nott Road? dit Wilt, tentant de faire cadrer ce qu'il savait de cette rue avec des crocodiles dociles et vraisemblablement homosexuels.

– Eh bien, c'est aussi la rue des théâtres, dit Bilger qui s'échauffait en parlant. La plupart des gens qui y vivent auraient bien besoin d'être libérés, d'ailleurs.

– J'en suis sûr, mais il ne me serait pas venu à l'idée que de les pousser à enculer les crocodiles serait à proprement parler une expérience libératrice. Une illustration, je pense, de la lutte des classes...

– Eh là, pas si vite, je croyais que vous aviez vu le film? dit Bilger.

– Pas exactement. Mais j'ai entendu parler de son contenu. Il est controversé. Certains prétendent que c'est presque du Buñuel.

– Ah, bon? Eh bien, voilà ce qu'on a fait : on a pris un crocodile en plastique, vous voyez, celui sur lequel les enfants peuvent faire à dada en mettant un shilling dans la boîte...

– Un mini-crocodile? Vous voulez dire que vous ne vous êtes pas servi d'un vrai crocodile?

– Bien sûr que non! Qui est-ce qui serait assez con pour vouloir niquer une cochonceté de crocodile vivant? Pour se faire mordre le zizi?

– Sans doute, dit Wilt. Le crocodile a la faveur du pronostic. Enfin, poursuivez...

– Bon. Un des apprentis est monté sur ce jouet en plastique et on l'a filmé en pleine action.

– En action? Je ne comprends pas. Vous voulez dire en train de le sodomiser?

– Pour ainsi dire, dit Bilger. Il n'avait pas sorti sa bébette ni rien. Il n'avait nulle part où la mettre! Il s'est juste contenté de simuler l'action. Comme ça, il sodomisait symboliquement toute cette merde d'État-providence réformiste.

46

– Sous forme d'un crocodile à bascule? dit Wilt.

Il s'adossa à la chaise, tout en se demandant, une fois de plus, comment un type en principe intelligent comme Bilger qui, après tout, avait un diplôme universitaire, pouvait encore croire que le monde serait plus vivable une fois que toutes les classes moyennes auraient été mises le dos au mur et exécutées. Personne ne semblait tirer parti des enseignements du passé. Eh bien, M. Bévue Bilger allait apprendre quelque chose du présent. Wilt posa ses coudes sur le bureau.

– Mettons bien les choses au point une fois pour toutes, dit-il. Vous considérez qu'il est absolument de votre devoir d'enseignant de Culture Générale d'apprendre à des apprentis l'enculage maoïste-marxiste-léniniste ou tout autre-iste de votre choix, par crocodile interposé?

L'hostilité de Bilger reprit le dessus.

– Nous sommes dans un pays libre, et j'ai le droit d'exprimer mes opinions personnelles. Vous ne pouvez pas m'en empêcher.

A l'énoncé de ces superbes contradictions, Wilt sourit.

– En ai-je l'air? demanda-t-il innocemment. En fait, vous pouvez ne pas me croire mais je suis prêt à vous offrir une tribune où les énoncer publiquement.

– On peut toujours rêver, dit Bilger.

– Mais non, camarade Bilger. C'est le matin du grand soir. Le Comité éducatif se réunit à 6 heures. Le responsable pour l'Éducation, le principal, le conseiller Blighte-Smythe.

– Ce vieux con militariste! Qu'est-ce qu'il en sait

de l'éducation? Depuis qu'il a reçu la croix de guerre, il s'imagine qu'il peut fouler au pied la conscience de la classe ouvrière.

— Compte tenu de sa jambe de bois, votre image du prolétariat n'est pas flatteuse, non? dit Wilt qui se prenait au jeu. Vous commencez par faire l'éloge de l'intelligence et de la solidarité de la classe ouvrière et l'instant d'après vous expliquez qu'ils sont trop idiots pour distinguer leurs propres intérêts d'une pub pour une lessive, et qu'il faut les politiser *manu militari*. Maintenant vous venez me dire qu'un unijambiste peut les fouler au pied! A vous entendre on les prendrait pour des demeurés.

— Ce n'est pas ce que j'ai dit, dit Bilger.

— Mais c'est ce que vous avez fait, et si vous voulez vous exprimer plus clairement sur la question, vous pouvez le faire à 6 heures devant le Comité. Vous allez les passionner.

— Je ne parlerai pas devant n'importe quel foutu bordel de merde de Comité. Je connais mes droits et...

— Vous êtes dans un pays libre, comme vous ne cessez de le dire. Autre superbe contradiction puisque ce pays vous permet de vous occuper d'apprentis adolescents en leur apprenant à simuler l'enculage d'un crocodile en plastique, on peut résumer en disant que c'est une foutue enculée de société libre. J'aimerais bien vous voir tous vivant en Russie.

— Ils sauraient bien quoi faire avec un type comme vous, Wilt, dit Bilger. Vous n'êtes qu'un sale réformiste, un déviationniste.

— Le mot déviationniste dans votre bouche est plutôt savoureux, hurla Wilt. Avec les lois draconiennes qui existent en Union soviétique, le premier qui s'amuserait à filmer des ajusteurs en train de sodomiser des crocodiles se verrait expédié illico dans un camp d'où il ne sortirait jamais plus, à moins de prendre une balle dans sa tête sans cervelle. Ou bien on l'enfermerait dans un asile psychiatrique où il serait probablement le seul à être réellement fou.

– Très bien Wilt, hurla Bilger en retour tout en se levant d'un bond, ça suffit comme ça. Vous pouvez bien être le directeur de ce département, mais si vous vous imaginez que vous pouvez insulter impunément vos professeurs, je sais ce qu'il me reste à faire. Déposer plainte auprès du Syndicat.

Il se dirigea vers la porte.

– C'est ça, hurla Wilt, allô syndicat, bobo! Et pendant que vous y êtes, dites donc au secrétaire que vous m'avez traité de salaud de déviationniste. Ils apprécieront.

Mais Bilger était déjà sorti et Wilt devait maintenant trouver une excuse plausible pour le Comité. Il se serait bien volontiers débarrassé de Bilger mais cet idiot avait une femme et trois enfants et ne pouvait guère compter sur son père, le contre-amiral Bilger. (Ce charlot gauchiste était évidemment un fils à papa.)

Entre-temps il avait fini de préparer sa conférence pour les étudiants étrangers. Et merde aux « attitudes libérales et progressistes »! 1688 à 1978 : presque trois siècles d'histoire anglaise compressés en huit conférences. En plus, suivant la réconfortante hypothèse de Mayfield, les attitudes libérales seraient en quelque sorte indépendantes du temps et du lieu et témoigneraient d'un progrès continuel. Et si on parlait un peu de l'Irlande du Nord? Bel exemple d'attitude libérale pour 1978. Quant à l'Empire, il n'avait pas précisément été un modèle de libéralisme. Pas aussi atrocement sanglant que le Congo belge ou l'Angola, c'est tout ce qu'on pouvait dire en sa faveur. En outre Mayfield était sociologue, pas historien. Non que les connaissances de Wilt fussent beaucoup plus étendues... Mais pourquoi le libéralisme anglais? Mayfield avait l'air de penser que les Gallois, les Écossais et les Irlandais n'existaient pas ou que s'ils existaient ils n'étaient ni progressistes ni libéraux au même titre que les autres.

Wilt sortit un stylo bille et rédigea quelques notes. Elles n'avaient rien à voir avec le sujet de cours donné par Mayfield. Il était encore perdu en conjectures quand arriva l'heure de déjeuner. Il descendit à la cantine, mangea tout seul un plat étiqueté « riz au curry », et retourna dans son bureau, riche de nouvelles idées, cette fois sur l'influence de l'Empire dans la civilisation anglaise : curry, bakchich, polo. Des mots qui s'étaient insinués dans la langue anglaise en provenance des comptoirs les plus éloignés, où les Wilt des générations antérieures avaient vécu en grands seigneurs avec une arrogance et une autorité difficiles à imaginer. Il fut interrompu dans ses méditations agréablement nostalgiques par Mrs Rosery, secrétaire du département, qui venait l'informer que Mr Germiston était malade et ne pourrait pas prendre Techniciens Electroniciens 3, et que Mr Laxton, son remplaçant habituel, avait fait un échange avec Mrs Vaugard sans en informer personne et que celle-ci n'était pas libre parce qu'elle avait déjà pris un rendez-vous chez son dentiste, etc.

Wilt descendit donc et entra dans la baraque où les techniciens électroniciens étaient assis, cuvant un repas manifestement arrosé à la bière.

– Bon, dit-il s'asseyant derrière la table, qu'avez-vous fait avec Mr Germiston?

– On n'a pas touché un seul cheveu de sa putain de tête, dit un jeune rouquin au premier rang. Ça vaut pas le coup une beigne sur la gueule et...

– Je veux dire, dit Wilt, poursuivant avant que le rouquin ne se lance dans les détails de ce qui arriverait à Germiston dans une bagarre, de quoi vous a-t-il parlé ce trimestre?

– D'enculer les métèques, dit un autre technicien.

– Pas au sens propre, j'espère, dit Wilt tout en espérant que son ironie ne les mènerait pas à une discussion sur les rapports sexuels interraciaux. Vous voulez dire que vous avez parlé de relations interraciales?

– Les négros quoi. Ouais les rastas, les moricauds, les étrangers. Tous ces foutus cons qu'arrivent ici pis qui prennent leur travail à des mecs corrects. Blancs. Je dis que...

Mais il fut interrompu par un autre technicien.

– Vous n'allez pas écouter ce qu'il raconte. Joe est membre du Front national.

– Je ne vois pas où est le mal? demanda Joe. Notre ligne politique est de garder...

– Ma politique est de laisser tomber la politique, dit Wilt, et je veux m'en tenir là. Ce que vous pouvez vous raconter dans la rue vous regarde, mais en classe nous n'aborderons pas ces sujets.

– Ouais, et ben vous devriez le dire au vieux Germe-Piston. Il passe ses foutues journées à nous raconter qu'il faut être de bons chrétiens et aimer nos voisins comme nous-mêmes. Eh ben, s'il vivait dans notre rue, il le changerait son disque. On a une flopée de loqueteux jamaïcains à deux pas de chez nous. Ils cognent sur leurs bongos et les poubelles jusqu'à des 4 heures du mat. Si papa Germy trouve moyen d'aimer ce foutu ramdam toute une putain de nuit, il doit être carrément sourdingue.

— Vous pourriez déjà leur demander de faire un peu moins de bruit ou de s'arrêter à 11 heures, dit Wilt.

— Ça va pas la tête! Pour vous faire suriner les tripes? Vous voulez rire.

— Eh bien, la police pourrait...

Joe le regarda incrédule.

— Un type à quatre numéros de chez nous est allé chercher les flics, et vous savez ce qui lui est arrivé?

— Non, dit Wilt.

— Deux jours plus tard, il a retrouvé ses pneus crevés à coups de couteau. C'est tout. Vous vous imaginez que les poulets font quelque chose? Mon cul, oui!

— Je vois que vous avez un problème, dut admettre Wilt.

— Ouais, et on sait comment le résoudre aussi, dit Joe.

— Ce n'est pas en les renvoyant à la Jamaïque que tu résoudras quoi que ce soit, dit le technicien qui était contre le Front national. De toute façon ceux de ta rue ne viennent pas de là. Leurs parents créchaient déjà à Brixton.

— Dans la tôle de Brixton plutôt.

— C'est rien que des préjugés.

52

– Je voudrais bien t'y voir si tu ne pouvais pas roupiller une seule nuit tranquille par mois!

La bataille continua de faire rage, tandis que Wilt contemplait la classe. Tout était exactement comme avant, quand il enseignait. Avec les apprentis, il suffisait de lancer la conversation puis de les laisser faire et de les relancer d'un mot provocateur vers d'autres controverses lorsque le débat flanchait. Et c'était à ces mêmes apprentis que tous les Bilger de ce monde voulaient inculquer une conscience politique, comme des oies prolétariennes que l'on gaverait pour produire un *pâté de foie gras* [1] totalitaire.

Mais les Techniciens Electroniciens 3 n'en étaient déjà plus à discuter de races mais de la Coupe du monde de l'année précédente. Ils semblaient avoir des sentiments plus vifs pour le football que pour la politique. Au bout d'une heure, Wilt les quitta et se dirigea vers l'auditorium pour donner sa conférence aux étudiants étrangers. Il découvrit avec horreur que la salle était comble. Mayfield avait raison de dire que ce cours était populaire et d'un excellent rapport. En suivant les rangées des yeux, Wilt constata qu'il allait probablement s'adresser à des millions de livres sterling sous forme de puits de pétrole, aciéries, chantiers navals et industries chimiques éparpillées de Stockholm à Tokyo via l'Arabie saoudite et le golfe Persique. Ces types étaient venus là pour connaître l'Angleterre et les attitudes anglaises et il fallait leur en donner pour leur argent. C'était ce qu'il avait de mieux à faire.

Wilt monta à la tribune et disposa quelques notes.

1. En français dans le texte. *(N.d.T.)*

En tapotant dans le micro il produisit quelques bruits retentissant dans les haut-parleurs au fond de l'auditorium, et commença sa conférence ainsi :

– Il va peut-être paraître surprenant à ceux d'entre vous qui viennent de sociétés plus autoritaires que j'ignore délibérément le titre de l'ensemble des conférences que je suis supposé vous donner, c'est-à-dire le « Développement des attitudes sociales libérales et progressistes de la société anglaise de 1688 à nos jours », pour me concentrer sur le problème plus essentiel – pour ne pas dire l'énigme – de la nature même de l'Anglais. C'est un problème qui a déconcerté les meilleurs esprits étrangers pendant des siècles, et je ne doute pas qu'il vous déconcerte aussi. Je dois admettre que moi-même, tout Anglais que je sois, je demeure déconcerté par ce sujet et n'ai guère espoir d'y voir plus clair à la fin de ces conférences.

Wilt s'arrêta et regarda son auditoire. Les têtes étaient penchées sur les cahiers de notes et les stylos billes faisaient merveille. C'était bien ce à quoi il s'attendait. Ils inscrivaient religieusement tout ce qu'ils entendaient sans plus y réfléchir, tout comme l'avaient fait les groupes précédents, mais il y aurait peut-être parmi eux une personne qui s'interrogerait sur ce qu'il leur dirait. Cette fois-ci il allait leur donner à tous matière à interrogation.

– Je vais commencer par une liste de livres dont la lecture est essentielle, mais avant je vais attirer votre attention sur un trait de caractère anglais que j'espère étudier. Le voici : j'ai délibérément choisi d'ignorer le sujet que je suis censé enseigner et j'ai moi-même choisi un autre sujet. De plus je me limite à l'Angleterre et j'ignore le Pays de Galles, l'Écosse et ce que l'on appelle habituellement la Grande-Bretagne. J'en sais moins sur Glasgow que sur New Delhi, et les habitants de ces régions se sentiraient insultés si je les incluais parmi les Anglais. J'éviterai en particulier de parler des Irlandais. En tant qu'Anglais moi-même, ils me dépassent totalement, et leur manière de régler les conflits ne m'enchante pas. Je me contenterai de répéter ce que Metternich disait, je crois, au sujet de l'Irlande, que c'est la Pologne de l'Angleterre.

Wilt fit une nouvelle pause pour permettre à son auditoire de prendre des notes. Il voulait bien être pendu si les Saoudiens avaient jamais entendu parler de Metternich.

– Voyons maintenant la liste des livres. Le premier est *le Vent dans les roseaux* de Kenneth Grahame. C'est la meilleure description des aspirations et des comportements des classes moyennes que l'on puisse trouver dans la littérature anglaise. Vous vous rendez compte qu'il ne s'agit que d'animaux, tous mâles. Les seules femmes du livre sont des personnages secondaires, l'une est marinière, les deux autres sont la fille du geôlier et sa tante, et au sens strict elles n'ont rien à faire dans l'histoire. Les caractères principaux sont un Rat d'eau, une Taupe, un Blaireau et un Crapaud, tous célibataires et ne manifestant pas le moindre intérêt pour le sexe opposé. Ceux d'entre vous qui viennent de climats plus chauds ou qui se sont baladés dans Soho [1] peuvent trouver cette absence de thème sexuel surprenante. Je peux simplement dire que son absence concorde parfaitement avec les valeurs de la

---

1. Équivalent londonien de Pigalle. *(N.d.T.)*

vie familiale des classes moyennes anglaises. Pour les étudiants qui ne se contentent pas des aspirations et des comportements, et qui souhaitent étudier le sujet plus en détail, même s'il s'agit de détails luxurieux, je peux recommander la lecture de certains quotidiens, en particulier ceux du dimanche. Le nombre élevé d'enfants de chœur agressés annuellement par des vicaires et des bedeaux pourrait vous amener à conclure que l'Angleterre est un pays profondément religieux. Pour ma part, je m'en tiens à l'opinion de certains selon laquelle...

Mais cette opinion qui avait la faveur de Wilt, les étudiants ne la connurent jamais. Il s'interrompit brutalement en plein discours et regarda fixement un visage au troisième rang. Irmgard Mueller était l'une de ses étudiantes. Qui plus est, elle le dévisageait avec une curieuse intensité et n'avait pas pris la peine de prendre des notes. Wilt lui rendit son regard puis baissa les yeux sur ses propres notes et se demanda ce qu'il devait dire ensuite. Mais toutes les idées qu'il avait répétées avec tant d'ironie s'étaient volatilisées. Pour la première fois dans une longue carrière d'improvisation, Wilt restait sans voix. Il se tenait à la tribune, les mains moites. Il regarda la pendule : il fallait qu'il parle pendant quarante minutes encore et ce de manière intense et sérieuse et même... oui significative même. Le mot tant redouté dans sa jeunesse à la sensibilité exacerbée vint exploser à la surface de son esprit. Il se raidit.

– Comme je vous le disais, bafouilla-t-il, juste comme son auditoire commençait de chuchoter, les livres cités ici ne font qu'effleurer la surface du problème de la nature de l'Anglais... ou plutôt de la connaissance de la nature de l'Anglais...

Pendant la demi-heure suivante il aligna des phrases sans queue ni tête et finalement tout en marmonnant quelque chose sur le pragmatisme rassembla ses notes et termina sa conférence. Il descendait de la tribune quand Irmgard se leva et s'approcha de lui.

– Mr Wilt, dit-elle, je voulais vous dire à quel point je trouve votre conférence intéressante.

– Très aimable à vous, vraiment très aimable, dit Wilt, tout en dissimulant sa passion.

– J'ai particulièrement été intéressée par ce que vous avez dit du système parlementaire qui n'est démocratique qu'en apparence seulement. Vous êtes le premier conférencier que nous ayons eu qui ait placé le problème de l'Angleterre dans le contexte de la réalité sociale et de la culture populaire. Vous nous avez beaucoup éclairé la question.

Ce fut un Wilt plus illuminé qu'éclairé qui sortit de l'auditorium et monta dans son bureau. Il planait complètement. Plus aucun doute n'était possible maintenant. Irmgard n'était pas que belle. Elle était aussi fabuleusement intelligente. Wilt avait rencontré la femme parfaite avec vingt années de retard.

5

Il était tellement préoccupé par ce nouveau problème grisant qu'il arriva avec vingt minutes de retard à la réunion du Comité éducatif. Il croisa

Mr Dobble qui la quittait avec le projecteur et la tête de quelqu'un qui vient de faire son devoir en jetant un pavé dans la mare.

– Ne m'en veuillez pas, Mr Wilt, dit-il, en voyant Wilt froncer les sourcils, je ne suis ici que pour...

Wilt ne lui répondit pas et entra dans la salle pour trouver le Comité en train de prendre place autour d'une grande table. Il y avait une chaise isolée bien en évidence à une extrémité et comme Wilt l'avait prévu, ils étaient tous là : le principal, son adjoint, le conseiller Blighte-Smythe, Mrs Chatterway, Mr Squidley et le responsable du ministère.

– Ah, vous voilà, Wilt, dit le principal en l'accueillant sans plus d'enthousiasme. Asseyez-vous.

Wilt s'arma de courage pour ne pas prendre le siège isolé et s'assit à côté du représentant officiel.

– Je crois comprendre que vous voulez me voir au sujet du film antipornographique réalisé par un membre du département de culture générale, dit-il, essayant de prendre l'initiative.

Les membres du Comité lui lancèrent des regards furieux.

– Pour commencer vous pourriez laisser tomber le « anti », dit le conseiller Blighte-Smythe, ce que nous venons de voir encule, euh... enfonce tout ce que l'on peut imaginer. Cette chose est carrément pornographique.

– Je pense qu'un fétichiste des crocodiles peut le ressentir ainsi, dit Wilt. Pour ma part, comme je n'ai pas eu la possibilité de voir le film, je ne sais pas comment je réagirais.

– Mais vous avez pourtant dit que c'était de l'antipornographie, dit Mrs Chatterway dont les

58

opinions progressistes la mettaient toujours en désaccord avec le conseiller et Mr Squidley. Comme directeur de la culture générale, vous avez bien dû lui donner votre approbation. Je suis persuadée que le Comité serait curieux d'entendre vos raisons.

Wilt eut un sourire désabusé.

– Je crois que le titre de directeur de ce département nécessite quelques explications, Mrs Chatterway, commença-t-il, mais il fut interrompu par Blighte-Smythe.

– Des explications plutôt pour ce put... ce fichu film que nous venons de voir. Ne nous écartons pas du problème, dit-il d'un ton brusque.

– Il s'agit bien du même problème, dit Wilt. Le simple fait que j'aie le titre de directeur de la culture générale ne veut pas dire que je puisse contrôler ce que font les membres de mon soi-disant personnel.

– Nous savons bien ce que font vos abrutis, dit Mr Squidley, et si un de mes employés se mettait à faire ce que nous venons de voir, il serait immédiatement saqué.

– Eh bien, c'est un peu différent dans l'enseignement, dit Wilt. Je peux établir des lignes directrices de la politique éducative, mais, je crois que le principal vous le confirmera, il est impossible à un directeur de département de saquer un professeur qui ne les a pas suivies.

Wilt quêta des yeux un accord auprès du principal. Celui-ci le donna à contrecœur. Le principal aurait bien volontiers saqué Wilt il y a des années de ça.

– C'est vrai, dit-il.

– Vous voulez dire que vous ne pouvez pas vous

débarrasser du pervers qui a fait ce film? demanda Blighte-Smythe.

– Non, à moins qu'il ne soit systématiquement absent de son poste, qu'il ne soit régulièrement ivre, ou qu'il ne cohabite de manière ouverte avec les étudiantes. Si ce n'est pas le cas, eh bien, non!

– Est-ce vrai? demanda M. Squidley au responsable officiel.

– J'en ai bien peur. A moins de faire la preuve d'une incompétence flagrante ou d'un comportement sexuel immoral avec un étudiant, on ne peut toucher à un professeur à plein temps.

– Si le fait de sodomiser un crocodile n'est pas sexuellement immoral je me demande ce qui le sera, dit le conseiller Blighte-Smythe.

– Si je ne me trompe pas, l'objet en question n'était pas vraiment un crocodile et il n'y a pas eu de rapport sexuel véritable, dit Wilt, en tout cas le professeur n'a fait qu'enregistrer l'événement avec une caméra. Il n'y a pas participé lui-même.

– Il aurait été emprisonné si cela avait été le cas, dit Mr Squidley. Je me demande pourquoi ils n'ont pas lynché ce crétin.

– Ne sommes-nous pas en train de perdre de vue l'objet de cette réunion? demanda le principal. Je crois que Mr Randlon a d'autres questions à poser.

Le représentant officiel chercha dans ses notes.

– J'aimerais demander à Mr Wilt quelles sont ses lignes directrices en matière de culture générale? Il est possible que cela ait une relation avec des réclamations que nous avons reçues du public.

Il regarda Wilt, l'air furieux.

– Cela m'aiderait peut-être si j'en connaissais

l'objet, dit Wilt essayant de gagner du temps, mais Mrs Chatterway s'interposa.

– Enfin voyons, le but de la culture générale a toujours été d'inculquer un sentiment de responsabilité sociale et d'intérêt pour autrui chez les jeunes dont nous avons la responsabilité, jeunes qui pour la plupart n'ont pas reçu une éducation libérale.

– Dépravée me semblerait mieux convenir, si vous me demandez mon avis, dit le conseiller Blighte-Smythe.

– Personne ne vous le demande, aboya Mrs Chatterway, nous connaissons tous très bien votre point de vue.

– Nous pourrions peut-être entendre celui de Mr Wilt... suggéra le représentant officiel.

– Eh bien, autrefois les études de culture générale consistaient en grande partie à occuper les apprentis pendant une heure en leur faisant étudier des livres, dit Wilt. A mon avis, ils n'apprenaient pas grand-chose et le système était une perte de temps.

Wilt s'arrêta dans l'espoir que le conseiller dirait quelque chose qui mettrait en fureur Mrs Chatterway. Mais Mr Squidley étouffa tout espoir de ce genre car il était du même avis.

– Ça l'a toujours été et ça le sera toujours. Je l'ai déjà dit et je le répéterai. Ils seraient mieux employés à travailler effectivement pendant cette journée de stage, au lieu de se prélasser en classe à gaspiller l'argent des contribuables.

– Eh bien, nous sommes au moins d'accord sur un point, dit pacifiquement le principal. L'orientation de Mr Wilt s'est ensuite voulue plus pratique. C'est cela, Wilt?

– La politique du département a été d'enseigner

61

aux apprentis à réaliser certaines choses. Je suis persuadé qu'on peut les amener à s'intéresser aux...

– Crocodiles? demanda le conseiller Blighte-Smythe.

– Mais non, dit Wilt.

Le représentant consulta la liste qu'il avait devant lui.

– Je lis ici que votre conception d'un enseignement pratique comprend la fabrication domestique de la bière.

Wilt hocha la tête.

– Puis-je vous demander pourquoi? Encourager les adolescents à devenir des alcooliques ne me semble pas présenter une finalité éducative quelconque.

– Pour commencer, cela les tient éloignés des bars, dit Wilt. En tout cas les techniciens gaziers ne sont pas des adolescents, la moitié sont des gens mariés avec des enfants.

– Et est-ce que le cours de brassage chez soi comprend la fabrication d'alambics illicites?

– Des alambics? dit Wilt.

– Pour la gnôle.

– Je crois que cela dépasse la compétence des gens de mon département. Quant à ce qu'ils peuvent brasser...

– D'après les types des Fraudes, c'est presque de l'alcool pur, dit le responsable. En tout cas, le bidon de deux cents litres qu'ils ont déterré du sous-sol du bâtiment technique a dû être brûlé. D'après l'un d'eux on aurait pu faire fonctionner une voiture avec cette saloperie.

– C'est peut-être ce qu'ils avaient l'intention de faire, dit Wilt.

– Dans ce cas, poursuivit le responsable, pourquoi avoir étiqueté plusieurs bouteilles « Château Tech. V.S.O.P. » ?

Le principal avait l'air d'implorer le plafond, mais le responsable ne s'en tint pas là.

– Vous pourriez aussi nous parler du cours que vous avez organisé sur le ravitaillement autonome?

– Eh bien, en fait cela s'appelle « Vivre de la Terre », dit Wilt.

– Très juste, et la terre en question est celle de Lord Podnorton.

– Jamais entendu parler de lui.

– Il a entendu parler de votre établissement, lui. Son garde-chasse a attrapé deux apprentis cuisiniers qui décapitaient un faisan avec un manchon de plastique de trois mètres de long à l'intérieur duquel se trouvait une corde à piano volée au conservatoire. Cela explique peut-être pourquoi il a fallu recorder quatorze pianos ces derniers mois.

– Grands dieux, je pensais qu'il s'agissait de vandales, murmura le principal.

– C'est aussi ce que pensait, à tort, Lord Podnorton au sujet de ses serres, de quatre de ses châssis froids, des groseilliers...

– La seule chose que je puisse vous dire, dit Wilt en l'interrompant, c'est que dévaliser une serre ne fait pas partie du programme de « Vivre de la Terre ». Je peux vous le garantir. Ma femme, qui est très intéressée par la fabrication du compost, m'en a donné l'idée...

– Je suis persuadé que c'est elle aussi qui vous a donné l'idée d'un autre cours. J'ai ici une lettre de Mrs Tothingford qui se plaint des cours de karaté donnés aux infirmières. Vous pouvez peut-être nous fournir une explication?

— Nous avons effectivement un cours de « Défense contre le viol » qui s'adresse aux puéricultrices. Nous avons pensé que c'était utile avec l'augmentation de la violence.

— Cela tombe sous le sens, dit Mrs Chatterway, je suis entièrement d'accord.

— Vous peut-être, dit le responsable, en la considérant d'un œil critique par-dessus ses lunettes, mais pas Mrs Tothingford. Sa lettre nous vient de l'hôpital où on la soigne pour une clavicule cassée, une pomme d'Adam luxée et des dommages internes infligés par sa nurse samedi soir dernier. Vous n'allez quand même pas me dire que Mrs Tothingford allait la violer?

— Et pourquoi non? dit Wilt. Lui avez-vous demandé si elle était lesbienne? On nous a cité le cas d'une...

— Il se trouve que Mrs Tothingford est la mère de quatre enfants et l'épouse de...

Il regarda sa lettre.

— Trois hommes? demanda Wilt.

— Du juge Tothingford, Wilt, hurla le responsable d'un ton rageur. Et si vous suggérez que la femme d'un juge est lesbienne, je vous rappelle qu'il existe des lois contre la diffamation.

— Il existe aussi des épouses lesbiennes, dit Wilt. J'en ai connu une dans le temps, elle vivait en bas de notre...

— Nous ne sommes pas ici pour parler de vos fréquentations déplorables.

— Je croyais que si. Après tout, je suis ici à votre requête pour parler d'un film réalisé par un profes-

64

seur de mon département. Et bien que je ne puisse pas dire que ce soit un ami, je le connais quand même assez pour...

Il fut réduit au silence par un coup de pied de l'adjoint sous la table.

— La liste des dommages est-elle terminée ? demanda plein d'espoir le principal.

— Je pourrais encore parler pendant des heures mais je ne le ferai pas, dit le responsable. On peut dire pour conclure que le département de culture générale non seulement ne réussit pas dans sa fonction supposée d'inculquer un sentiment de responsabilité sociale chez les apprentis en stage, mais qu'en outre il favorise un comportement anti-social...

— Je n'y suis pour rien, dit Wilt avec colère.

— Vous êtes responsable du fonctionnement de votre département, et comme tel responsable devant les autorités locales.

— Autorités locales mon œil, grogna Wilt. Si j'avais la moindre autorité, ce film n'aurait jamais été réalisé. Ce qui se passe c'est qu'on m'a collé des professeurs que je n'ai pas nommés moi-même et que je ne peux pas flanquer à la porte. Certains sont des révolutionnaires ou des anarchistes délirants et les autres n'arriveraient même pas à se faire écouter d'étudiants maintenus par des camisoles de force. Et dans ces conditions vous voudriez que je sois responsable de ce qui peut se passer !

Wilt regarda les membres du Comité et secoua la tête. Même le responsable officiel semblait déconte-nancé.

— Le problème est manifestement très complexe, dit Mrs Chatterway, qui avait volé au secours de

Wilt dès qu'elle avait entendu parler du cours de défense contre le viol à l'intention des puéricultrices. Je pense parler au nom de tout le Comité lorsque je dis que nous comprenons les difficultés que Mr Wilt rencontre.

– Ne vous occupez pas de celles de Mr Wilt, intervint Blighte-Smythe. Imaginez plutôt les nôtres si cette affaire est révélée et si la presse a vent de l'histoire...

Cette perspective fit blêmir Mrs Chatterway, le principal lui, se couvrit les yeux. Wilt nota ces diverses réactions avec intérêt.

– Je ne sais pas, dit-il, pour ma part je suis totalement en faveur de débats publics sur les problèmes touchant à l'enseignement. Les parents devraient savoir comment nous enseignons à leurs enfants. J'ai quatre filles et...

– Wilt! dit le principal avec violence. Le Comité admet généreusement que vous ne pouvez pas être tenu totalement responsable de ces déplorables incidents. Je ne pense pas que nous devons vous retenir plus longtemps.

Mais Wilt resta assis et poussa son avantage.

– Si je comprends bien, vous ne souhaitez pas attirer l'attention des médias sur cette regrettable affaire. Eh bien, si c'est vous qui le décidez...

– Écoutez, Wilt, dit rageusement le responsable, si un seul mot de tout ceci parvient à la connaissance de la presse, ou bien est discuté en public, je vous... Eh bien, je n'aimerais pas être à votre place.

Wilt se leva.

– Eh bien, moi non plus en ce moment, dit-il.

Vous me convoquez ici pour me faire subir un interrogatoire sur une action que je ne peux empêcher parce que vous refusez de me donner toute autorité réelle. Puis, lorsque je propose de rendre cette lamentable affaire publique, vous commencez à me menacer. J'ai bien envie de me plaindre au syndicat.

Ayant proféré cette horrible menace, il se dirigea vers la porte.

– Wilt, cria le principal, nous n'en avons pas encore terminé.

– Moi non plus, dit Wilt et il ouvrit la porte. Je pense que votre tentative de camoufler un sujet d'intérêt public est vraiment répréhensible. Oui, je le pense.

– Seigneur, dit Mrs Chatterway qui n'avait pourtant pas coutume d'en appeler au Ciel, vous ne pensez pas qu'il parle sérieusement, non?

– J'ai depuis longtemps renoncé à comprendre Wilt, dit le principal avec tristesse. L'erreur de ma vie a été de l'embaucher.

6

– Ce serait un suicide professionnel, dit Peter Braintree à Wilt, tandis qu'un peu plus tard, ce même jour, ils buvaient des bières au *Glassblower's Arms*.

– J'ai bien envie de me suicider pour de bon, dit

Wilt dédaignant le feuilleté à la viande que Braintree venait de lui acheter. Ce n'est pas la peine de me tenter avec des friands.

– Tu dois manger quelque chose, c'est vital, dans l'état où tu es.

– Dans ma situation, plus rien n'est vital. Pour défendre des abrutis comme Bilger qui veulent une putain de révolution, je suis obligé de me battre contre le principal, le responsable officiel et cette merde de Comité. Et au même moment, après des années de lutte pour sublimer mes instincts lubriques à l'égard des secrétaires, de Miss Trott, ou d'une quelconque puéricultrice, il faut qu'Eva amène à la maison la femme la plus fantastique et la plus belle qu'elle puisse trouver. Tu ne me croiras pas... Tu te souviens de l'été avec les Suédoises?

– Celles à qui tu devais expliquer *Amants et Fils*?

– C'est ça même, dit Wilt, quatre semaines en compagnie de trente jeunes Suédoises délicieuses et de D.H. Lawrence. C'est ce qu'on peut appeler un baptême de luxure. Eh bien, j'en suis sorti indemne. Tous les soirs je rentrais à la maison auprès d'Eva, blanc comme neige. Si on déclarait enfin la guerre des sexes, j'aurais gagné la Médaille conjugale de chasteté au-delà de toute limite raisonnable.

– Oh! nous en sommes tous passés par là! dit Braintree.

– Et c'est quoi, exactement pour toi? dit Wilt offensé.

– Ah, le corps qui vous ravit, les tétons, les fesses, la vue furtive d'une cuisse. Une fois, je m'en souviens...

– Je préfère ne pas entendre tes fantasmes répu-

68

gnants, dit Wilt. Une autre fois peut-être. Tout est différent avec Irmgard. Je ne parle pas que du physique. Nous communiquons.

– Nom de Dieu, Henry, dit Braintree sidéré.

– Parfaitement. Quand m'as-tu déjà entendu prononcer ce mot redoutable?

– Jamais.

– Eh bien, je le prononce aujourd'hui pour la première fois. C'est te dire dans quelle situation je suis.

– Je vois, dit Braintree, tu es...

– Amoureux, dit Wilt.

– Complètement fou, c'est ce que j'allais dire.

– Cela revient au même. Je suis prisonnier de la double corne d'un dilemme. J'utilise ce cliché délibérément, quoique à parler franchement il n'y ait pas de cornes à porter. Mon épouse est une femme redoutable, frénétique, qui manque complètement de sensibilité...

– Et elle ne te comprend pas. J'ai déjà entendu cette rengaine.

– Elle me comprend parfaitement. Ce qui n'est pas ton cas, dit Wilt et il replongea avec amertume dans sa bière.

– Henry, on t'a drogué, dit Braintree.

– Exact, et nous savons tous qui. Mrs Crippen [1].

– Mrs Crippen? Nom de Dieu, de quoi parles-tu?

– T'es-tu jamais demandé, dit Wilt en repoussant le friand à l'autre bout du comptoir, ce qui se serait passé si Mrs Crippen, plutôt que de ne pas avoir

1. Célèbre affaire criminelle du début du siècle. Hawley Crippen empoisonna sa femme et la découpa en morceaux. Il cacha les morceaux dans sa cave, enveloppés dans un vieux pyjama. *(N.d.T.)*

d'enfant et de passer son temps à harceler sans cesse son mari en jouant la mouche du coche, avait eu des quadruplées? Ça ne te dit rien, je vois. Eh bien, moi, je me suis posé la question. Depuis que j'ai donné ce cours sur Orwell et l'art du meurtre anglais, j'y ai souvent réfléchi quand je rentrais à pied vers cette maison où je savais que m'attendait un Nouveau Dîner de saucisse au soja cru et d'oseille du jardin, arrosé de café de pissenlits. Je suis arrivé à certaines conclusions.

— Allons, Henry, dit Braintree avec sévérité, c'est de la démence.

— Ah bon? Alors dis-moi. Si Mrs Crippen avait eu des quadruplées, qui est-ce qu'on aurait retrouvé dans la cave? Le Dr Crippen bien sûr... Non, ne m'interromps pas. Tu ne te rends pas compte à quel point la maternité a changé Eva. Moi si. Je vis dans une maison hors de proportions avec une femme hors de proportions et quatre filles, et je peux te garantir que j'ai affiné ma connaissance de l'espèce femelle, ce qui n'est pas le cas de beaucoup d'hommes plus heureux que moi et je sais très bien quand je suis indésirable.

— Où diable veux-tu en venir maintenant?

— Deux autres verres, dit Wilt au barman, et s'il vous plaît remettez ce friand à sa place.

— Enfin, Henry, regarde les choses en face, ne laisse pas ton imagination t'emporter, dit Braintree. Tu ne veux quand même pas insinuer qu'Eva a l'intention de t'empoisonner?

— Je n'irais pas jusque-là, dit Wilt, mais ça m'est pourtant venu à l'esprit quand Eva a commencé de s'intéresser aux Nouveaux Champignons. Heureusement j'ai demandé à Samantha de goûter les plats la première et Eva a laissé tomber. Je suis peut-être de trop mais pas les filles. C'est l'avis d'Eva en tout cas. Elle tient sa progéniture pour de futurs génies. Samantha, c'est Einstein. Les fresques au feutre de Pénélope sur les murs du salon, Michel-Ange au féminin. Et le prénom de Joséphine, tout un programme! Tu veux que je continue?

Braintree secoua la tête.

– Bon, dit Wilt, tout déprimé, se tapant une nouvelle bière. En tant que mâle, j'ai rempli ma fonction biologique. Et juste comme je suis sur le point de m'installer assez paisiblement dans une sénilité précoce, avec un flair infaillible dont je ne l'aurais pas crue capable, Eva amène à la maison une femme qui a toutes les qualités : intelligence, beauté, sensibilité spirituelle, rayonnement... Tout ce que je peux dire d'Irmgard c'est que c'est exactement la femme que j'aurais dû épouser.

– Eh oui, dit Braintree en levant le nez de la chope où il s'était réfugié pour échapper à l'énumération épouvantable de Wilt. Tu t'es encombré d'Eva et...

– Encombré est le mot, dit Wilt. Quand Eva se couche... Je te passe les détails sordides. Disons simplement qu'elle est deux fois l'homme que je suis.

Wilt redevint silencieux et termina sa bière.

– En tout cas, je peux t'affirmer que ce serait l'erreur de ta vie de faire une publicité de ce genre au Tech. Tu en as déjà assez fait comme ça [1], dit Braintree pour changer de sujet. Il ne faut pas réveiller le lion qui dort, c'est ma devise.

1. Allusion à *Wilt 1. (N.d.T.)*

– Ce serait aussi la mienne, si des gens ne s'amusaient pas à se filmer quand ils taquinent le crocodile, dit Wilt. En plus ce crétin de Bilger a le culot de me dire que je suis un sale déviationniste et un larbin à la solde du fascisme et du capitalisme... merci, je prendrai une autre bière... et pendant tout ce temps, c'est moi qui sers de couverture à ce demeuré. J'ai bien envie de rendre publique toute cette putain de polémique. Envie seulement, parce que Toxted et sa bande de casseurs du Front national n'attendent qu'une occasion pour frapper et je n'ai pas envie d'être leur héros. Non merci.

– J'ai vu notre petit Hitler installer une affiche à la cantine ce matin, dit Braintree.

– Ah bon? Et qu'est-ce qu'il réclame cette fois? La castration des coolies ou le retour à la torture?

– Quelque chose à propos du sionisme. J'aurais bien déchiré ce truc, mais il a des bédouins pour gardes du corps. Il s'est rangé du côté des Arabes maintenant, tu le savais?

– Génial, absolument génial, dit Wilt. Voilà ce que j'aime avec ces fêlés, de droite, de gauche, en perpétuelle contradiction. Prends Bilger. Ses enfants vont dans des écoles privées, il vit dans une putain de maison gigantesque que lui a achetée son père et se balade prêchant la révolution mondiale au volant d'une Porsche qui a bien dû lui coûter une fortune et il me traite de sale fasciste. Je me remets à peine du choc et je tombe sur Toxted, fasciste authentique, qui vit dans une H.L.M., et veut renvoyer tous les basanés à Islamabad. Et ça même s'ils sont nés dans une banlieue de Londres, et n'ont jamais mis les pieds hors de l'Angleterre. Avec qui il s'allie? Je te le donne en mille. Une bande de foutus sheiks qui ont plus de pétrodollars sous leurs burnous qu'il n'en verra jamais, qui ne parlent pas plus de trois mots d'anglais et possèdent plus de la moitié de Mayfair [1]... Bien sûr ce sont des sémites et lui il est tellement antisémite qu'en comparaison Eichmann semble un enfant de chœur. Dis-moi comment ça fonctionne le cerveau d'un mec pareil. Moi je renonce. Ça suffirait à faire sombrer dans l'alcool n'importe quel homme doué de raison.

Comme pour appuyer sa remarque, Wilt commanda deux bières de plus.

– C'est ta septième, dit Braintree en hésitant. Eva va te faire une de ces têtes quand tu vas rentrer.

– Elle me fait toujours une de ces têtes. Point final, dit Wilt. « Ô ma vie perdue, ma vie aux chiens jetée... »

– Si on parlait d'autre chose, dit Braintree. Ya rien de pire qu'un ivrogne qui s'épanche.

– C'était juste une citation du premier vers du *Testament de Beauté* de Robert Bridges, dit Wilt. D'ailleurs c'est pas ça. Je m'épanche peut-être mais ce n'est pas l'alcool. Je suis juste un peu bourré. Si tu avais eu une journée comme la mienne et que tu doives te retrouver au lit avec une Eva de mauvais poil, toi aussi tu te bourrerais de bière pour atténuer le choc. Ajoute à ça que trois mètres au-dessus de mon crâne, au-dessus du plâtre, du plancher et de la moquette, sera couchée la créature la plus belle, la plus intelligente, la plus rayonnante, la plus sensible...

– J'espère que tu ne vas pas encore mentionner

---

1. Quartier résidentiel de Londres. *(N.d.T.)*

le mot « Muse », Henry, dit Braintree menaçant.

– Dieu m'en garde, dit Wilt, la grossièreté de tes oreilles n'a pas son pareil. Hein, ça rime presque! Tu ne t'étais jamais rendu compte que l'anglais est fait pour la rime?

Wilt continua de disserter sur ce sujet plus agréable et descendit deux bières de plus. Quand ils quittèrent enfin le *Glassblower's Arms*, Braintree était trop saoul pour tenir un volant.

– Je vais laisser la voiture ici et je reviendrai la chercher demain matin, dit-il à Wilt qui s'était adossé à un poteau télégraphique, et à ta place j'appellerais un taxi, tu n'es même pas capable de marcher.

– Je m'en irai communier avec la nature, dit Wilt. Je n'ai pas l'intention d'abréger le temps qui me sépare de la réalité. Avec un peu de chance elle sera endormie avant mon retour.

Il partit en titubant en direction de Willington Road, s'arrêtant de temps en temps pour se stabiliser contre une clôture et deux fois pour se soulager dans des jardins inconnus. La seconde fois, il prit un rosier pour un hortensia et s'écorcha assez méchamment. Il était assis au bord de la pelouse essayant de se servir de son mouchoir comme d'un garrot, quand une voiture de police vint s'arrêter près de lui. Wilt ferma les yeux : la lumière d'une torche l'éblouit puis descendit jusqu'à son mouchoir taché de sang.

– Tout va bien? demanda la voix derrière la lampe, un peu trop obséquieuse au goût de Wilt.

– Vous croyez que ça en a l'air? demanda-t-il agressif. Vous trouvez un type dans un caniveau avec un mouchoir autour des restes de son orgueil de mâle, et vous n'êtes pas foutu de poser une question décente.

– A votre place, monsieur, je laisserais tomber les insultes, dit le policier. Il existe des lois contre leur emploi sur la voie publique.

– Il devrait surtout y en avoir une qui empêche de planter des putains de rosiers le long de cette saloperie de trottoir, dit Wilt.

– Et peut-on vous demander ce que vous faisiez avec ce rosier, monsieur?

– On peut, dit Wilt, si on est assez con pour ne pas le voir tout seul, on peut effectivement le demander.

– Eh bien, dites-le-moi donc, dit le policier en sortant son carnet.

Wilt le lui expliqua avec une profusion de détails et une vivacité qui firent s'éclairer les fenêtres de plusieurs maisons de la rue. Dix minutes plus tard, on l'aidait à sortir de la voiture pour entrer au poste de police.

– Ivresse et désordre sur la voie publique, langage injurieux, atteinte à la patience...

Wilt l'interrompit.

– Impatiens mon cul, cria-t-il, c'était pas une impatiens, on en a une devant la maison et elle n'a pas des épines longues comme la main. En tout cas je ne lui ai jamais rien fait. Celui qui n'a pas expérimenté une circoncision partielle par « polyantha floribunda » interposé n'a qu'à la fermer. J'étais simplement en train de me soulager, ou pour parler familièrement de pisser un coup quand ce buisson infernal aux griffes de chat grimpant s'est mis dans sa petite tête végétale de vouloir me dégonfler, et si vous ne me croyez pas allez-y et essayez!...

75

– Bouclez-moi ce type, dit le sergent de garde qui craignait que Wilt n'offense une vieille dame venue déclarer la perte de son pékinois.

Mais avant que les deux agents n'aient pu traîner Wilt jusqu'à une cellule, ils entendirent un rugissement dans le bureau de l'inspecteur Flint. Celui-ci était revenu tout heureux au poste pour interroger un voleur longtemps recherché par la police quand le bruit d'une voix familière atteignit ses oreilles. Il sortit en trombe de son bureau et, livide, contempla Wilt.

– Qu'est-ce qu'il fout ici? demanda-t-il.

– Eh bien, monsieur... commença un agent, mais Wilt explosa.

– Eh bien, d'après vos joyeux confrères, j'étais en train d'essayer de violer un rosier, alors que d'après moi, j'étais en train de pisser tranquillement...

– Wilt, hurla l'inspecteur, si vous êtes venu ici pour foutre la merde, c'est raté. Quant à vous deux, regardez bien ce couillon, mettez-vous-le bien dans le collimateur et ne l'arrêtez jamais! Et si vous le trouvez en train d'assassiner quelqu'un, attendez qu'il ait fini. Allez, flanquez-le dehors.

– Mais, monsieur...

– J'ai dit dehors, cria Flint. Dehors, c'est dehors... Cette chose que vous venez de m'amener est un virus humain de folie contagieuse. Sortez-le et vivement, avant qu'il ne transforme ce poste en maison de fous.

– Eh bien, bravo, protesta Wilt, on m'amène ici de force sous une accusation bidon et...

Et ils le jetèrent dehors. Flint regagna son bureau et s'assit l'air absent. Il pensait à Wilt. Les visions de cette foutue poupée gonflable hantaient encore son esprit. Jamais il n'oublierait les heures passées à interroger ce cinglé[1]. Et Mme Wilt! Eva, dont le mari était censé avoir enterré le cadavre sous trente tonnes de béton alors que la pauvre créature dérivait au fil de l'eau dans un hors-bord au moteur cassé. A eux deux, les Wilt l'avaient fait passer pour un crétin fini et on le charriait encore à la cantine avec des histoires de poupée gonflable. Un de ces jours, il prendrait sa revanche. Oui, un de ces jours... Il revint à son voleur, tout plein d'une énergie nouvelle.

Assis sur le seuil de sa maison de Willington Road, Wilt contemplait les nuages tout en méditant sur la vie et l'amour et cet effet bien spécial qu'il produisait sur les gens. Comment Flint l'avait-il appelé? Un virus contagieux... un virus humain de... Le mot rappela à Wilt sa propre blessure.

— Pourrait bien me flanquer le tétanos ou un truc comme ça, marmonna-t-il en farfouillant dans sa poche à la recherche de ses clés.

Dix minutes plus tard, Wilt était dans la salle de bains. En veston, mais les fesses à l'air, il trempait sa virilité dans un verre à dents plein de désinfectant et d'eau chaude, lorsque Eva fit irruption.

— Tu sais quelle heure il est? Il est...

Elle s'arrêta et regarda horrifiée le verre à dents.

— Trois heures, dit Wilt essayant de faire dévier la conversation vers des horizons plus calmes, mais Eva ne montrait plus aucun intérêt pour les horloges.

— Seigneur, qu'est-ce que tu fais avec ça? dit-elle, le souffle coupé.

1. Cf. *Wilt 1*. (N.d.T.)

77

Wilt regarda le verre à dents.

— Bon, s'il faut en parler, et en dépit des apparences circons... circonstancielles contraires, je ne suis pas... eh bien, j'essaie de me désinfecter, c'est tout. Voilà, j'ai...

— Te désinfecter?

— Oui, enfin... dit Wilt conscient de l'ambiguïté de son explication. Eh bien, je...

— Dans mon verre à dents, cria Eva, tu es là avec ton truc dans mon verre à dents et tu le désinfectes? Et qui était cette femme? Mais tu ne lui as peut-être même pas demandé son nom?

— Ce n'était pas une femme, c'était un...

— Tais-toi! Je ne veux rien savoir. Mavis avait raison. Elle m'a bien dit que tu faisais des choses avant de rentrer à la maison. Que tu passais tes soirées avec une autre femme.

— Ce n'était pas une femme c'était un...

— Pas de mensonges je t'en prie. Pas avec moi en tout cas. Après toutes ces années de vie conjugale, il a fallu que tu ailles chez les putes...

— Putain de rosière! Cenelle, pas femelle! Un gratte-cul oui, mais pas ce que tu crois...

— C'est ça, essaie de t'en tirer...

— Je n'essaie pas de m'en tirer. Je me suis pris un rosier dans le...

— C'est comme ça qu'on les appelle maintenant? Des rosiers?

Eva s'interrompit et le dévisagea avec une horreur renouvelée.

— A ma connaissance ils se sont toujours appelés rosiers, dit Wilt sans se rendre compte que les doutes d'Eva avaient changé d'orientation. Je ne vois pas comment on pourrait les appeler.

78

– Tantes, ou pédés? Ça ira pour commencer?

– Quoi! cria Wilt, mais Eva n'allait pas se laisser arrêter en si bon chemin.

– J'ai toujours su que tu étais fêlé quelque part, Henry Wilt, hurla-t-elle. Maintenant je sais où! Quand je pense qu'après ça tu reviens te désinfecter dans mon verre à dents... Tu es abject!

– Écoute, dit Wilt, se rendant subitement compte que sa Muse, à un étage de là, risquait d'entendre les abominables insinuations d'Eva. Je peux te prouver que c'était un rosier. Regarde toi-même si tu ne veux pas me croire.

Mais Eva ne l'écoutait plus.

– Ne t'imagine pas que tu vas passer une nuit de plus dans ma maison, cria-t-elle en partant dans le couloir. C'est bien fini! Retourne chez ton petit ami et...

– Écoute, tu commences sérieusement à me les gonfler! hurla Wilt en se précipitant à sa poursuite.

Il fut brutalement arrêté par la vue de Pénélope qui se tenait, les yeux écarquillés, debout dans le couloir.

– Et merde! dit Wilt et il rentra dans la salle de bains.

Dehors il entendait les pleurs de Pénélope et les consolations hystériques qu'Eva lui prodiguait. La porte d'une chambre s'ouvrit et se referma. Wilt s'assit sur le rebord de la baignoire et jura comme un charretier. Puis il vida le verre dans les cabinets, s'essuya distraitement avec une serviette et se couvrit de sparadrap. Il étala ensuite du dentifrice sur une brosse à dents électrique et il était en train de se laver consciencieusement les dents lorsque la porte de la chambre s'ouvrit de nouveau. Eva en surgit comme une furie.

– Henry Wilt, si tu te sers de cette brosse à dents pour...

– Une bonne fois pour toutes, hurla Wilt, la bouche pleine de dentifrice, j'en ai ras le bol de tes insinuations à la con. J'ai eu une journée épuisante et...

– Vraiment? hurla Eva.

– Au cas où cela t'intéresse, je suis simplement en train de me brosser les dents avant de me coucher et si tu t'imagines que je fais autre chose...

Mais la brosse électrique lui échappa des mains et tomba dans le lavabo, lui coupant tous ses effets.

– Tu fais quoi maintenant? demanda Eva.

– J'essaie de sortir la brosse du trou, dit Wilt, explication qui amena d'autres critiques et un affrontement aussi bref qu'inégal sur le palier.

C'est un Wilt furieux qui se trouva finalement éjecté par la porte de la cuisine avec un sac de couchage et l'ordre d'aller dormir dans le pavillon.

– Je ne veux pas que tu pervertisses les petites, cria Eva à travers la porte, demain j'irai voir un avocat!

– Je m'en balance, cria Wilt en retour, et il se glissa dans le jardin en direction du pavillon.

Il resta un moment à tâtonner dans le noir pour trouver la fermeture Éclair du sac. Il ne semblait pas y en avoir une. Wilt s'assit par terre et mit ses pieds dans le truc. Mais comme il tentait de se faufiler à l'intérieur, un bruit derrière le pavillon le fit sursauter. Quelqu'un venant du champ traversait le verger. Wilt resta dans l'obscurité sans bouger. Aux aguets. Pas de doutes possibles. Il entendit un bruissement d'herbe et une branche se cassa. Silence de nouveau. Wilt regarda par-dessus le rebord de la fenêtre. A ce moment les lumières de la maison s'éteignirent. Eva s'était recouchée. Le bruit d'un déplacement furtif dans le verger reprit. Dans le pavillon Wilt imaginait des voleurs et se demandait ce qu'il ferait si quelqu'un rentrait de force dans la maison, quand il vit tout près de la fenêtre une silhouette sombre puis une seconde qui la rejoignait. Wilt tenta de se faire tout petit dans le pavillon et maudit Eva de l'avoir jeté dehors sans pantalon et...

Quelques instants plus tard ses craintes s'étaient évanouies. Les deux silhouettes traversaient la pelouse sans se cacher et l'une d'elles parlait en allemand. La voix d'Irmgard atteignit les oreilles de Wilt et le rassura. Tandis que les silhouettes disparaissaient sur le côté de la maison, Wilt se faufila dans le sac de couchage, pensant avec soulagement que sa Muse ignorerait au moins cette révélation sur la vie familiale anglaise provoquée par les dénonciations d'Eva. D'un autre côté, il se demandait ce que faisait Irmgard dehors en pleine nuit. Et qui donc était l'autre personne? Une vague de jalousie s'abattit sur Wilt et il s'apitoya sur lui-même, mais ses pensées furent bientôt remplacées par des considérations plus terre à terre. Le sol du pavillon était dur, il n'avait pas d'oreiller et la nuit était subitement devenue très froide. Wilt voulait bien être pendu s'il passait le reste de la nuit à dormir dehors. De toute façon, les clés de la porte de devant étaient encore dans sa poche de veste. Wilt sortit en rampant du sac de couchage et trouva ses chaussures à tâtons, puis, tirant le sac derrière lui, il traversa la pelouse et arriva devant la porte de la rue. Une fois dedans il enleva ses chaussures et traversa le hall en direction du salon. Dix minutes plus tard, il dormait à poings fermés sur le canapé.

Lorsqu'il se réveilla, Eva s'affairait bruyamment dans la cuisine tandis que les filles rassemblées autour de la table du petit déjeuner discutaient les événements nocturnes. Wilt, les yeux fixés sur le dessin des rideaux, écoutait les questions étouffées de ses filles et les réponses évasives d'Eva. Comme d'habitude, elle masquait les mensonges les plus effrontés sous la sentimentalité la plus écœurante.

– Votre père ne se sentait pas bien hier soir, chéries, l'entendit-il dire. Il avait des coliques dans le ventre, c'est tout. Quand il est comme ça, il dit des choses... Oui, je sais, maman aussi dit des choses, ma cocotte chérie. J'étais... Que dis-tu Samantha?... J'ai dit quoi?... Non, il ne pouvait pas l'avoir mis dans le verre à dents, car les ventres ne tiennent pas dans des choses si petites... Oui, les ventres, chéries... On ne peut pas souffrir de colique ailleurs que là... Samantha, où as-tu appris ce mot?... non, pas ton père, et si à la garderie tu dis à Miss Oates que ton papa a mis sa...

Wilt enfouit sa tête dans les coussins pour étouffer les éclats de voix. Cette foutue femme en était encore là, à mentir sans vergogne à quatre petits monstres qui passaient tellement de temps à inventer des histoires qu'elles détectaient n'importe quel mensonge à des kilomètres. Leur rabâcher de ne pas en parler à Miss Oates était un calcul délibéré pour qu'elles se battent à qui serait la première à raconter à ce vieux sac à patates – et ce faisant à vingt-cinq autres bambins – que papa avait passé la nuit avec

82

son pénis dans un verre à dents. Cette histoire ferait le tour du quartier et il serait ensuite de notoriété publique que le tristement célèbre Mr Wilt était un fétichiste du verre à dents.

Il était en train de maudire Eva pour sa stupidité, et de se maudire lui-même pour avoir bu trop de bière quand la conséquence de ses abus se fit sentir. Il avait une monstrueuse envie de pisser. Wilt sortit péniblement du sac de couchage. Dans le hall, on pouvait entendre Eva qui bousculait les filles pour qu'elles enfilent leur manteau. Wilt attendit le claquement de la porte d'entrée puis traversa le hall en direction des cabinets du rez-de-chaussée. Ce n'est qu'arrivé là que lui apparut toute l'ampleur de son problème. Wilt baissa les yeux sur un morceau de sparadrap large et extrêmement tenace.

– Bordel de merde, dit Wilt, je devais tenir une de ces bitures, je ne me souviens pas de m'être mis ce putain de truc.

Il avait un trou de mémoire. Il s'assit et se demanda comment diable enlever cette connerie de pansement sans se blesser davantage. Par expérience, il se souvenait que le mieux était d'arracher ça le plus brusquement possible. Dans les circonstances actuelles, cela ne semblait pas très indiqué.

– Pourrais bien m'arracher toute la boutique, marmonna-t-il.

Il valait mieux prendre une paire de ciseaux. Wilt émergea avec prudence des cabinets et regarda par-dessus la rampe. Pourvu qu'il ne tombe pas sur Irmgard dans l'escalier. Compte tenu de l'heure à laquelle elle était rentrée, c'était peu vraisemblable. Elle était encore au lit avec son petit copain à la con. Wilt monta donc et entra dans sa chambre. Eva gardait des ciseaux à ongles dans le tiroir de la coiffeuse. Il les trouva et s'installa sur le bord du lit. Eva monta l'escalier, hésita un moment sur le palier, puis entra.

— Je pensais bien que je te trouverais là, dit-elle en se dirigeant vers les rideaux de la fenêtre. Je savais bien que dès que j'aurais le dos tourné, tu rentrerais comme un voleur dans la maison. Ne t'imagine pas que tu vas t'en tirer comme ça cette fois. Il n'y a pas l'ombre d'un doute dans mon esprit.

— Quel esprit? dit Wilt.

— C'est ça, insulte-moi, dit Eva en tirant les rideaux et le soleil entra à flots dans la chambre.

— Je ne t'insulte pas, grogna Wilt rageur. Je te pose simplement une question. Puisque je ne peux pas faire entrer dans ton crâne vide que je ne suis pas un maniaque du trou-du-cul.

— Quel langage! dit Eva.

— Parlons-en de langage! C'est un moyen de communication et non pas simplement un ensemble de mugissements, de roucoulements et de bêlements comme tu le pratiques.

Mais Eva n'écoutait plus, elle avait les yeux rivés sur les ciseaux.

— C'est ça, coupe-toi cette horreur, dit-elle d'une voix rauque et elle éclata en sanglots. Quand je pense qu'il a fallu que tu...

— Ta gueule, hurla Wilt, moi je suis sur le point d'éclater et il faut que tu te mettes à hurler comme une sirène d'usine. Si tu t'étais servie de ta putain de tête et non de ton imagination perverse hier soir, je ne serais pas dans cette situation désespérée.

— Quelle situation? demanda Eva, entre deux sanglots.

– Ça! cria Wilt, en agitant son membre douloureux.

Eva regarda avec curiosité.

– Pourquoi as-tu fait ça? demanda-t-elle.

– Pour empêcher ce putain de truc de saigner. Je
n'arrête pas de te dire que je me suis accroché à un
rosier, mais toi il faut que tu sautes à des conclusions
idiotes. Maintenant je ne peux pas enlever ce foutu
sparadrap et j'ai quatre litres de bière sous pression
derrière.

– Alors, le rosier, ce n'était pas une invention?

– Bien sûr que non! Je passe ma vie à dire la
vérité, toute la vérité et personne ne me croit jamais.
Je te dis, pour la dernière fois, que j'étais en train de
pisser près d'un rosier et que je me suis trouvé
accroché dans ce foutu truc. C'est aussi bête que
ça.

– Et tu veux enlever le sparadrap?

– Putain de merde, c'est ce que je me tue à te dire
depuis cinq minutes! Il faut que je l'enlève de toute
urgence, sinon j'explose.

– C'est facile, dit Eva, tu n'as qu'à...

7

Vingt minutes plus tard, Wilt pénétrait en boitillant dans le service des urgences de l'hôpital
d'Ipford. Il avait l'air pâle, tendu et semblait
terriblement embarrassé. Il arriva au guichet des

admissions et regarda l'employée dont le regard semblait totalement dénué de sympathie et d'imagination.

– J'aimerais voir un docteur, dit-il avec une gêne manifeste.

– Vous vous êtes cassé quelque chose? demanda la femme.

– Pour ainsi dire, répondit Wilt tout en constatant qu'une douzaine d'autres patients, qui souffraient de maux plus évidents mais moins douloureux, suivaient cette conversation.

– Pour ainsi dire? Qu'est-ce que vous voulez dire?

Wilt regarda la femme dans les yeux et tenta de lui faire comprendre par signes que son cas nécessitait de la discrétion. Mais cette dame semblait remarquablement bornée.

– S'il ne s'agit pas d'une fracture, d'une coupure ou d'une blessure nécessitant des soins immédiats, ou d'un cas d'empoisonnement, vous devriez consulter votre médecin habituel.

Wilt étudia les cas proposés et décida que « blessure nécessitant des soins immédiats » correspondait bien.

– Blessure, dit-il.

– Où? demanda la femme en prenant une pile de formulaire et un stylo.

– Eh bien, dit Wilt, encore plus enroué qu'avant.

Les autres patients semblaient s'être déplacés, pour la plupart, avec leur femme ou leur mère.

– Je vous demande où? s'impatienta la femme.

– Oui, oui, j'ai entendu, chuchota Wilt. Voilà je...

– Je ne peux pas attendre cent sept ans, moi.

– Je comprends, dit Wilt, c'est simplement que... eh bien, je... Voyons, est-ce que je pourrais expliquer la situation à un médecin? Vous voyez?

Mais la femme était aveugle. Wilt pensa qu'elle devait être sadique ou handicapée mentale.

– Il faut que je remplisse ce formulaire et si vous ne m'indiquez pas l'endroit de la blessure... (Elle hésita et, l'air soupçonneux, regarda Wilt.) Je croyais que vous m'aviez dit une fracture. Maintenant c'est une blessure. Vous feriez mieux de vous décidez une bonne fois. Je ne vais pas attendre cent sept ans, moi.

– Moi non plus, dans ces conditions, dit Wilt irrité de cette répétition. En fait si on ne s'occupe pas de moi très rapidement, je peux très bien m'évanouir devant vous.

La dame haussa les épaules. Les gens qui s'évanouissaient devant elle faisaient évidemment partie de son train-train quotidien.

– Je dois inscrire s'il s'agit d'une fracture ou d'une blessure et à quel endroit, et si vous ne voulez rien me dire je ne peux pas vous admettre.

Wilt jeta un coup d'œil par-dessus son épaule, il était sur le point de dire que sa foutue femme lui avait pratiquement scalpé le zob quand ses yeux rencontrèrent ceux de plusieurs femmes d'un certain âge qui ne perdaient pas une miette de la conversation. Il changea en toute hâte de tactique.

– Poison, marmonna-t-il.

– Vous en êtes sûr?

– Évidemment, j'en suis sûr, dit Wilt. C'est moi qui l'ai avalé, non?

– Vous affirmez aussi que vous avez eu une fracture et une blessure. Et maintenant vous dites que vous avez pris les trois... je veux dire du poison. Et ça ne sert à rien de me regarder comme ça, je ne fais que mon travail.

— A la vitesse à laquelle vous allez, je me demande si les gens réussissent à se faire admettre avant leur mort, rétorqua Wilt, sèchement.

Il regretta immédiatement ses paroles. La femme le regardait l'air totalement hostile. Son visage exprimait clairement qu'en ce qui concernait Wilt, il venait d'exprimer ce qu'elle désirait le plus fortement.

— Écoutez, dit Wilt essayant d'adoucir la garce, je suis désolé si je parais agité...

— Grossier, plutôt.

— D'accord, grossier, je suis entièrement d'accord. Excusez-moi, mais si vous veniez d'avaler du poison, de tomber sur votre bras et de le casser avec en prime une blessure au postérieur, vous seriez vous aussi un peu agitée!

Pour ajouter quelque crédibilité à cette liste de catastrophes, il souleva mollement le bras gauche en le soutenant de la main droite. La femme le regarda l'air incrédule et reprit son stylo bille.

— Vous avez la bouteille avec vous? demanda-t-elle.

— Quelle bouteille?

— La bouteille qui contient le poison que vous affirmez avoir avalé.

— Je me demande bien pourquoi j'aurais apporté la bouteille!

— Nous ne pouvons pas vous soulager si nous ne savons pas quel poison vous avez avalé.

— Il n'y avait rien de marqué sur la bouteille, dit Wilt. Il s'agit d'une bouteille de limonade qui était dans le garage. Tout ce que je sais c'est que c'était du poison.

– Comment ça?

– Comment quoi?

– Comment savez-vous que c'était du poison?

– Parce que ça n'avait pas le goût de limonade, dit Wilt frénétique, conscient qu'il s'enlisait dans une confusion diagnostique à y perdre son latin.

– Ce n'est pas parce que quelque chose n'a pas le goût de limonade qu'il s'agit obligatoirement de poison, dit la femme dont la logique était inépuisable. Il n'y a que la limonade qui ait le goût de limonade et rien d'autre.

– Je suis bien d'accord. Mais ce truc n'avait pas le goût de limonade, plutôt celui d'un poison mortel... Probablement du cyanure.

– Personne ne peut dire le goût du cyanure, dit-elle, continuant de démolir les arguments de Wilt. La mort est instantanée.

Wilt la regarda, tout pâle.

– D'accord, dit-il finalement, oubliez le poison. Mais j'ai toujours le bras cassé et une blessure qui nécessitent des soins immédiats. Je demande à voir un docteur tout de suite.

– Bon, vous allez attendre avec les autres. Où est cette blessure déjà?

– Au postérieur, dit Wilt.

Il passa l'heure suivante à regretter cette déclaration, car pour la justifier il dut rester debout en attendant son tour sous l'œil franchement suspicieux et haineux de l'employée du guichet. Pour éviter de croiser son regard, Wilt tenta de lire le journal par-dessus l'épaule de son voisin dont seul un orteil bandé nécessitait des soins urgents. Wilt l'envia et, une fois de plus, médita sur la perversité des circonstances qui faisait qu'on ne le croyait jamais.

Tout n'était pas aussi simple que Byron l'avait suggéré avec son « La réalité dépasse la fiction ». D'après son expérience à lui, Wilt, la vérité et la littérature étaient l'une comme l'autre inacceptables. Un trait ambigu de son caractère, dû peut-être à sa faculté d'appréhender les deux aspects d'un même problème, faisait que personne ne le croyait jamais. La vérité, pour être crédible, devait tout d'abord être plausible et probable, et ainsi se classer sans peine dans une catégorie d'opinions prédigérées. Si elle ne se conformait pas à leurs prévisions, les gens refusaient de la croire. Mais l'esprit de Wilt n'était pas conforme. Il suivait toutes les possibilités jusqu'en des labyrinthes de spéculation dépassant la portée de la plupart des gens. Celle d'Eva en tout cas. Non pas qu'Eva spéculât jamais, d'ailleurs. Elle passait d'une opinion à une autre, sans ce stade intermédiaire d'étonnement qui était l'état permanent de Wilt. Dans son monde à elle, tout problème avait une réponse. Dans celui de Wilt chaque problème en avait environ dix, chacune en contradiction totale avec toutes les autres. En ce moment même, dans cette salle d'attente terne où ses propres souffrances auraient pu le détacher de tout intérêt pour le reste du monde, l'intelligence fébrile de Wilt trouvait matière à spéculer.

Les grands titres du journal : DÉSASTRE PÉTROLIER, LES OISEAUX DE MER MENACÉS, dominaient une page remplie d'autres horreurs apparemment mineures. Apparemment, parce qu'elles occupaient moins d'espace. Il y avait eu une nouvelle attaque de terroristes contre une fourgonnette transportant des fonds. Le conducteur avait été menacé par un lance-roquettes et un garde tué cyniquement d'une balle dans la tête. Les meurtriers s'étaient enfuis avec un butin de 250 000 livres, mais cela avait moins d'importance que le sort des mouettes menacées par une marée noire au large des côtes. Wilt enregistra la nuance et se demanda comment la veuve du garde tué réagissait en se voyant ainsi reléguée au second plan de l'intérêt public, loin derrière les mouettes. Que se passait-il donc dans ce monde moderne pour que la vie des bêtes sauvages l'emporte tellement sur la souffrance individuelle ? L'espèce humaine avait peut-être tellement peur de s'éteindre qu'elle ne se préoccupait plus des cas individuels, mais serrerait les rangs collectivement, considérant la collision de deux superpétroliers comme un avant-goût de son propre sort. Ou peut-être que...

Wilt fut sorti de sa méditation par l'appel de son nom. Il leva les yeux du journal et croisa ceux d'une infirmière au visage en lame de couteau qui parlait à l'employée du guichet. L'infirmière disparut et quelques instants plus tard arriva un spécialiste âgé et important, à en juger par sa suite composée de jeunes docteurs, d'une religieuse et de deux infirmières. Wilt mal à l'aise regardait la scène tandis que l'homme examinait la liste de ses blessures, puis il dévisagea Wilt par-dessus ses lunettes comme s'il s'agissait d'un spécimen humain trop médiocre pour ses compétences, il fit un signe de la tête à l'un des hommes qui l'accompagnaient puis sortit, un sourire sardonique aux lèvres.

– Mr Wilt, appela le jeune docteur.

Wilt fit un pas en avant avec prudence.

— Si vous voulez bien aller dans une cabine pour attendre, dit le docteur.

— Excusez-moi, docteur, dit Wilt, j'aimerais vous dire un mot en privé.

— Chaque chose en son temps, Mr Wilt. Nous parlerons en privé. Maintenant, s'il vous plaît veuillez entrer dans une cabine.

Il fit demi-tour et s'éloigna dans le couloir. Wilt était sur le point de le suivre en boitillant quand l'employée du guichet l'arrêta.

— Les cabines pour les accidentés sont de ce côté, dit-elle en montrant les rideaux de l'autre couloir.

Wilt fit une grimace et se dirigea vers une cabine.

Dans Willington Road, Eva était au téléphone. Elle avait appelé le Tech pour dire que Wilt était retenu à la maison pour des raisons indépendantes de sa volonté – par un malaise. Elle était maintenant en grande conversation avec Mavis Mottram.

— Je ne sais que penser, dit Eva, malheureuse. Je veux dire que ça avait l'air si peu vraisemblable. Quand je me suis rendu compte qu'il était réellement blessé, je me suis sentie tellement misérable.

— Ma chère Eva, dit Mavis Mottram qui savait exactement à quoi s'en tenir, tu as bien trop tendance à tout prendre sur toi et bien sûr Henry en profite. Cette histoire de poupée gonflable [1] a quand même servi à te montrer qu'Henry avait des goûts particuliers.

— Cette histoire ne me rappelle rien de bon et

1. Cf. *Wilt 1. (N.d.T.)*

92

j'aime mieux ne plus y penser, dit Eva. C'est tellement vieux, Henry a changé depuis.

– Les hommes ne changent jamais fondamentalement et Henry est à un âge critique. Je t'avais bien mise en garde quand tu as insisté pour prendre cette jeune Allemande au pair.

– Mais ce n'est pas la même chose. Elle n'est pas au pair. Elle paie beaucoup plus de loyer pour cet appartement que je ne lui en demandais, mais elle ne s'occupe pas de la maison. Elle s'est inscrite au cours pour étrangers du Tech. Elle parle déjà couramment anglais.

– Qu'est-ce que je te disais, Eva? Elle ne t'a jamais parlé du Tech quand elle est venue te demander une chambre à louer, non?

– Non, dit Eva.

– Je ne serais pas du tout surprise d'apprendre qu'Henry la connaissait déjà et qu'il lui avait indiqué le studio à louer.

– Mais c'est impossible! Il a eu l'air très surpris et vraiment en colère quand je le lui ai annoncé.

– Ma chère, je suis désolée, mais tu ne vois que le bon côté d'Henry. Il a prétendu être surpris et en colère car il sait exactement comment te manœuvrer. S'il avait paru content tu te serais doutée de quelque chose.

– Peut-être, dit Eva incertaine.

– Et pour ce qui est de la connaître déjà, poursuivit Mavis, faisant ainsi, par Wilt interposé, la guerre à son Patrick, il me semble me souvenir qu'il a passé beaucoup de temps au Tech au début des vacances d'été et que c'est juste à ce moment-là que les étudiants étrangers s'inscrivent.

– Mais Henry n'a rien à voir avec ce département, il s'occupe de l'emploi du temps.

– Il n'a pas besoin de faire partie du département pour croiser cette garce, et qui te dit que quand tu le croyais en train de mettre au point l'emploi du temps, les deux lascars n'étaient pas occupés à tout autre chose dans son bureau.

Eva étudia cette possibilité, mais la repoussa aussitôt.

– Henry n'est pas comme ça et de toute façon j'aurais remarqué un changement chez lui, dit-elle.

– Ma chère, il faudrait quand même que tu te rendes compte que tous les hommes sont comme ça. Et moi, quand j'ai remarqué un changement chez Patrick, c'était déjà trop tard. Il avait une liaison avec sa secrétaire depuis plus d'un an quand j'ai flairé quelque chose, dit Mavis. Et encore ce n'est que quand il s'est mouché dans sa petite culotte que j'ai eu la puce à l'oreille.

– S'est mouché dans *quoi*? dit Eva intriguée par l'extraordinaire perversité sous-entendue dans cette déclaration.

– Il avait un rhume et le nez comme une fontaine. Un matin au petit déjeuner, il a sorti un slip rouge et s'est mouché dedans, dit Mavis. Évidemment à ce moment, je me suis doutée de ses activités.

– Évidemment, enfin, c'était facile dit Eva. Qu'est-ce qu'il a répondu quand tu l'as interrogé?

– Je ne lui ai rien demandé. Je savais. Je lui ai dit que s'il s'imaginait me provoquer pour que je demande le divorce, il se trompait complètement...

Mavis continua de pérorer sur Patrick tandis que l'attention d'Eva se détournait progressivement. Quelque chose dans son souvenir de cette nuit lui revenait en mémoire. Quelque chose qui avait à voir avec Irmgard Mueller. Après cette querelle atroce

94

avec Henry, elle n'avait pas pu s'endormir. Elle était restée éveillée dans le noir à se demander pourquoi il avait fallu qu'Henry... Enfin, maintenant elle savait qu'il ne s'était rien passé, mais sur le moment... Ah oui, c'était ça, c'était une question de moment. A 4 heures elle avait entendu quelqu'un monter l'escalier très doucement et elle était sûre qu'il s'agissait d'Henry. Puis les marches du grenier avaient craqué. C'était Irmgard qui rentrait. Elle se souvint d'avoir regardé le cadran lumineux du réveil et en voyant les aiguilles sur le quatre et le douze d'avoir cru un instant qu'elles indiquaient minuit vingt. Seulement Henry était rentré à 3 heures et... Elle s'était endormie doucement, une question à demi formulée à l'esprit. Et maintenant tandis que Mavis bavardait, la question acheva de se former. Henry était-il sorti avec Irmgard? Cela ne ressemblait pas à Henry de rentrer si tard. Cela ne lui était même jamais arrivé, autant qu'elle s'en souvienne. Et à coup sûr, Irmgard ne se comportait pas comme une jeune fille au pair. D'abord elle était trop âgée et puis elle avait bien trop d'argent. Mais Mavis interrompit ce lent cheminement de pensées en formulant la conclusion à laquelle Eva aboutissait de son côté.

— Moi, je ne quitterais pas cette Allemande de l'œil, dit-elle, et si tu m'écoutais, tu te débarrasserais d'elle à la fin du mois.

— Oui, dit Eva, oui, je crois que je vais y réfléchir. Merci d'être aussi compréhensive.

Eva reposa l'appareil et regarda par la fenêtre de la chambre le hêtre qui se dressait sur la pelouse, côté rue. C'était une des premières choses qui l'avait attirée ici, ce hêtre rouge qui poussait devant la maison : un arbre solide, grand et massif, avec des racines qui s'enfonçaient aussi loin dans le sol que ses branches s'étalaient dans le ciel. Elle avait lu ça quelque part. Et cet équilibre entre les branches cherchant la lumière et les racines cherchant l'eau lui avait semblé si naturel, si organique, qu'elle avait compris ce qu'elle attendait de la maison et ce qu'elle lui donnerait en retour.

La maison aussi lui avait semblé harmonieuse. Une grande maison avec des plafonds hauts, des murs épais, un jardin et un verger où les filles grandiraient heureuses, plus éloignées de la réalité perturbante que ne l'aurait permis Parkview Road. Mais ce déménagement n'avait pas plu à Henry. Il l'avait fait contraint et forcé. Il n'avait jamais succombé au charme de la sauvagerie domestiquée du verger, ni au sentiment d'invulnérabilité sociale qu'Eva avait trouvés réunis dans cette maison et dans Willington Road. Non qu'Eva fût snob, mais elle n'aimait pas que les gens la considèrent avec dédain. Et maintenant ce n'était plus possible. Même Mavis ne la traitait plus avec condescendance, et cette histoire de slip avec Patrick n'aurait jamais été révélée si elles avaient encore habité à deux rues l'une de l'autre. En tout cas, Mavis était une garce. Elle était toujours en train de dénigrer Patrick, et s'il était infidèle, elle était moralement déloyale. Henry disait qu'elle était adultère par ses bavardages, et il n'avait pas tort. Mais Mavis n'avait pas non plus tort au sujet d'Irmgard Mueller. Il fallait la surveiller. Celle-ci était étrangement froide et distante d'ailleurs, et pourquoi avoir dit qu'elle donnerait un coup de main dans la maison, pour subitement s'inscrire au Tech?

En proie à un sentiment inhabituel de dépression, Eva se fit du café puis cira le sol du hall, passa l'escalier à l'aspirateur, rangea le séjour, mit les vêtements sales dans la machine à laver, brossa le rebord des cabinets organiques et fit tout ce qu'elle avait à faire avant de reprendre les enfants à la garderie. Elle venait de terminer et elle se brossait les cheveux dans sa chambre quand elle entendit la porte d'entrée s'ouvrir, se refermer et des pas dans l'escalier. Ce n'était certainement pas Henry, il ne montait pas les marches deux à deux et puis avec son truc dans des pansements il ne monterait pas l'escalier du tout. Eva traversa la chambre, ouvrit la porte et vit sur le palier un jeune homme tout supris.

– Mais qu'est-ce que vous faites ici? demanda-t-elle un peu inquiète.

Le jeune homme leva les mains.

– S'il vous plaît, je suis ici pour Fräulein Mueller, dit-il avec un accent étranger très marqué. Elle a prêté moi le clé.

Il la tendit devant lui en guise de preuve.

– Elle n'en a pas le droit, dit Eva, que sa propre inquiétude avait contrariée. Je ne veux pas de gens qui rentrent et sortent comme dans un moulin.

– Oui, dit le jeune homme, je comprends vous. Mais Fräulein Mueller avait dit moi je peux travailler mes études dans son chambre. Là où je vis, beaucoup trop de bruit.

– D'accord, je veux bien que vous étudiez ici, mais je ne veux pas de bruit non plus, dit Eva en rentrant dans sa chambre.

Le jeune homme poursuivit sa montée vers le grenier et Eva acheva de se brosser les cheveux, l'esprit beaucoup plus léger. Si Irmgard invitait de charmants jeunes gens dans son appartement, il était peu vraisemblable qu'elle s'intéresse à Henry, et ce jeune homme était vraiment très séduisant. Elle descendit en poussant un soupir à la fois de regret – elle n'était plus ni très jeune, ni très séduisante – et de soulagement, car son mariage ne semblait pas menacé.

8

Au Tech l'absence de Wilt à la réunion hebdomadaire des directeurs de département était diversement appréciée. Le principal était assez inquiet.

– Souffrant de quoi? demanda-t-il à la secrétaire qui apportait le message d'Eva expliquant que Wilt était malade.

– Elle n'a rien précisé, elle a simplement dit qu'il serait indisponible pendant quelques jours.

– Si cela pouvait être des années, murmura le principal.

Il demanda le silence pour commencer la réunion.

– Je pense que vous avez tous entendu parler de ces nouvelles affligeantes concernant le... euh... film réalisé par un professeur de culture générale, dit-il; je crois qu'il ne sert à rien d'en discuter les conséquences pour notre établissement.

Le principal, le visage sombre, parcourut l'assistance des yeux. Seul le Dr Board semblait ne pas être d'accord.

— Ce que je n'ai pas pu savoir, dit-il, c'est s'il s'agissait d'un crocodile mâle ou femelle.

Le principal le regarda avec dégoût.

— En fait, il s'agissait d'un faux en matière plastique. A ma connaissance ils ne sont pas sexuellement différenciés au point que cela se remarque.

— C'est exact, dit Board, pourtant cela soulève un problème intéressant...

— Je suis persuadé que personne ici ne tient à approfondir le sujet, dit le principal.

— Sur l'air de « Moins on en dit et mieux on se porte », dit Board. Quoique je ne comprenne absolument pas comment la vedette de ce film a consenti à...

— Board, dit le principal avec une patience qui n'augurait rien de bon, nous sommes réunis pour discuter de problèmes d'enseignement et non des aberrations obscènes des professeurs du département de culture générale.

— Bravo, dit le directeur de la Restauration. Quand je pense que quelques-unes de mes filles subissent l'influence de pervers aussi répugnants, je me permets de dire que nous devrions étudier très sérieusement la possibilité de nous passer complètement de la culture générale.

Il y eut un murmure approbateur de tous, Board étant la seule exception.

— Je ne vois pas pourquoi il faudrait critiquer la culture générale dans son ensemble, dit-il, et après avoir jeté un coup d'œil à certaines de vos filles, je peux dire que...

– Je vous en prie! dit le principal.

Mayfield reprit le problème.

– Ce déplorable incident ne fait que renforcer ma conviction : nous devrions élargir les paramètres de notre contenu universitaire pour inclure des cours de plus vaste portée intellectuelle.

Pour une fois, Board était du même avis.

– Nous pourrions avoir un cours du soir de « Sodomie des reptiles », dit-il. Cela pourrait avoir pour conséquence, si l'on peut parler ainsi, d'attirer un certain nombre de crocophiles. Sur le plan théorique un cours sur « La bestialité à travers les âges » pourrait présenter un certain attrait éclectique. Est-ce que je me trompe, principal?

Mais le principal n'était plus en état de parler. L'adjoint profita de l'interruption.

– Le plus urgent est de s'assurer que cette regrettable affaire reste ignorée du public.

– Eh bien, étant donné que l'origine en est dans Nott Road...

– Fermez-la, Board! cria le principal. Vos digressions infernales dépassent toute mesure. Dites un mot de plus, et je demande soit votre démission, soit la mienne du Comité éducatif. Et si besoin est les deux. Vous avez le choix : bouclez-la ou sortez.

Board la boucla.

Au centre d'urgences, Wilt, quant à lui, découvrait qu'il n'avait pas le choix. Le docteur qui arriva enfin dans la cabine pour s'occuper de lui était accompagné d'une redoutable sœur et de deux infirmiers. Wilt, étendu sur le lit où on lui avait dit de s'installer, le regarda d'un œil torve.

– Eh bien, vous avez pris tout votre temps,

100

grogna-t-il. Ça fait une heure que je suis étendu à souffrir comme un diable.

— Bon, il est grand temps d'agir, dit le docteur. Nous allons commencer par le poison. Un lavage d'estomac fera...

— Quoi? dit Wilt, se redressant horrifié sur le lit.

— Cela ne prendra qu'une minute, dit le docteur. Étendez-vous simplement, le temps que la sœur mette le tube en place.

— Non, pas question, dit Wilt en se levant comme une flèche pour se mettre dans un coin de la cabine comme la sœur s'approchait avec le tube. Je n'ai pas avalé de poison.

— Votre feuille d'entrée en fait état, dit le docteur. Vous êtes Mr Henry Wilt, je ne me trompe pas?

— C'est bien ça dit Wilt. Par contre vous vous trompez pour le poison. Je n'en ai pas avalé, je vous le jure...

Il passa derrière le lit pour esquiver la sœur, mais se retrouva maintenu par les deux infirmiers.

— Je vous jure que...

Le démenti de Wilt s'éteignit sur ses lèvres comme on le repoussait sur le lit. Le tuyau se balançait au-dessus de sa bouche. Wilt regarda le médecin d'un sale œil. Le type semblait sourire d'une manière assez étrangement sadique.

— Bon, Mr Wilt, vous allez gentiment nous aider.

— Non, grogna Wilt les dents serrées.

Derrière lui, la sœur lui tenait la tête et attendait.

— Mr Wilt, dit le docteur, vous êtes venu déclarer

ce matin de votre propre chef et de manière assez péremptoire que vous vous étiez cassé le bras, que vous aviez avalé du poison et que vous aviez une blessure qui nécessitait des soins immédiats. C'est bien cela?

Wilt ne savait comment répondre. Il lui semblait plus sûr de ne pas ouvrir la bouche. Il hocha la tête puis la secoua.

– Merci. Sans compter que vous avez été impoli, c'est le moins que l'on puisse dire, avec la réceptionniste.

– Ce n'est pas vrai, dit Wilt regrettant à la fois son incorrection et sa tentative pour se racheter.

Deux mains tentèrent de rentrer le tube de force. Wilt le mordit.

– Il va falloir utiliser la narine gauche, dit le docteur.

– Bordel de merde, non! hurla Wilt, mais il était trop tard.

Comme le tuyau remontait le long de la narine et qu'il le sentait descendre dans sa gorge, les protestations de Wilt devinrent inintelligibles. Il se tortilla et gargouilla.

– Vous allez peut-être trouver ce qui suit légèrement désagréable, dit le docteur avec un plaisir manifeste.

Wilt le regarda avec des yeux meurtriers, et si ce tuyau infernal ne l'en avait empêché, il lui aurait proclamé avec véhérence qu'il trouvait déjà la situation actuelle passablement atroce. Il marmonnait une protestation quand les rideaux s'ouvrirent. La réceptionniste entra.

– J'ai pensé que vous aimeriez y assister, Mrs Clémence, dit le docteur. Allez-y ma sœur.

102

La sœur commença tandis que Wilt se promettait silencieusement que s'il ne suffoquait pas et n'explosait pas, il effacerait le sourire du visage de ce docteur sadique dès que cette expérience abominable serait finie. Pour l'instant l'état de Wilt ne lui permettait que de gémir faiblement. Mais en entendant la sœur suggérer que pour plus de sûreté ils devraient peut-être lui faire un lavement à l'huile, il reprit assez de force pour énoncer son cas.

– Je suis ici pour que l'on me soigne mon pénis, chuchota-t-il d'une voix enrouée.

Le docteur consulta sa fiche.

– Ce n'est marqué nulle part, dit-il. Il est seulement écrit que...

– Je sais bien ce qui est inscrit, croassa Wilt. Je sais aussi que si vous étiez obligé de vous présenter dans une salle d'attente remplie de petites bourgeoises et de leurs kamikazes de fils sur skateboard, pour déclarer à haute voix à cette vieille harpie qu'il vous faut quelques points de suture à la bite, vous éprouveriez quelques hésitations.

– Je ne suis pas ici pour écouter un détraqué déclarer que je suis une vieille harpie, dit la réceptionniste.

– Et moi je n'allais pas hurler sur les toits ce qui était arrivé à mon pénis, pour que toute cette putain d'assistance entende. J'ai demandé à voir un docteur, mais vous n'avez pas voulu, et vous ne pouvez pas dire le contraire.

– Je vous ai demandé s'il s'agissait d'une fracture, d'une blessure qui nécessitait...

– Putain de merde, je sais bien ce que vous m'avez demandé, hurla Wilt. J'en sors. Je peux vous le citer mot pour mot. Eh bien, pour votre gouverne, un pénis ce n'est pas un membre, du moins pas en ce qui me concerne. Je suppose que cela entre dans la catégorie des appendices, et si je vous avais déclaré avoir blessé mon appendice, vous m'auriez demandé lequel, et où et comment et dans quelles circonstances et avec qui, et vous m'auriez expédié dans un service de vénérologie...

— Mr Wilt, dit le docteur en l'interrompant, nous avons beaucoup à faire ici et si vous refusez de déclarer avec exactitude ce qui ne va pas...

— Pour qu'on me fourre une saloperie de pompe à estomac dans le gosier en guise de récompense, cria Wilt. Que se passe-t-il si un pauvre con de sourd-muet se présente? Je suppose que vous le laissez mourir sur le plancher de la salle d'attente ou que vous lui arrachez les amygdales pour lui apprendre à se conduire. Et on appelle ça le Service national de médecine. Ce n'est qu'une saloperie de dictature bureaucratique. Voilà mon avis.

— On ne vous demande rien, Mr Wilt, dit le docteur. Et si votre pénis est réellement endommagé, nous sommes prêts à l'examiner.

— Pas moi en tout cas, dit la réceptionniste avec fermeté, et elle disparut derrière les rideaux.

Wilt s'étendit sur le lit et enleva son pantalon.

Le docteur l'observa avec attention.

— Vous pourriez me dire ce qui est entortillé autour? demanda-t-il.

— Un putain de mouchoir, dit Wilt en enlevant ce pansement de fortune avec précaution.

— Nom de Dieu! dit le docteur. Je vois ce que vous vouliez dire par « appendice ». Serait-ce trop vous demander que de me dire comment vous en êtes arrivé là?

104

– Oui, dit Wilt. Car personne jusqu'ici n'a voulu croire ce que je disais et je n'ai pas envie de recommencer tout ce mitraillage.

– Mitraillage? dit le docteur pensif. Vous ne voulez quand même pas dire que cette blessure provient d'une mitraillette? Je ne sais pas ce que vous en pensez ma sœur, mais d'où je suis, on dirait plutôt que notre ami a eu des rapports trop intimes avec un hachoir.

– Et d'où je suis, c'est aussi ce que je ressens, dit Wilt. Pour en finir avec ce *badinage* [1], je dois dire que ma femme est en grande partie responsable.

– Votre femme?

– Écoutez docteur, dit Wilt, si ça ne vous ennuie pas, j'aimerais mieux ne pas entrer dans les détails.

– Ça, je vous comprends, dit le docteur en se savonnant les mains. Si ma femme me faisait ça, la garce, je divorcerais. Ça s'est passé pendant les rapports?

– Sans commentaires, dit Wilt décidant que le silence était la meilleure attitude.

Le docteur enfila des gants et tira pour lui-même des conclusions sordides. Il remplit une seringue.

– Après ce que vous venez de subir, dit-il s'approchant de Wilt couché, vous ne sentirez plus rien du tout.

Une seconde fois, Wilt se leva d'un bond.

– Arrêtez, cria-t-il. Si vous vous imaginez un seul instant que vous allez planter ce frelon chirurgical dans mes foutues parties intimes, vous feriez mieux de penser à autre chose. Et ça, c'est pour quoi faire?

1. En français dans le texte. *(N.d.T.)*

La sœur venait de prendre une bombe d'aéro-sol.

— Ce n'est qu'un désinfectant léger et un gel anesthésiant. Je vais commencer par une vaporisation et ensuite vous ne sentirez plus la pénétration, dit-il sa seringue à la main.

— Je ne la sentirai plus? Eh bien, laissez-moi vous dire que je souhaite la sentir. Si j'avais voulu autre chose, j'aurais laissé la nature suivre son cours et je n'en serais pas là. Et qu'est-ce qu'elle fait celle-là avec son rasoir?

— Elle le stérilise, nous devons vous raser.

— Il le faut vraiment? J'ai déjà entendu ça, et en parlant de stérilisation, j'aimerais connaître votre point de vue sur la vasectomie.

— Je suis plutôt neutre dans ce domaine, dit le docteur.

— Eh bien, pas moi, dit Wilt hargneusement, toujours debout dans son coin. En fait je suis même de parti pris, pour ne pas dire tout à fait contre. Qu'est-ce qui vous fait rire? (La sœur musclée souriait.) Vous n'êtes pas une de ces putains de féministes, non?

— Je suis une femme qui travaille, dit la sœur et mes opinions ne regardent que moi. Cela n'a rien à voir ici.

— Moi, je suis un homme qui travaille et qui tient à le demeurer. Il s'agit pourtant de politique! J'ai entendu ce qu'ils arrivent à faire aux Indes, et si je sors d'ici avec un transistor, plus de couilles et jacassant comme une mezzo-soprano, je vous avertis que je reviendrai avec un tranchoir à viande et que vous allez en savoir long tous les deux sur la génétique sociale.

106

– Eh bien, si c'est votre attitude, dit le médecin, je suggère que vous essayiez la médecine privée, Mr Wilt. Vous en aurez pour votre argent. Je peux simplement vous garantir que...

Il fallut dix minutes pour que Wilt à force de cajoleries consente à se réallonger et cinq secondes pour qu'il bondisse à nouveau en tenant son scrotum.

– Un gel, cria-t-il comme un cochon qu'on égorge, bon Dieu, ça vous pouvez le dire. Et vous pensez que j'ai quoi, là entre les jambes, un paquet de petits pois à congeler, bordel de merde?

– Nous devons maintenant attendre que l'anesthésique fasse son effet, dit le docteur, ça ne sera plus long.

– Ça ne l'est déjà plus du tout, dit Wilt d'une voix rauque en baissant les yeux anxieusement. Elle est en train de disparaître, merde! Je suis venu ici pour quelques soins, pas pour une opération de transfert sexuel. Si vous vous imaginez que ma femme va apprécier d'avoir un mari à clitoris, vous vous trompez complètement sur ma femme. Vrai de vrai.

– Je me permets de dire que vous vous étiez aussi trompé sur son compte, dit le docteur d'un ton joyeux. Une femme capable d'infliger ce genre de dommage à son mari mérite son châtiment.

– Elle peut-être, mais pas moi, dit Wilt frénétique. Il se trouve que je... Que fait-elle avec ce tube?

La sœur déballait une sonde.

– Mr Wilt, dit le docteur, nous allons insérer ce...

– Non, pas question, cria Wilt, il se peut que je rapetisse rapidement des parties, mais je ne suis pas

Alice au pays des merveilles. Ni un con de nain atteint de constipation chronique. Je l'ai entendue parler d'un lavement à l'huile tout à l'heure. Pas question.

– Il n'est pas question non plus d'un lavement. Ceci vous permettra simplement d'uriner au travers des pansements. S'il vous plaît, veuillez-vous recoucher sinon je serai obligé de demander des renforts.

– Que voulez-vous vous dire par « uriner au travers des pansements »? demanda Wilt méfiant, tout en remontant sur le lit.

Le docteur le lui expliqua et cette fois il fallut quatre infirmiers musclés pour le maintenir. Pendant toute l'opération, il les bombarda de remarques obcènes et il fallut la menace d'une anesthésie générale pour lui faire baisser le ton. Et même alors ses commentaires selon lesquels le docteur et la sœur étaient moins qualifiés pour la médecine que pour le forage pétrolier en haute mer retentirent jusque dans la salle d'attente.

– C'est ça, dit-il, quand on lui permit enfin de partir, renvoyez-moi chez moi comme une putain de pompe à essence pissant le sang. Ça vous dit quelque chose, la dignité humaine?

Le docteur le regarda l'air sceptique.

– A en juger par votre conduite, je préfère réserver mon opinion. Revenez la semaine prochaine et nous verrons comment cela évolue.

– Je ne reviendrai que si je reste en panne, dit Wilt amèrement. A partir de maintenant je consulterai mon médecin de famille.

Sur ce, il clopina jusqu'au téléphone et appela un taxi.

108

Le temps qu'il revienne à la maison, l'effet de l'anesthésie commençait à s'estomper. Épuisé il monta dans sa chambre et s'étendit. Il était là à regarder le plafond en se demandant pourquoi il n'était pas aussi dur au mal que le reste de l'espèce masculine – il aurait souhaité être d'une autre étoffe – quand Eva et les filles rentrèrent.

– Tu as une mine épouvantable, dit Eva pour l'encourager, en le regardant debout à côté du lit.

– Je suis dans un état épouvantable, dit Wilt. Dieu seul sait pourquoi il a fallu que j'épouse une femelle pratiquant la circoncision.

– Peut-être que ça te servira de leçon et que tu boiras moins dans le futur.

– Ça m'a déjà appris à ne pas laisser tes menottes s'approcher de ma petite boutique, dit Wilt.

Même Samantha ne fit qu'augmenter sa détresse.

– Quand je serai grande, je serai infirmière, papa.

– Continue de sauter sur le lit ainsi et tu vas voir ce que tu vas devenir, grogna Wilt avec un mouvement de recul.

En bas le téléphone sonna.

– Si c'est encore le Tech, qu'est-ce que je leur dis? demanda Eva.

– Encore? Je croyais que tu les avais avertis que j'étais souffrant?

– Oui, mais ils ont rappelé plusieurs fois.

– Dis-leur que je suis toujours souffrant, dit Wilt. Surtout ne dis pas de quoi il s'agit.

– Ils sont certainement déjà au courant. J'ai vu Rowena Blackthorn à la garderie. Elle m'a dit qu'elle était désolée d'apprendre ton accident, dit Eva en redescendant.

109

– Alors mes chers petits haut-parleurs quadriphoniques, laquelle d'entre vous a vendu la mèche sur la petite chose de son papa auprès du jeune prodige de Mrs Blackthorn? demanda Wilt en jetant un regard noir aux filles.

– Pas moi, dit Samantha, d'un air supérieur.

– Tu as simplement poussé Pénélope à le faire, je sais ce que cette mimique veut dire.

– C'est pas Penny, c'est Joséphine. Elle jouait avec Robin au papa et à la maman...

– Eh bien, quand vous serez grandes vous comprendrez qu'il ne s'agit pas d'un jeu. Vous découvrirez la guerre des sexes, et que c'est vous, mes petites chéries, les femelles de l'espèce, qui l'emportez toujours.

Les filles sortirent de la chambre et on les entendit parlementer sur le palier. Wilt se glissa hors de son lit à la recherche d'un livre et il revenait avec *l'Abbaye du cauchemar* – titre dont le peu de romantisme convenait à son humeur –, quand Emmeline fut poussée dans la chambre.

– Eh bien, que veux-tu? Tu ne vois pas que je suis malade?

– S'il te plaît, papa, dit Emmeline. Samantha voudrait savoir pourquoi tu as un sac attaché à la jambe.

– Ah bon, elle veut savoir pourquoi? dit Wilt, dont le calme n'augurait rien de bon. Tu diras à Samantha, et, grâce à elle, à Miss Oates et à ses gardiennes de zoo que votre papa a un sac à la jambe et un petit tuyau à sa bite parce que votre maman jolie, cette conasse, s'est mis dans sa petite tête vide de vouloir arracher les parties de votre petit papa chéri avec l'extrémité d'un putain de sparadrap. Si

110

Miss Oates ne sait pas ce que sont les parties, dites-lui que c'est l'équivalent pour les adultes d'une cigogne mâle, mais que ça s'épelle avec un putain de « p ». Et maintenant disparaissez de ma vue, avant que je n'ajoute au reste de mes problèmes infernaux une hernie, de l'hypertension et un infanticide à la puissance quatre.

Les enfants s'enfuirent. En bas, Eva reposa le téléphone avec fracas et cria :

– Henry Wilt...

– Ta gueule! hurla Wilt. Un seul mot de plus à mon sujet dans cette maison et je ne réponds plus de moi.

Pour une fois, il fut obéi. Eva passa dans la cuisine et brancha la bouilloire pour le thé. Si seulement Henry avait autant d'autorité quand il était alerte et bien portant.

9

Pendant les trois jours qui suivirent, Wilt n'alla pas travailler. Il traîna dans la maison, resta assis dans le pavillon « Piaget-Spock » du jardin à méditer sur la nature d'un monde où le Progrès avec un « P » majuscule est en conflit avec le Chaos, et où l'homme avec un « h » minuscule est toujours en désaccord avec la Nature. Aux yeux de Wilt, c'était un des grands paradoxes de l'existence qu'Eva, qui passait son temps à le traiter de cynique et de rétrograde, ait succombé si facilement à l'appel régressif de la nature sous forme de tas de compost, de toilettes organiques, de tissage à la maison et de tout ce qui respirait le primitif, tout en maintenant un optimisme imperturbable à l'égard du futur. Pour Wilt, seul existait un éternel présent, constitué d'une succession de moments présents qui, plutôt que d'avancer, s'accumulaient derrière lui comme le ferait une réputation. Et si par le passé sa réputation avait souffert de quelques sales coups, sa dernière mésaventure venait de contribuer à sa légende. Les remous des papotages de Mavis Mottram avaient inondé la banlieue professorale d'Ipford en s'étoffant d'embellissements nouveaux à chaque version. Lorsque l'histoire parvint aux oreilles des Braintree, elle intégrait déjà le film du crocodile via le Tech, Blighte-Smythe et Mrs Chatterway. La rumeur voulait que Wilt fût sur le point d'être arrêté pour conduite indécente avec un alligator de cirque qui n'avait réussi à préserver sa virginité qu'en mordant le membre de Wilt.

— C'est bien typique de cette foutue ville, dit Braintree à sa femme Betty lorsqu'elle lui rapporta cette dernière version. Il suffit que Wilt prenne quelques jours de repos, et le téléphone arabe fait courir les mensonges les plus déments.

— Le téléphone ne fonctionne pas tout seul, dit Betty. Il n'y a pas de fumée...

— Sans qu'un crétin mal intentionné n'additionne deux et deux pour faire soixante-neuf. Un type, nommé Bilger, du département de culture générale a bel et bien fait un film où un faux crocodile de plastique figure en gros comme la victime d'un viol. Premier point. Wilt est obligé de donner une expli-

112

cation au Comité éducatif afin que la nombreuse progéniture du camarade Bilger ne soit pas contrainte de quitter ses écoles privées parce que papa est au chômage. Deuxième point. Troisième point, Wilt tombe malade le jour suivant...

– Pas d'après Rowena Blackthorn. Tout le monde sait bien que le pénis de Wilt a été brutalisé.

– Où?

– Où quoi?

– Où est-ce que ça se sait?

– A la garderie. Les quadruplées donnent tous les jours le bulletin de santé du grelot de papa.

– Bravo, dit Braintree. C'est bien ce que je disais, quand tout le monde prétend tout savoir. Mais les filles soumises d'Henry ne savent même pas distinguer un pénis d'un os à moelle. Eva s'y emploie. Elle s'occupe peut-être de modes de vie autonomes, mais cela ne s'étend pas au sexe. Surtout après l'histoire des Pringsheim [1]. Je vois difficilement Henry dans le rôle de l'exhibitionniste. Il serait plutôt du genre bégueule.

– Pas quand il parle, dit Betty.

– Son utilisation d' « enculé » n'est que le résultat des années passées à enseigner aux apprentis. Ce mot est comme un trait d'union dans les phrases de ces types. Si tu faisais plus attention à ce que je dis, tu l'entendrais au moins vingt fois par jour. Mais, j'étais en train de dire que quoi qu'il se soit passé, Henry n'est pas un obsédé des crocodiles. En tout cas, je ferai un saut ce soir chez lui pour savoir de quoi il retourne.

1. Cf. *Wilt 1. (N.d.T.)*

Mais lorsque ce soir-là il arriva à Willington Road, il n'y avait pas de Wilt en vue. Plusieurs voitures étaient garées dans l'allée, avec parmi elles une Aston-Martin qui détonnait à côté de la Ford à méthane des Nye et de la Mini toute cabossée de Mavis Mottram. Braintree se fraya un chemin dans le hall, ce qui tenait de la course d'obstacles au milieu des vêtements et des jouets éparpillés des filles. Il trouva Eva dans la serre, présidant ce qui semblait être une réunion sur les problèmes du tiers monde.

– Le problème gravement sous-estimé, à notre avis, est celui de la médecine marangan, car elle a un rôle important à jouer dans la mesure où elle offre une alternative aux médications chimiques occidentales, déclara Roberta Smott comme Braintree restait debout indécis derrière l'écran de protection des haricots. Je pense que nous ne devrions pas perdre de vue qu'en aidant les Marangans, c'est à long terme nous-mêmes que nous aidons.

Braintree s'éloigna sur la pointe des pieds au moment où John Nye se lançait dans une plaidoirie passionnée en faveur des méthodes de culture des Marangans, en particulier l'utilisation des excréments humains comme engrais :

– Cela contient tous les bienfaits naturels de...

Braintree se faufila dehors par la porte de la cuisine, longea le « réceptacle de fertilité » (plus simplement la cuve à compost) et traversa le potager biodynamique en direction du pavillon où il trouva Wilt masqué par une cascade d'herbes séchées. Ce dernier reposait allongé sur une chaise longue, vêtu de ce qui ressemblait à une tente de mousseline en forme de cloche.

114

– En fait, c'est une ancienne robe de grossesse d'Eva, dit-il quand Braintree l'interrogea. En son temps elle a aussi servi de wigwam, de sac à viande d'un sac de couchage géant et de dais aux chiottes de camping. Je l'ai récupérée dans la montagne de vêtements qu'Eva a triés pour les expédier dans son village équatorial.

– Je me demandais quel était le but de la discussion dans la serre. C'est pour l'UNICEF?

– Tu retardes complètement. Eva s'intéresse au Nouvel Unicef ou Plan d'Aide et de Soutien aux Tribus Indigènes Sous-développées. Pastis en bref. Cela consiste à adopter une tribu d'Afrique ou de Nouvelle-Guinée et puis de lui expédier des manteaux qui seraient bien trop chauds chez nous par une journée ventée de février, d'écrire des lettres au sorcier local pour lui demander son avis sur des remèdes par les plantes contre les engelures, ou mieux encore sur les engelures. Enfin, et de manière générale, à jumeler Willington Road et la délégation pour Ipford de la Ligue chauviniste anti-mâle, avec une communauté cannibale qui pratique l'excision avec un silex souillé.

– Je ne savais pas que l'on pouvait circoncire les femmes, en tout cas les gens ne se servent plus de silex, dit Braintree.

– Et de clitoris non plus, chez les Marangans, dit Wilt. J'ai essayé de le dire à Eva, mais tu la connais. Le noble sauvage est à la mode, et il y a un déchaînement pour le culte de la nature. Si les Nye le pouvaient, ils importeraient des cobras pour supprimer les rats du centre de Londres.

– Comme je passais, ils parlaient des fèces pour remplacer les engrais. Ce type est un fanatique anal.

115

– Fanatique mystique, dit Wilt. Je jurerais qu'ils chantent « Plus près de Toi, ma Merde », avant de recevoir la communion sous forme de plante près du tas de compost, tous les dimanches matin.

– Pour parler de choses plus personnelles, dit Braintree, de quoi souffres-tu exactement?

– J'aimerais mieux ne pas en parler, dit Wilt.

– Bon, mais à quoi sert ce... euh... déguisement de grossesse?

– C'est plus commode qu'un pantalon, dit Wilt. Il y a des abîmes de souffrances que tu n'as pas encore sondés. J'utilise ce mot en connaissance de cause.

– Souffrances?

– Non, sonder, dit Wilt. Si nous n'avions pas bu autant de bière l'autre soir, je ne serais pas dans cet état épouvantable.

– J'ai remarqué que tu ne buvais plus ta fichue bibine maison.

– Je ne bois plus rien en grande quantité. En fait je me rationne à un dé à coudre toutes les quatre heures dans l'espoir de transpirer plutôt que de pisser des lames de rasoir.

Braintree sourit.

– Alors il y a du vrai dans cette rumeur, dit-il.

– Je ne suis pas au courant de la rumeur, dit Wilt. Mais cette expression est tout à fait juste. Il s'agit bien de lames de rasoir.

– Eh bien, tu seras content de savoir que les faiseurs de ragots ont l'intention de décorer le croco qui t'a mordu le petit bout du bout. C'est la version la plus répandue.

– Laisse pisser, dit Wilt. Rien n'est plus loin de la vérité.

116

– Bon Dieu, tu n'as quand même pas attrapé la syphilis ou une saloperie de ce genre, non?

– Malheureusement non. Je crois savoir que le traitement actuel de la syphilis est relativement indolore alors que mon état ne l'est pas du tout. Ce putain de bordel de traitement que j'ai subi était à la limite du supportable. Il y a un certain nombre de gens dans cette ville que je refroidirais bien volontiers.

– Seigneur, dit Braintree, mais c'est affreux.

– Ça l'est, dit Wilt, et ça a atteint des sommets d'horreur à 4 heures du matin quand cette petite garce d'Emmeline est montée sur le lit en marchant sur ma poche à urine. C'est déjà assez moche d'être un tuyau d'arrosage humain, mais de se trouver réveillé aux petites heures du jour pour constater que l'on pisse à l'envers est une expérience qui éclaire la condition humaine d'une lumière toute nouvelle et terrible. T'est-il jamais arrivé, au sens propre du terme, d'avoir des éjaculations nocturnes rétrogrades?

– Certainement pas, dit Braintree avec un frisson.

– Eh bien, moi, si, dit Wilt, et je peux t'affirmer que ça détruit le peu de fibre paternelle qu'un père ressent. Si je ne m'étais pas tordu de douleurs, je serais en ce moment même en prison pour quadruplicide. Au lieu de ça j'ai ajouté des tonnes de connaissances au vocabulaire d'Emmeline, et Fräulein Mueller doit avoir l'impression que la vie sexuelle anglaise est sado-masochiste au possible. Dieu seul sait ce qu'elle pense du vacarme infernal que nous avons fait la nuit dernière.

– Et comment se porte notre Inspiration, ces

jours? Ça muse toujours? demanda Braintree.

– Vaguement, très vaguement. Tu comprends, dans mon état actuel, j'essaie de ne pas trop me faire remarquer.

– Si tu déambules dans les robes de maternité d'Eva, je ne peux pas dire que ça me surprenne. Mais ça surprendrait n'importe qui d'autre.

– Moi aussi, ça m'intrigue, dit Wilt. Je n'arrive pas à comprendre cette femme. Tu sais qu'elle a toute une suite de jeunes gens riches à en crever qui vont et viennent dans cette maison?

– Voilà qui explique l'Aston Martin, dit Braintree. Je me demandais qui pouvait bien avoir hérité dans le coin.

– Mais cela n'explique pas la perruque.

– Quelle perruque?

– La voiture appartient à un quelconque Casanova du Mexique. Il porte une moustache à la gauloise, du Chanel numéro machin chose, mais le pire c'est la perruque. Je l'ai observé attentivement avec les jumelles. Il l'enlève quand il arrive en haut de l'escalier.

Wilt passa les jumelles à Braintree en lui montrant l'appartement du haut.

– Je ne vois rien, les stores sont baissés, dit Braintree après quelques instants.

– Eh bien, moi je peux t'affirmer qu'il porte une perruque et je voudrais bien savoir pourquoi.

– Probablement parce qu'il est chauve, c'est la raison la plus fréquente.

– C'est précisément pourquoi je me pose la question. Lotharion Zapata n'est pas chauve. Il a une bonne masse de cheveux à lui et pourtant, quand il monte l'escalier, il enlève sa perruque.

118

– Quel genre de perruque?

– Oh! un truc noir en désordre! dit Wilt. Dessous il est blond. Tu ne peux pas nier que c'est bizarre.

– Pourquoi ne demandes-tu pas à ton Irmgard? Elle a peut-être un faible pour les jeunes blonds portant perruque.

Wilt secoua la tête.

– D'abord parce qu'elle quitte la maison avant même que je ne sois levé le matin. En second lieu parce que mon instinct de conservation me dit que dans mon état toute excitation sexuelle pourrait avoir des conséquences terribles et peut-être même irréversibles. Non, je préfère m'interroger de loin.

– C'est plus sage, dit Braintree. J'aime mieux ne pas imaginer ce que ferait Eva si elle te trouvait passionnément amoureux de sa locataire.

– Si ce qu'elle vient de faire pour un motif bien moindre peut servir de référence, je préfère aussi m'en tenir là, dit Wilt.

Il s'interrompit.

– Tu as un message pour le Tech? demanda Braintree.

– Oui, dit Wilt. Dis-leur simplement que je serai de nouveau en circulation... Bon Dieu, quel mot... Quand je serai capable de m'asseoir sans risque technique.

– Je ne pense pas qu'ils vont comprendre ce que tu veux dire.

– Ce n'est pas ce que j'attends d'eux. Je sors de cette épreuve avec la ferme conviction que la vérité est bien la dernière chose à dire. Il est bien plus sûr de mentir dans ce monde ignoble. Dis-leur simplement que je souffre d'un virus. Personne ne sait ce qu'est un virus, mais ça couvre une multitude de maux.

Braintree rentra chez lui, laissant Wilt à ses sombres pensées sur la vérité. Dans un monde hasardeux, violent, crédule et sans dieu, c'était la seule référence que Wilt eût jamais eue et sa seule arme. Mais comme toutes les armes, celle-ci était à double tranchant et lui nuisait autant qu'elle pouvait éclairer les autres. C'était quelque chose qu'il valait mieux garder pour soi que cette vérité personnelle probablement dénuée de sens à long terme. Elle offrait au moins une autonomie morale plus efficace que les tentatives d'ordre pratique d'Eva pour arriver aux mêmes fins dans le jardin. Ayant atteint cette conclusion et condamné les préoccupations planétaires d'Eva et le PASTIS, Wilt s'accusa d'indifférence et de passivité face à un monde démuni et sous-alimenté. Les actions d'Eva n'étaient peut-être que du bricolage pour un esprit vraiment progressiste, mais malgré tout elles contribuaient à soutenir une conscience et donnaient un exemple aux filles, chose que sa propre apathie refusait d'admettre. Il devait bien y avoir quelque part un juste milieu entre la charité bien ordonnée qui commence par soi-même et l'amélioration du sort de millions d'affamés. Wilt voulait bien être pendu s'il savait où se trouvait ce juste milieu. Il ne se trouvait certainement pas chez des crétins de doctrinaires comme Bilger. Même John et Bertha Nye tentaient de construire un monde meilleur et non de détruire le mauvais. Et que faisait-il, lui, Henry Wilt? Rien. Ou plutôt si, il était en train de devenir un voyeur pleurnichard porté sur la bière, sans une seule réalisation valable à son actif. Et comme pour prouver qu'il avait au moins le courage de son accoutrement, Wilt quitta le pavillon et se dirigea vers la maison en passant juste devant la serre. Il constata alors que la réunion était terminée et qu'Eva était en train de coucher les filles.

Quand elle redescendit, elle trouva Wilt assis dans la cuisine en train d'effiler les haricots.

– Je n'en crois pas mes yeux, dit-elle. Après tant d'années, c'est maintenant que tu me donnes un coup de main dans la cuisine. Tu te sens malade ou...

– Je ne sentais rien, dit Wilt, mais maintenant que tu en parles...

– Ne pars pas tout de suite. Je veux te parler de quelque chose.

– De quoi? dit Wilt en s'arrêtant à la porte.

– Là-haut, dit Eva en regardant le plafond d'un air significatif.

– Là-haut?

– Tu le sais bien, dit Eva, ne faisant ainsi qu'augmenter l'incertitude.

– Non, je ne sais rien, dit Wilt. Du moins je ne le pense pas, et d'après le ton de ta voix, je préfère ne rien savoir. Si tu t'imagines un seul instant que je suis mécaniquement capable de...

– Je ne veux pas dire nous, je veux dire eux.

– Eux?

– Miss Mueller et ses amis.

– Oh! ceux-là, dit Wilt et il se rassit. Eh bien, que se passe-t-il?

– Tu as bien dû entendre, dit Eva.

– Entendre quoi? dit Wilt.

– Oh! tu le sais bien! Tu le fais exprès.

– Bon sang, dit Wilt. Nous revoilà chez la comtesse de Ségur. Si tu as l'intention de me demander si je me suis vaguement rendu compte qu'ils copulent de temps en temps, pourquoi ne le dis-tu pas carrément?

– C'est à nos filles que je pense, dit Eva. Je ne suis pas sûre qu'il soit bon pour elles de vivre dans un milieu où il y a tant de ce que tu dis.

– Si ça n'existait pas, elles ne seraient pas là non plus. De toute façon, tes correspondants primitifs sont aussi très portés sur la culbute, pour utiliser une expression qui va bien intriguer Joséphine. D'habitude, elle appelle ça...

– Henry, dit Eva sur un ton de menace.

– C'est pourtant ce qu'elle dit. Et même fréquemment. Pas plus tard qu'hier, je l'ai entendue dire à Pénélope d'aller se faire...

– Je ne veux pas l'entendre, dit Eva.

– Ça ne m'a pas fait plaisir non plus, dit Wilt. Mais il n'en demeure pas moins vrai que la jeune génération mûrit plus vite que la précédente, en paroles et en actions. Quand j'avais dix ans, je pensais encore que « bordel de foutre » était quelque chose que mon père faisait avec un marteau quand il tapait sur son pouce au lieu du clou. Maintenant à quatre ans il est commun de...

– Ne parlons pas de ça, dit Eva. Le langage de ton père laissait beaucoup à désirer.

– Au moins dans le cas de mon père ce n'était que le langage. Dans le cas du tien, c'était tout l'individu. Je me suis souvent demandé comment ta mère avait pu faire pour...

– Henry Wilt, tu vas laisser ma famille tranquille.

Je veux savoir ce que nous devrions faire au sujet de Miss Mueller.

– Pourquoi me demander ça à moi? C'est toi qui l'as invitée à venir vivre ici. Tu ne m'avais rien demandé. Et je ne voulais certainement pas, moi, de cette fichue fille. Maintenant que, d'après toi, c'est un démon sexuel international qui va peut-être contaminer les enfants à une nymphomanie précoce, tu me mets dans le coup.

– Je voudrais simplement ton opinion.

– Eh bien, la voici, dit Wilt. Dis-lui de décamper tout de suite.

– Mais tout le problème est là. Elle m'a payé un mois d'avance. Je ne l'ai pas encore mis en banque mais...

– Mais alors, bon Dieu, tu n'as qu'à le lui rendre! Si tu ne veux pas de cette clique, flanque-la à la porte.

– C'est vraiment peu hospitalier, dit Eva. Je veux dire, c'est quand même une étrangère et elle vit si loin de chez elle.

– Mais bien trop près de chez moi, dit Wilt. Et tous ses petits copains semblent être les fils de Crésus. Elle n'a qu'à aller crécher chez eux ou prendre une suite au *Claridge*. Moi, je lui rendrais son argent et je lui dirais de se tirer.

Puis Wilt passa dans le séjour où il resta à regarder la télévision jusqu'à l'heure du dîner.

Dans la cuisine, Eva prit une décision. Mavis Mottram s'était encore trompée. Henry ne s'intéressait pas du tout à Miss Mueller et elle pouvait donner le loyer d'avance au PASTIS. Ainsi, il était tout à fait inutile de lui demander de partir. Elle pourrait peut-être simplement lui laisser comprendre qu'à travers le plancher on pouvait entendre certaines choses ou que... En tout cas elle était contente de savoir que Wilt n'avait rien eu de vicieux en tête. Désormais, elle n'écouterait pas ce que Mavis Mottram trouvait bon à dire. En dépit de ses manies, un peu curieuses, Henry était un bon mari. Ce fut une Eva heureuse qui appela Wilt pour dîner ce soir-là.

10

Le mercredi suivant, ce fut un Wilt étonnamment heureux qui quitta la salle de pansements du Dr Scally. Après quelques échanges de plaisanteries sur le compte de la blessure de Wilt, le retrait des pansements et de la sonde se passa sans trop de douleurs.

– A mon avis, vous n'aviez pas besoin de tout ça, dit le docteur, mais ces jeunes types à l'hôpital aiment faire les choses quand ils s'y mettent.

Cette remarque persuada Wilt de déposer une plainte officielle auprès du ministère de la Santé, mais le Dr Scally s'y opposa.

– Pensez au scandale, voyons. Et à proprement parler, ils étaient dans leur droit. Si vous débarquez chez eux en disant avoir été empoisonné...

C'était un argument de poids. Avec la promesse du docteur qu'il se porterait bientôt comme un charme s'il n'en faisait pas trop avec sa légitime, Wilt sortit dans la rue. Il se sentait, sinon au zénith du bonheur, du moins à mi-chemin. Le soleil brillait sur les feuilles d'automne, des enfants ramassaient des marrons sous les arbres du parc et le Dr Scally lui avait donné un certificat médical pour une semaine de repos. Wilt déambula en ville, passa une heure à feuilleter des livres chez un bouquiniste. Il était sur le point de rentrer à la maison quand il se souvint qu'il lui fallait mettre en banque l'avance de Miss Mueller. Wilt se dirigea de ce côté et se sentit l'âme encore plus légère. Sa brève toquade pour elle s'était évanouie. Irmgard n'était qu'une stupide étudiante comme les autres, possédant plus d'argent que de bon sens, un goût pour les voitures de luxe et les jeunes gens de toute nationalité.

Ainsi, il monta d'un pas désinvolte les marches de la banque, alla au guichet et remplit le bordereau de dépôt qu'il tendit ensuite à l'employé.

– Ma femme a un compte spécial, expliqua-t-il. C'est un compte de dépôt au nom de Wilt, Mrs Henry Wilt. J'ai oublié le numéro, mais c'est pour une tribu africaine, je crois qu'ils s'appellent les...

Mais manifestement le caissier ne l'écoutait pas. Il était affairé à compter les billets et tandis que Wilt le regardait il s'interrompit plusieurs fois. Enfin avec un bref « excusez-moi », il ouvrit la porte au fond de la caisse et disparut. Derrière Wilt plusieurs clients passèrent à un autre guichet, le laissant avec ce vague sentiment de malaise qu'il ressentait toujours quand il retirait de l'argent liquide et que l'employé avant de tamponner le dos du chèque jetait un coup d'œil à une liste de clients, vraisemblablement à découvert. Mais cette fois-ci, il ne retirait pas d'argent, il en apportait et les billets ne pouvaient être refusés.

C'est pourtant ce qui se passa. Wilt commençait à trouver saumâtre cette attente quand un coursier s'approcha de lui.

— Voulez-vous me suivre une minute dans le bureau du directeur? dit-il d'un ton de politesse légèrement menaçant.

Wilt traversa le hall et entra à sa suite dans le bureau du directeur. Les billets et le bordereau étaient posés sur le sous-main devant lui.

— Pourrais-je savoir ce qui ce passe? demanda Wilt dont l'inquiétude grandissait.

Derrière lui, le coursier, debout, semblait garder la porte.

— Je pense que nous allons attendre l'arrivée de la police avant tout commentaire, dit le directeur.

— Que voulez-vous dire? L'arrivée de la police?

Le directeur resta silencieux. Il dévisageait Wilt avec une expression qui réussissait à combiner le regret et la méfiance...

— Mais enfin, dit Wilt, je ne sais pas ce qui se passe mais j'exige...

La protestation de Wilt mourut sur ses lèvres tandis que le directeur fixait des yeux la pile de billets posés sur la table.

— Bon Dieu, vous ne voulez pas dire qu'ils sont faux!

— Pas faux, Mr Wilt, mais comme je vous l'ai déjà dit, lorsque la police sera là, vous aurez la possibilité de vous expliquer. Je suis persuadé qu'il existe une explication parfaitement raisonnable à cette affaire. Personne ne vous soupçonne un seul instant de...

— De quoi? dit Wilt.

Mais une nouvelle fois, le directeur de la banque resta silencieux. En dehors du bruit de la circulation à l'extérieur, on n'entendait rien et la journée qui paraissait, il y a quelques instants encore, pleine de gaieté et d'espoir devint soudainement grise et affreuse. Wilt fouilla désespérément dans son esprit en quête d'une explication, mais ne trouva rien. Il était sur le point de protester pour dire qu'ils n'avaient aucun droit de le garder ici quand on frappa à la porte. Le coursier l'ouvrit avec précaution. L'inspecteur Flint, le sergent Yeats et deux policiers en civil entrèrent.

– Enfin! dit le directeur. Nous avons là quelque chose de très étrange. Mr Wilt, que voici, est un de nos clients estimable et respecté...

Mais il n'acheva pas cette plaidoirie. Flint dévisageait Wilt.

– Je ne pensais pas qu'il pût y avoir deux Wilt dans la même ville, dit-il, triomphant. Alors...

Il fut interrompu par le plus âgé des hommes en civil.

– Si cela ne vous dérange pas, inspecteur, nous allons nous occuper de cette affaire, dit-il d'un ton d'autorité ferme et avec une douceur dans les manières qui était encore plus inquiétante que la précédente froideur du directeur de la banque.

Il s'avança vers le bureau, prit quelques billets et les étudia. Wilt le regardait, de plus en plus alarmé.

– Pourriez-vous nous indiquer l'origine de ces billets de cinq livres? demanda-t-il. A propos, je m'appelle Misterson.

– C'est le mois d'avance que nous a payé notre locataire, dit Wilt, je suis venu le déposer sur le compte PASTIS de ma femme.

– PASTIS, monsieur? Le compte PASTIS? dit le doucereux Mr Misterson.

– Cela veut dire Plan d'Aide et de Soutien aux Tribus Indigènes Sous-développées, dit Wilt. Ma femme est la trésorière de la section locale. Elle a adopté une tribu en Afrique et...

– Je vois, Mr Wilt, dit Misterson en jetant un regard glacial à l'inspecteur Flint qui venait de murmurer « typique ». (Il s'assit et d'une saccade rapprocha sa chaise de celle de Wilt.) Vous nous disiez donc que cet argent vient de votre locataire, et qu'il est destiné au compte de dépôt de votre femme. Quel genre de locataire est-ce?

– Femme, dit Wilt, adoptant la brièveté d'un contre-interrogatoire.

– Et son nom, monsieur?

– Irmgard Mueller.

Les regards des deux civils se croisèrent. Wilt le remarqua et dit rapidement :

– Elle est allemande.

– Bien, monsieur. Seriez-vous capable de l'identifier?

– L'identifier? dit Wilt. Rien de plus facile, elle vit dans cet appartement depuis un mois.

– En ce cas, si vous voulez bien nous suivre au commissariat nous serions heureux de vous montrer quelques photos, dit Misterson en reculant sa chaise.

– Eh là, un instant! Je veux savoir de quoi il retourne, dit Wilt. Je suis déjà allé dans ce commissariat et franchement je n'ai pas envie d'y remettre les pieds.

Et il resta résolument assis.

M. Misterson chercha dans sa poche et en sortit une carte plastifiée qu'il ouvrit.

– Veuillez lire attentivement ce document, dit-il.

128

Ce que fit Wilt et il pâlit. On y lisait que le commissaire Misterson de la brigade antiterroriste avait tout pouvoir pour... Wilt se leva et d'un pas mal assuré se dirigea vers la porte. Derrière lui, le commissaire donnait ses ordres à l'inspecteur Flint, au sergent Yeats et au directeur. Personne ne devait quitter ce bureau. Pas de coup de fil vers l'extérieur. Sécurité au maximum et travail comme d'habitude. Même le coursier de la banque devait rester là.

– Maintenant, Mr Wilt, vous allez me suivre comme si de rien n'était et sortir tranquillement. Nous ne voulons pas attirer l'attention.

Wilt le suivit et traversa la banque. Arrivé à la porte, il restait là à se demander ce qu'il devait faire quand une voiture s'arrêta. Le commissaire ouvrit la portière et Wilt monta. Cinq minutes plus tard, assis à une table il examinait les photos de jeunes femmes qu'on lui tendait. Il était midi vingt quand il reconnut enfin celle d'Irmgard Mueller.

– Vous en êtes absolument sûr? dit le commissaire.

– Évidemment, dit Wilt irrité. Bon, je ne sais pas qui elle est, ni ce que cette pauvre femme a fait, mais occupez-vous plutôt d'elle, vous me ferez plaisir. Je voudrais rentrer déjeuner chez moi.

– Tout à fait d'accord, monsieur. Votre femme est-elle à la maison?

Wilt regarda sa montre.

– Je ne sais pas pourquoi vous me demandez ça! En fait, elle devrait être en train de rentrer de la garderie avec les filles...

Le commissaire soupira. Ce fut un soupir long et de mauvais augure.

– En ce cas, je crains qu'il ne puisse être question

d'arrestation pour l'instant, dit-il. Je suppose que Miss... euh... Mueller est dans la maison?

– Je ne sais pas, dit Wilt. Elle y était quand je suis parti ce matin et aujourd'hui mercredi, elle n'a pas de cours, elle y est donc encore probablement. Pourquoi n'allez-vous pas le constater vous-même?

– Parce que, monsieur, votre locataire se trouve simplement être l'une des terroristes les plus dangereuses du monde. Je pense que cela se passe de commentaire.

– Nom de Dieu! dit Wilt, se sentant soudain les jambes en coton.

Le commissaire Misterson se pencha sur le bureau.

– Elle a au moins huit meurtres à son actif et on la suppose être le cerveau... Je suis désolé d'utiliser des termes aussi mélodramatiques, mais c'est ce qui convient en l'occurrence. Comme je vous le disais elle a organisé plusieurs attentats à la bombe et nous savons qu'elle est impliquée dans l'attaque du transport de fonds de Gantrey, mardi dernier. Il y a eu un mort. Vous l'avez peut-être lu?

Wilt s'en souvenait en effet. C'était dans la salle d'attente des urgences. Cela lui avait semblé sur le moment l'un de ces actes répugnants et lointains de violence gratuite qui rendait tellement déprimante la lecture du journal le matin. Et pourtant, parce qu'il l'avait lu, l'assassinat d'un convoyeur de fonds avait été investi d'une réalité qu'il n'avait plus dans les circonstances présentes. Cerveau, terroriste, assassinats... mots prononcés fortuitement dans un bureau par un homme affable vêtu d'un costume de tweed et d'une cravate au motif cachemire. Au même titre qu'un avocat de province, le commissaire Misterson était bien la dernière personne qui aurait pu prononcer de tels mots et c'était cette incongruité qui était si inquiétante. Wilt fixa son interlocuteur et secoua la tête.

– Je suis désolé, mais c'est la vérité, dit le commissaire.

– Mais les billets?

– Ils sont marqués, monsieur, marqués et numérotés. C'était une souricière.

Wilt secoua de nouveau la tête. La vérité lui semblait insupportable.

– Qu'allez-vous faire? Ma femme et les enfants sont maintenant à la maison et si elle y est aussi... et il y a aussi tous ces autres étrangers dans la maison.

– Vous pourriez nous dire combien d'autres... hum... étrangers, monsieur?

– Je ne sais pas, dit Wilt, ça change tous les jours. Ils n'arrêtent pas de monter et de descendre notre escalier. Une vraie honte.

– Bon, dit le commissaire avec vivacité. Vous allez maintenant nous indiquer quelle est votre routine quotidienne? Rentrez-vous habituellement pour déjeuner?

– Non, je déjeune au Tech, mais en ce moment je suis en convalescence et je pensais rentrer déjeuner.

– Votre femme va-t-elle être surprise si vous ne rentrez pas déjeuner?

– Ça m'étonnerait, dit Wilt. Quelquefois je m'arrête dans un bar manger des sandwiches.

– Vous ne lui téléphonez pas pour la prévenir?

– Pas toujours.

– Ce que je cherche à établir, monsieur, c'est si

votre femme sera inquiète si vous ne rentrez pas maintenant ou si vous ne la prévenez pas.

– Non, dit Wilt. La seule chose qui l'inquiétera c'est quand elle saura que nous avons hébergé cette... Quel est le nom de cette salope d'ailleurs?

– Gudrun Schautz. Maintenant, monsieur, nous allons nous faire monter de quoi manger et établir quelques plans.

– Quels plans? demanda Wilt, mais le commissaire quittait la pièce et les autres civils ne semblaient pas bavards.

Wilt regarda la légère bosse sous l'aisselle gauche de ces types et tenta de dissiper son sentiment grandissant de folie.

Dans la cuisine de Willington Road, Eva s'occupait du déjeuner des filles.

– Nous n'allons pas attendre papa, dit-elle, il va probablement rentrer un peu plus tard.

– Est-ce qu'il va ramener sa cornemuse? demanda Joséphine.

– Sa cornemuse, chérie? Papa n'a pas de cornemuse.

– Il en a porté une, dit Pénélope.

– Oui, mais on ne joue pas avec celle-ci.

– J'ai vu des hommes en jupe qui jouaient de la cornemuse à la fête, dit Emmeline.

– En kilt, chérie.

– J'ai vu papa jouer avec son instrument dans le pavillon, dit Pénélope, et aussi il portait la robe de maman.

– Eh bien, il ne jouait pas de la même manière, Penny, répliqua Eva, en se demandant de quelle manière Wilt en avait joué.

– En tout cas les cornemuses font un bruit horrible, soutint Emmeline.

– Papa aussi, quand tu es monté dans son lit...

– Oui, chérie, il faisait un mauvais rêve.

– Une pollution nocturne, c'est ce qu'il a dit.

– Eh bien, c'est aussi un mauvais rêve, dit Eva. Bon, qu'avez-vous fait à l'école aujourd'hui?

Mais il n'y avait rien à faire pour détourner les filles du sujet passionnant des malheurs récents de leur père.

– La maman de Roger lui a dit que papa doit avoir quelque chose de travers à la vessie pour avoir un tuyau, dit Pénélope. C'est quoi, une vessie, maman?

– Moi je sais, cria Emmeline, c'est le ventre d'un cochon et c'est avec ça que l'on fait des cornemuses, c'est Sally qui me l'a dit.

– Papa n'est pas un cochon...

– Bon, ça suffit comme ça, dit Eva avec fermeté, nous allons arrêter de parler de papa. Mangez donc vos laitances.

– Roger dit que les laitances sont des bébés-poissons, dit Pénélope, je n'aime pas ça.

– Mais non, mais non. Les poissons n'ont pas de bébés, ils pondent des œufs.

– Et est-ce que les saucisses pondent des œufs? demanda Joséphine.

– Bien sûr que non, chérie, les saucisses ne sont pas vivantes.

– Roger dit que la saucisse de son papa pond des œufs et que sa maman porte un...

– Ce que raconte Roger ne m'intéresse pas du tout, dit Eva, partagée entre sa curiosité à l'égard des Rawson et son dégoût devant les connaissances encyclopédiques de sa progéniture.

– Ce n'est pas bien de parler de ça.

– Et pourquoi, maman?

– Parce que, dit Eva, incapable d'imaginer une réponse convenable et intelligente pour leur clouer le bec.

Coincée entre sa propre éducation sur ce qu'il est convenable de dire, et son opinion personnelle selon laquelle la curiosité insatiable des enfants doit être respectée, Eva eut un repas agité. Elle regrettait l'absence de Wilt. D'un grognement taciturne il aurait mis fin à toutes ces questions. Mais à 2 heures, lorsque Mavis téléphona pour lui rappeler qu'elle devait passer la prendre pour aller au symposium sur la Nouvelle Peinture en Thaïlande, Henry n'était toujours pas rentré.

– Je suis désolée, mais Henry n'est pas encore là, dit Eva, il est allé chez le docteur ce matin, je pensais qu'il reviendrait déjeuner. Je ne peux pas laisser les enfants.

– C'est Patrick qui a la voiture aujourd'hui, dit Mavis, la sienne est chez le garagiste pour une réparation et je comptais sur toi.

– Oh! bon, je vais demander à Mrs de Frackas de garder les filles pendant une demi-heure, dit Eva. Elle me propose toujours ses services, et Henry ne devrait plus tarder.

Elle alla chez la voisine et bientôt Mrs de Frackas se trouva assise dans la tonnelle entourée des filles et leur lisait l'histoire de Rikki Tikki Tavi. Cette dame, veuve du général de division de Frackas, était âgée de quatre-vingt-deux ans, et elle se souvenait bien mieux de sa jeunesse en Inde que de faits d'actualité plus récente. L'âme en paix, Eva partit en voiture chercher Mavis.

Quand il termina son déjeuner, Wilt avait repéré deux terroristes de plus parmi les binettes photographiées, comme visiteurs assidus de sa maison. Pendant ce temps étaient aussi arrivées au commissariat plusieurs camionnettes transportant un grand nombre d'hommes à l'agilité surprenante dans divers habits civils. La cantine avait été transformée en quartier général et le commissaire Misterson relevé par un commandant des services spéciaux dont le nom doit rester secret.

— Le commissaire ici présent va vous expliquer le début de l'opération, dit le commandant avec condescendance, mais auparavant je dois vous rappeler que nous avons affaire à quelques-uns des tueurs les plus impitoyables d'Europe. Ils ne doivent à aucun prix s'échapper. En même temps nous souhaitons éviter, si possible, toute effusion de sang. Toutefois, compte tenu des circonstances, nous sommes en droit de tirer d'abord et de poser des questions ensuite, si la cible est encore capable de répondre. Je tiens cette autorisation du ministère même.

Il sourit d'un air sinistre et s'assit.

— Après l'encerclement de la maison, dit le commissaire, Mr Wilt entrera et, on peut l'espérer, réussira à évacuer sa famille. Rien ne doit entraver cette première opération. Le second point à considérer est que nous avons une chance unique d'arrêter au moins trois terroristes de premier plan et peut-être davantage. Encore une fois, on peut l'espérer, Mr Wilt nous permettra de savoir combien de membres du groupe sont présents dans la maison au moment de sa sortie. Je vais m'occuper de ce qui

135

me concerne et laisser le reste au commandant.

Il quitta la cantine et monta dans le bureau où Wilt terminait son *Queen's pudding* en le faisant descendre avec du café. Dans le couloir il rencontra le médecin et le parapsychologue des services spéciaux qui venaient d'étudier Wilt à son insu.

– C'est un nerveux, dit-il lugubre, on ne pouvait trouver pire. Le genre de crétin qui raterait un saut d'un dirigeable au sol.

– Heureusement nous ne lui demandons pas de sauter d'un dirigeable au sol, dit le commissaire. Il doit simplement rentrer dans sa maison et sous un prétexte quelconque faire sortir toute sa famille.

– Je pense quand même qu'on devrait lui faire une piqûre pour le doper un peu. Il ne faudrait pas qu'il se mette à paniquer sur le perron, ni qu'il vende la mèche.

Il partit d'un pas décidé chercher sa trousse tandis que le commissaire retrouvait Wilt.

– A nous, dit-il avec une gaieté inquiétante, vous allez simplement...

– Entrer dans la maison remplie de meurtriers et demander à ma femme de sortir, je sais, dit Wilt.

– Ce n'est vraiment pas difficile.

Wilt le regarda incrédule.

– Pas difficile? dit Wilt d'une voix suraiguë. Vous ne connaissez pas ma fichue femme!

– Je n'ai pas encore eu ce plaisir, admit le commissaire.

– Justement, dit Wilt. Eh bien, si ça vous arrive, vous comprendrez que si je rentre et que je lui demande de sortir, elle trouvera mille et une excuses pour ne pas le faire.

– C'est une femme difficile, monsieur?

– Oh! non! Il n'y a rien de difficile en ce qui concerne Eva. Rien du tout. Elle est sacrément peu coopérative, c'est tout.

– Je vois. Et si vous lui suggériez de ne pas sortir, vous pensez qu'elle le ferait justement?

– A mon avis, dit Wilt, si j'agis ainsi elle pensera que je suis tombé sur la tête. Mettez-vous à sa place : que feriez-vous si vous étiez tranquillement assis chez vous et que votre femme entre et vous suggère tout à trac de ne pas sortir, alors que de toute façon il ne vous était même pas venu à l'idée de le faire? Vous penseriez peut-être qu'elle déménage, non?

– D'accord dit le commissaire, j'avoue que je n'avais pas envisagé les choses sous cet angle.

– Eh bien, vous feriez mieux de commencer tout de suite, dit Wilt, je ne vais pas...

Il fut interrompu par l'entrée du commandant et de deux autres officiers en jeans et T-shirts portant en gros caractères : ALLEZ L'I.R.A.; ils étaient chargés de sacs assez volumineux.

– Si vous nous permettez de vous interrompre quelques instants, dit le commandant, nous aimerions que Mr Wilt nous donne un plan détaillé de la maison, une coupe verticale et horizontale.

– Et pour quoi faire? dit Wilt, incapable de détacher ses yeux des T-shirts.

– En cas de prise d'assaut, monsieur, dit le commandant, il nous faut des angles de tir corrects. Pas envie, en entrant, de trouver que les chiottes ne sont pas au bon endroit, etc.

– Écoutez mon vieux, dit Wilt, essayez donc de descendre Willington Road avec ces T-shirts et ces sacs et vous n'atteindrez pas ma maison. Les voisins vous sauteront dessus pour vous lyncher. Le neveu de Mrs Foggin a été tué dans une explosion à Belfast et le professeur Ball n'est pas indifférent aux pédés, sa femme en a épousé un.

– Feriez mieux de prendre les maillots GARDEZ CLAPHAM BLANC, dit le commandant.

– Je ne vous le conseille pas, dit Wilt. Mr et Mrs Bokani qui habitent au 11 vous sauteraient à la gorge, armés de la loi contre le racisme. Vous n'avez rien de plus neutre?

– Mickey Mouse, monsieur? suggéra l'un des officiers.

– Oh! d'accord! dit le commandant en bougonnant. Un Mickey Mouse et les autres Donald Duck.

– Bon Dieu, dit Wilt, je ne sais pas combien vous avez d'hommes, mais si vous avez l'intention d'envahir le voisinage avec des Donald Duck armés jusqu'aux dents et avec les engins que vous avez dans ces sacs gigantesques, vous aurez une quantité de cas de schizophrénie infantile sur la conscience.

– Ce n'est pas vos oignons, dit le commandant, laissez-nous nous débrouiller avec l'aspect tactique de la situation. Nous avons déjà eu l'expérience de ce genre de cas, tout ce que nous vous demandons c'est un plan détaillé de votre terrain domestique.

– Parlez-moi aussi d'une bêche comme d'un outil-horticole-à-retourner-la-terre, dit Wilt. Si on m'avait dit un jour que ma maison s'appellerait un terrain domestique...

Il prit un crayon mais le commissaire l'interrompit.

– Écoutez, si nous ne ramenons pas Mr Wilt chez

138

lui rapidement, sa famille va peut-être se demander où il est passé, protesta-t-il.

Comme pour confirmer son point de vue, le téléphone sonna.

– C'est pour vous, dit le commandant, un pauvre con du nom de Flint qui dit être terré dans une banque...

– Je croyais vous avoir dit de ne pas appeler l'extérieur, dit le commissaire en colère au téléphone. Se soulager? Bien sûr que oui... un rendez-vous à 3 heures avec M. Daniles? Qui est-ce? Oh merde... Où?... Eh bien, videz la corbeille à papier, nom de Dieu... je n'ai pas besoin de vous dire où, je pensais que ça sauterait aux yeux... Que voulez-vous dire, ça va sembler anormal?... ils sont obligés de traverser toute la banque?... Oui, je connais l'odeur. Trouvez un aérosol de déodorant ou un truc comme ça... Eh bien, s'il n'est pas d'accord, retenez ce crétin de force. Eh, Flint, voyez si quelqu'un a un seau et utilisez-le dorénavant.

Il reposa le combiné violemment et se tourna vers le commandant.

– La pression monte à la banque et si nous n'agissons pas rapidement...

– Quelqu'un se doutera de quelque chose? suggéra Wilt. Bon, vous voulez que je vous dessine ma maison ou non?

– Oui, dit le commandant, et vite.

– Ce n'est pas la peine de me parler sur ce ton, dit Wilt. Vous avez peut-être envie de livrer bataille sur ma propriété mais qui va payer les dégâts? Ma femme est très maniaque et si vous commencez à tuer les gens sur le tapis du salon...

– Mr Wilt, dit le commandant résolument

patient, nous ferons tout ce qui sera possible pour éviter toute violence sur votre propriété. C'est précisément dans ce but qu'il nous faut un plan détaillé du terrain dom... euh... de la maison.

– Nous ferions mieux de laisser Mr Wilt à son plan, dit le commissaire et il montra la porte de la tête.

Le commandant le suivit et ils continuèrent de palabrer dans le couloir.

– Écoutez, dit le commissaire, j'ai déjà un rapport de votre psy de service sur ce pauvre couillon. C'est un paquet de nerfs et si vous commencez par l'agacer...

– Commissaire, dit le commandant, vous ne savez peut-être pas que j'ai une marge de dix victimes sur cette opération et s'il en faisait partie je ne le pleurerais pas. Feu vert du ministère des Armées.

– Bien sûr, et si nous n'arrivons pas à le faire rentrer chez lui pour qu'il décide sa femme et ses enfants à en sortir, votre quota chutera déjà de six, dit sèchement le commissaire.

– Tout ce que je peux dire, c'est qu'un homme qui place le tapis de son salon avant son pays et le monde libre...

Il aurait bien continué dans cette veine, mais le parapsychologue apportant une tasse de café l'interrompit.

– On lui a mis un peu de peps là-dedans, dit-il gaiement. Ça devrait l'aider à passer le cap.

– Je l'espère bien, dit le commissaire, j'aurais bien besoin de votre truc moi aussi.

– Ça marchera au poil, dit le commandant, on m'en a donné une fois en Irlande du Nord quand il a fallu que je désamorce une putain de bombe. La foutue machine a explosé avant que je puisse approcher, mais nom de Dieu je me sentais vachement bien.

Le toubib entra dans le bureau et en sortit bientôt avec la tasse vide.

– L'agneau est endormi, dit-il. C'est un lion que vous avez maintenant. Ça va aller comme sur des roulettes.

11

Dix minutes plus tard, Wilt répondait épatamment à cette prédiction. Il quitta le commissariat de son plein gré et entra tout joyeux dans la voiture du commissaire.

– Vous me laissez dans le bas de la rue et je rentrerai tout seul, dit-il, pas la peine de me déposer sur le paillasson.

Le commissaire le regarda, d'un air peu rassuré.

– Ce n'était pas mon intention. Le but de cet exercice est que vous rentriez chez vous sans éveiller l'intérêt et que vous persuadiez votre femme de sortir en lui disant que vous avez rencontré dans un bar cet herboriste et qu'il vous a tous invités à faire un saut chez lui pour voir sa collection de plantes. Bien compris?

– Cinq sur cinq, dit Wilt.

– Cinq sur cinq?

— Et qui plus est, poursuivit Wilt, si ça ne fait pas déloger la garce, je prends les enfants et je la laisse mijoter toute seule dans son jus.

— Chauffeur, arrêtez! dit le commissaire en toute hâte.

— Pourquoi? dit Wilt. Vous ne voulez quand même pas que je me tape trois kilomètres à pied? Quand j'ai dit que vous pouviez me laisser, je n'ai pas voulu dire ici.

— Mr Wilt, dit le commissaire, il est de mon devoir de bien vous faire comprendre la gravité de la situation. Gudrun Schautz est sans aucun doute armée et elle n'hésitera pas à tirer, c'est une tueuse professionnelle.

— Et alors? Cette roulure arrive chez moi après avoir laissé des cadavres un peu partout et elle s'imagine que je vais la loger, mon cul, oui! Allez, chauffeur, continuez.

— Bon Dieu, dit le commissaire, on peut faire confiance à l'armée pour tout foutre par terre.

— Je fais demi-tour? demanda le chauffeur.

— Pas question, dit Wilt. Plus vite je fais sortir ma famille et entrer l'armée, et mieux c'est. Ce n'est pas la peine de faire cette tête. Tout va marcher comme sur des roulettes!

— Cela ne me surprendrait pas, dit le commissaire déprimé. Allez-y, roulez. Enfin, Mr Wilt, pour l'amour du ciel, tenez-vous-en à cette histoire d'herboriste. Le type s'appelle...

— Falfirk, continua automatiquement Wilt. Il habite 45 Barrabas Road. Il revient d'Amérique du Sud avec une collection de plantes comprenant des herbes tropicales que l'on n'a jamais encore cultivées par ici...

– Il connaît au moins son texte, murmura le commissaire comme ils tournaient dans Farrington Avenue et s'arrêtaient au bord du trottoir.

Wilt sortit en claquant la portière de la voiture avec une violence inutile et partit d'un pas décidé dans Willington Road. Derrière lui, le commissaire malheureux le regarda partir tout en maudissant le parapsychologue.

– Doit lui avoir donné l'équivalent chimique du kamikaze, dit-il au chauffeur.

– On peut encore l'arrêter, monsieur, dit le chauffeur.

Mais c'était déjà trop tard. Wilt avait plongé derrière la barrière de sa maison et disparu. Immédiatement après une tête surgit de la haie, à côté de la voiture.

– Restez pas là, vous allez donner l'alarme, mon vieux, dit un gradé en uniforme d'inspecteur du gaz. Sauvez-vous, moi j'appelle le Q.G. pour les informer que le sujet vient de pénétrer dans la zone dangereuse...

– Pas question, aboya le commissaire, comme l'officier tripotait les boutons de son talkie-walkie. Pas un seul contact radio tant que la famille n'est pas sortie indemne.

– Mais, les ordres...

– Annulés à l'instant, dit le commissaire. Des vies innocentes sont en jeu et je ne veux pas les mettre en danger.

– Bon, d'accord, dit l'officier. En tout cas nous avons complètement bouclé le quartier. Même un lapin ne réussirait pas à s'échapper maintenant.

– Il ne s'agit pas simplement de ne laisser sortir

143

personne. Nous voulons en tenir un maximum à l'intérieur avant d'attaquer.

– Compris, vous voulez tous les fourrer dans le sac, eh? Bravo, faut bien se défoncer pour ce gibier!

L'officier disparut dans la haie et la voiture du commissaire démarra.

– Des lions, des agneaux, et maintenant des saloperies de lapins et de gibier, dit-il au conducteur, si seulement les Services spéciaux avaient pu rester en dehors du coup. Ils n'ont que des bébêtes dans le ciboulot.

– Parce qu'on les recrute chez des rapides de la gâchette à mon avis, monsieur, dit le chauffeur. Je n'aimerais pas être à la place de ce Wilt.

Dans les jardins du 9 Willington Road, Wilt ne partageait pas ces craintes. Gonflé par l'euphorisant du parapsychologue, Wilt n'était pas d'humeur à badiner. Putains de terroristes débarquant chez lui sans même lui demander la permission. Eh bien, il allait leur montrer la direction de la sortie, vite fait. Il avança d'un pas décidé et ouvrit la porte de devant avant de se rendre compte que sa voiture n'était plus dehors. Eva devait être sortie avec les filles. Dans ce cas, il était inutile d'entrer.

– Et puis merde, dit Wilt, je suis chez moi et je peux bien faire ce que je veux ici, putain de merde.

Il entra dans le hall et ferma la porte. Le séjour était vide et la maison silencieuse. Wilt passa dans la cuisine et se demanda ce qu'il devait faire ensuite. En temps normal, il serait ressorti, mais rien n'était normal maintenant. L'esprit drogué de Wilt exigeait des mesures draconiennes. Cette putain d'armée ne voulait-elle pas livrer bataille sur son terrain domestique? Eh bien, il allait l'en empêcher, et vite fait. Terrain domestique, vraiment on n'avait pas idée! Si les gens avaient envie de s'entre-tuer ils pouvaient bien aller le faire ailleurs. Très bien vu, tout ça, mais comment les persuader? Le plus simple était de monter au grenier, de prendre les bagages et tout le barda de cette foutue Schautz-Mueller et de les balancer sur la pelouse de devant. Ainsi quand elle rentrerait, elle n'aurait pas besoin de dessin, et elle se propulserait sur le terrain domestique de quelqu'un d'autre.

Avec ce plan simple en tête, Wilt monta jusqu'à la porte du grenier et la trouva fermée. Il descendit à la cuisine chercher le double de la clé et remonta. Il hésita un instant devant la porte, frappa. Pas de réponse. Il ouvrit la porte à l'aide de la clé et entra.

Cet appartement se composait de trois pièces : un grand studio dont le balcon dominait le jardin, une kitchenette et à l'arrière une salle de bains. Wilt ferma la porte derrière lui et inspecta les lieux. Le studio qu'occupait feu sa Muse était étonnamment bien rangé. Gudrun était peut-être une terroriste impitoyable mais c'était aussi une maniaque de l'astiquage. Les vêtements étaient pendus dans un placard mural et toute la vaisselle lavée et rangée. Bon, où avait-elle bien pu mettre ses valises? Wilt regarda partout et ouvrit un autre placard avant de se souvenir qu'Eva avait fait installer la citerne d'eau froide plus en hauteur sous le toit quand la salle de bains avait été mise en place. Il devait bien y avoir une porte quelque part.

Il la trouva à côté de la cuisinière et y rentra à quatre pattes. Il découvrit qu'il lui fallait pour atteindre le débarras marcher plié en deux sur une planche étroite juste sous la charpente. Il tâtonna dans l'obscurité et trouva le commutateur. Les valises étaient alignées à côté de la citerne. Wilt s'avança comme il put et attrapa la poignée du premier sac. Il était incroyablement lourd. Et visiblement bosselé. Wilt tira le sac vers lui et celui-ci tomba avec un bruit sourd et métallique sur la planche à ses pieds. Il n'avait pas l'intention de traîner ce sac par-dessus les chevrons. Wilt tripota les serrures et réussit à ouvrir le sac.

Tous ses doutes concernant les activités de Fräulein Mueller-Schautz s'évanouirent. Il avait à ses pieds ce qui ressemblait à un genre de mitraillette, un monceau de revolvers, des boîtes de munitions, une machine à écrire et ce qui semblait être des grenades en quantité. C'est à ce moment qu'il entendit dehors le bruit d'une voiture. Elle s'était arrêtée dans l'allée et à ses oreilles peu exercées cela ressemblait pourtant bien à l'Aston Martin. Se maudissant de ne pas avoir davantage écouté sa poltronnerie naturelle, Wilt tenta de regagner la porte, mais le sac à ses pieds en travers de la planche l'en empêchait. Il se tapa la tête sur les chevrons et était sur le point de passer en rampant sur le sac quand il lui vint à l'esprit que la mitraillette était peut-être chargée et pourrait bien fonctionner s'il la poussait de travers. Mieux valait dégager ce foutu engin. Mais c'était plus vite dit que fait. Il coinça le canon dans un coin du sac et le temps de le dégager des pas se faisaient entendre dans l'escalier. Trop tard pour agir, mais il lui fallait éteindre la lumière.

Se penchant par-dessus le sac et tenant la mitraillette à bout de bras, Wilt réussit à basculer l'interrupteur d'une secousse de la pointe du canon avant de se tapir dans l'obscurité.

Dehors, dans le jardin, les filles passaient un merveilleux après-midi avec la vieille Mrs de Frackas. Elle leur avait lu l'histoire de Rikki Tikki Tavi, la mangouste avec les deux cobras, puis elle les avait emmenées chez elle pour leur montrer à quoi ressemblait un cobra empaillé (elle en avait un dans une vitrine qui découvrait ses crochets de manière on ne peut plus réaliste). Enfin elle leur avait parlé de sa propre enfance en Inde, avant de les installer pour goûter dans la serre. Pour une fois les filles s'étaient tenues correctement. Au travers d'Eva, elles avaient acquis une idée exacte du statut social de Mrs de Frackas; en tout cas la voix de la vieille dame avait un ton remarquablement ferme – ou, pour reprendre l'image de Wilt, si à quatre-vingt-deux ans elle ne pouvait plus briser un verre de cristal à cinquante pas, elle était encore capable de faire ramper un chien de garde à quarante pas. Le laitier, quant à lui, avait depuis longtemps renoncé à se faire payer toutes les semaines. Mrs de Frackas appartenait à une génération qui payait quand bon lui semblait : la vieille dame envoyait un chèque deux fois par an, erroné qui plus est. La compagnie laitière ne le contestait pas. La veuve du général de division D.S.O. [1], etc., était une personnalité devant laquelle on s'inclinait, et c'était l'un des orgueils d'Eva qu'elle et la vieille dame s'entendissent

1. *Distinguished Service Order* : médaille militaire. (*N.d.T.*)

comme larrons en foire. Ce n'était le cas de personne d'autre dans Willington Road. En fait Mrs de Frackas adorait les enfants et considérait Eva, en dépit de son manque d'éducation évident, comme une excellente mère, et pour cette raison elle accordait ses faveurs aux Wilt. A dire vrai rarement à Wilt lui-même, qu'elle considérait manifestement comme un accident dans le processus familial. De plus, si ses observations de la conduite de ce dernier dans le pavillon d'été étaient exactes, l'individu buvait. Le général était mort d'une cirrhose, ou, comme elle disait brutalement, d'un foie clouté, et la communion solitaire de Wilt avec la bouteille ne faisait qu'accroître sa considération pour Eva et son souci pour les enfants. Comme elle était plutôt sourde, elle trouvait que c'était de charmantes petites filles, opinion qui n'était pas du tout partagée par le reste des voisins.

Ainsi, par ce bel après-midi ensoleillé, Mrs de Frackas avait installé les filles dans la serre et leur servait le thé, heureusement inconsciente du drame qui se jouait dans la maison voisine. Puis elle leur permit de jouer avec la dépouille de tigre qui servait de tapis dans le salon, et même de renverser un palmier en pot avant de décider qu'il était temps de les ramener chez elles. La petite procession sortit par la grille de devant et pénétra au numéro 9 juste comme Wilt commençait à fouiller le grenier. Dans les buissons de l'autre côté de la rue, l'officier auquel le commissaire avait interdit de se servir de radio les regarda entrer dans la maison en souhaitant désespérément qu'elles en ressortent immédiatement, mais à ce moment l'Aston-Martin arriva. Gudrun Schautz et deux jeunes gens ouvrirent le coffre, en sortirent plusieurs valises tandis que l'officier ne savait que faire, puis ce fut trop tard pour agir. Ils venaient d'entrer rapidement dans la maison. Alors seulement l'officier rompit le silence radio.

– Objectif femelle suivi par deux mâles entré dans la zone, dit-il au commandant qui faisait un tour d'inspection des hommes de sécurité postés au fond du jardin de Wilt. Civils à l'intérieur, demande instructions.

En guise de réponse, le commandant se faufila dans les jardins des numéros 2 et 4 accompagné de deux civils porteurs d'un théodolite et d'un poteau étalonné. Ils s'installèrent rapidement sur le trottoir et commencèrent à prendre des mesures de la rue tout en discutant avec l'officier dans la haie.

– Quoi? Vous n'avez pas pu les arrêter? dit le commandant quand il apprit que les filles et une vieille dame étaient entrées dans la maison des Wilt.

Mais avant que l'officier ne puisse répondre, il fut interrompu par le professeur Ball.

– Qu'est-ce que tout cela veut dire? demanda-t-il, regardant avec un dégoût manifeste les deux chevelus et le théodolite.

– Juste une étude pour un élargissement de la rue, dit le commandant sans réfléchir.

– Un élargissement? Quel élargissement? dit le professeur contemplant maintenant avec un égal dégoût le sac que portait le commandant à l'épaule.

– L'élargissement de la route en vue de la déviation projetée, dit le commandant.

La voix du professeur monta d'un ton.

– Une déviation? Vous dites qu'il y a un projet

149

pour faire passer une route ici en direction de la déviation?

– J'agis selon mes instructions, monsieur, dit le commandant espérant noyer le poisson.

– Et d'où viennent ces instructions? demanda le professeur, sortant un carnet de sa poche.

– Service des géomètres, voirie du district.

– Très bien et votre nom? dit le professeur l'œil méchant.

Il mouilla de la langue l'extrémité de son stylo bille tandis que le commandant hésitait.

– Pallister, monsieur, dit le commandant et nous aimerions bien poursuivre notre travail si cela ne vous dérange pas.

– Ne vous gênez pas pour moi, Mr Pallister.

Le professeur tourna les talons et pénétra rapidement dans sa maison. Il revint quelques instants plus tard avec un gros bâton.

– Vous serez content de savoir, Mr Pallister, dit-il en brandissant son bâton, que je me trouve siéger au comité de la voirie urbaine pour le développement des grands axes. Notez bien : « urbaine », Mr Pallister, car nous n'avons pas de service de voirie de district, uniquement urbaine.

– Simple lapsus, monsieur, dit le commandant essayant de garder les yeux sur la maison des Wilt sans ignorer la menace du gros bâton.

– Je pense que c'est aussi un lapsus qui vous a fait dire que la ville de Ipford projette de construire une extension de cette route jusqu'à la déviation...

– Ce n'est qu'un vague projet, dit le commandant.

Le professeur Ball, pince-sans-rire, poursuivit :

– Bien vague en effet, si l'on pense que nous

n'avons même pas encore de déviation et qu'en tant que président du Comité du développement routier, je serai le premier à être informé de tout changement dans le système actuel. Qui plus est, je n'ignore pas le fonctionnement d'un théodolite et vous l'utilisez à l'envers. Et maintenant, si vous voulez bien rester en place en attendant l'arrivée de la police. Ma bonne vient de les appeler et...

– J'aimerais vous dire un mot en privé, dit le commandant en cherchant désespérément une preuve officielle dans son sac.

Mais le professeur savait reconnaître un imposteur et sa réaction à l'égard des hommes dotés de sac à main fut violente, comme Wilt l'avait d'ailleurs prévu. Le bâton s'abattit sur les preuves du commandant qu'il dispersa sur le sol. Elles comprenaient un talkie-walkie, deux revolvers et une grenade lacrymogène.

– Bordel de merde! dit le commandant, se penchant pour récupérer ses armes, mais le bâton du professeur voltigea de nouveau.

Cette fois-ci il frappa la nuque du commandant et envoya ce dernier s'étaler dans le caniveau. Derrière lui le civil responsable du théodolite réagit rapidement. Se jetant sur le professeur, il lui bloqua le bras gauche dans le dos et d'une manchette de karaté lui arracha le bâton des mains.

– Si vous voulez bien nous suivre sans faire de bruit, monsieur, dit-il, mais c'était bien la dernière chose qui serait venue à l'esprit du professeur.

Pour se défendre de gens qui se prétendaient géomètres et transportaient des revolvers et des grenades, il n'y avait qu'un seul recours : faire le plus de bruit possible. Ainsi Willington Road fut réveillé de sa torpeur banlieusarde aux cris de « au secours! », « à l'assassin! », « police! »

— Bon Dieu! mais vous allez me museler ce con, cria le commandant qui tentait toujours de récupérer ses revolvers, mais trop tard...

De l'autre côté de la rue un visage, puis deux apparurent à la fenêtre du dernier étage et avant que l'on ait pu évacuer sans bruit le professeur, les têtes avaient disparu.

Accroupi dans l'obscurité à côté de la citerne, Wilt ne se rendait que vaguement compte que quelque chose d'inhabituel se déroulait dans la rue. Gudrun Schautz avait décidé de prendre un bain et la citerne gargouillait et sifflait. Il pouvait cependant entendre assez clairement les réactions de ses camarades.

— La police, hurla l'un deux. Gudrun, la police est en bas!

Puis d'autres cris en provenance du balcon :

— Il y en a d'autres dans le jardin avec des fusils. En bas, vite, attaquons-les.

Des pas descendirent bruyamment les marches de bois de l'escalier tandis que de la salle de bains Gudrun Schautz leur criait des instructions en allemand, puis se ravisant elle leur hurla en anglais :

— Les enfants, cria-t-elle, occupez-vous des enfants!

C'en était trop pour Wilt. Oubliant le sac et la mitraillette qu'il tenait, il se lança avec violence sur la porte et tomba dans la cuisine tout en arrosant le plafond de balles car il avait par mégarde appuyé sur la détente. Les conséquences en furent assez extraordinaires. Dans la salle de bains Gudrun Schautz hurlait. En bas les terroristes commencèrent de tirer en direction du fond du jardin et aussi plus près sur le petit groupe comprenant le professeur Ball. En retour, en provenance à la fois du jardin et de la rue, les forces de sécurité répliquèrent avec quatre fois plus de violence, pulvérisant les fenêtres et ajoutant des trous supplémentaires dans le philodendron d'Eva. Enfin elles criblèrent les murs du séjour où Mrs de Frackas et les filles regardaient un western à la télévision, au point que le tapis mexicain suspendu sur le mur derrière elles leur tomba sur la tête.

– Allons, mes enfants, dit-elle avec calme, ne nous affolons pas. Nous allons simplement nous allonger par terre et attendre que cela s'arrête.

Mais les filles n'étaient pas le moins du monde inquiètes. Aguerries par les fusillades continuelles sur l'écran, elles se sentaient parfaitement à l'aise dans les pétarades de la réalité.

On pouvait difficilement en dire autant de Wilt. Comme le plâtre du plafond perforé au-dessus de sa tête descendait en poussière sur lui, il se remit à toute vitesse sur pied et allait se diriger vers l'escalier lorsque le bruit d'un tir d'armes plus légères dirigées vers les fenêtres du palier, côté jardin, et celles du devant de la maison l'arrêtèrent net. Tout en serrant contre lui la mitraillette, il revint en trébuchant vers la cuisine. A ce moment, il se rendit compte que l'infernale Fräulein était derrière lui dans la salle de bains. Elle s'était arrêtée de crier et pouvait à tout instant apparaître avec une arme. Sa première idée fut d'enfermer la garce, mais la clé était de l'autre côté de la porte... Wilt chercha des yeux une autre solution et la trouva sous forme d'une chaise de cuisine qu'il coinça sous la poignée de la porte. Pour accroître sa sécurité de ce côté-là, il arracha le cordon d'une lampe du studio et l'attacha d'un côté à la poignée de la porte, et de l'autre au pied d'un radiateur électrique. Ayant ainsi assuré ses arrières, il fit une seconde sortie en direction de l'escalier, mais en bas la bataille faisait encore rage. Il était sur le point de se hasarder à descendre, lorsqu'une tête apparut sur le palier, une tête et des épaules portant le genre d'arme qu'il venait lui-même d'utiliser. Wilt n'hésita pas une seconde. Il claqua la porte de l'appartement, poussa le verrou de sécurité et tira le lit du mur pour le pousser contre la porte; enfin il reprit son propre fusil et attendit. Il était prêt à actionner la détente si on tentait de forcer la porte. Mais à ce moment, aussi subitement qu'elle avait commencé, la fusillade cessa.

Le silence régnait dans Willington Road, un silence bienfaisant, bref et divin. Wilt debout écoutait en retenant son souffle et en se demandant que faire ensuite. Gudrun Schautz prit l'initiative en tentant d'ouvrir la porte de la salle de bains. Il entra tout doucement dans la cuisine et pointa l'arme vers la porte.

– Un mouvement de plus et je tire, dit-il et même à ses propres oreilles sa voix avait un timbre étrange et anormalement menaçant qui la rendait méconnaissable.

Gudrun Schautz elle, ne se méprit pas et reconnut la voix d'un homme armé. La poignée de la porte arrêta de s'agiter. Mais il y avait aussi quelqu'un en haut de l'escalier qui essayait de pénétrer dans

154

l'appartement. Avec une aisance qui le stupéfia, Wilt se retourna, actionna la détente et une fois de plus l'appartement résonna d'une explosion d'armes. Aucune balle ne toucha la porte. Elles s'éparpillèrent sur les murs du studio tandis que la mitraillette vibrait dans les mains de Wilt. Cette foutue machine semblait douée d'une volonté propre. C'est un Wilt horrifié qui finalement leva son doigt de la détente et posa avec délicatesse l'engin sur la table de la cuisine. A l'extérieur quelqu'un redescendit l'escalier avec une remarquable agilité mais il n'y eut pas d'autre bruit.

Wilt s'assit tout en se demandant quelle allait être la suite des événements.

12

Le commissaire Misterson se posait lui aussi le même genre de question.

— Merde, que se passe-t-il? demanda-t-il au commandant hirsute qui surgit à l'angle de Farrington Avenue et Willington Road en compagnie du professeur Ball et des deux pseudo-géomètres. Je croyais vous avoir dit qu'il fallait rester tranquille en attendant que les enfants soient en sécurité à l'extérieur de la maison.

— Je n'y suis pour rien, dit le commandant, il a fallu que ce vieil imbécile mette son foutu nez dans cette histoire.

Il se passa la main sur la nuque et regarda le professeur avec dégoût.

– Pourrais-je savoir qui vous êtes? demanda le professeur Ball au commissaire.

– Un officier de police.

– Alors veuillez faire votre devoir et arrêter ces bandits. Ils étaient en train de parcourir la rue avec un foutu théodolite et des sacs à main bourrés d'armes. Ils prétendent appartenir au service de la voirie alors qu'ils participent à des fusillades...

– Brigade antiterroriste, monsieur, dit le commissaire en lui tendant sa carte.

Le professeur Ball le regarda d'un air glacial.

– Et moi je suis le pape. D'abord je suis attaqué par...

– Nom de Dieu, dégagez-moi ce crétin! aboya le commandant. S'il ne s'en était pas mêlé, nous aurions...

– Moi, me mêler de quelque chose? Mais je ne faisais qu'exercer mon droit de citoyen en arrêtant ces deux imposteurs. C'est à ce moment-là qu'ils se sont mis à tirer sur une maison parfaitement honorable de l'autre côté de la rue et...

A cet instant deux agents en uniforme arrivèrent pour escorter le professeur pestant et vociférant jusqu'à la voiture de police.

– Vous l'avez entendu ce con, dit le commandant au commissaire qui voulait connaître la cause de leur échec. Nous attendions que les enfants ressortent quand il arrive, se met à hurler et fait tout rater. C'est ce qui s'est passé, alors les deux crétins de terroristes se mettent à tirer de la maison et à en juger par le bruit, c'était de la grosse artillerie.

– Bon, vous voulez dire que les enfants sont

encore dans la maison, Wilt aussi, de même qu'un certain nombre de terroristes. Exact?

– C'est ça, dit le commandant.

– Et tout ce résultat malgré votre promesse que vous ne feriez rien qui puisse mettre en danger la vie de civils innocents?

– Mais, merde, je n'ai rien fait! J'étais aplati dans le caniveau quand tout a foiré. Et si vous vous imaginez que mes hommes vont rester calmement assis sur leurs fesses à se tourner les pouces quand les types leur tirent dessus, vous demandez l'impossible!

– Vous avez raison, admit le commissaire. Eh bien, il ne nous reste plus qu'à adopter les mesures habituelles pour un siège. Vous avez une idée du nombre de terroristes à l'intérieur?

– Sacrément trop nombreux à mon goût, dit le commandant cherchant une confirmation auprès de ses hommes.

– Il y en a un qui a tiré au travers du toit, monsieur, dit l'un des civils. Il y a eu des éclats au travers des tuiles, juste au commencement.

– A voir leur manière de tirer, ils ne sont pas avares de balles, ils doivent en avoir des stocks.

– Très bien. Nous allons commencer par évacuer la rue, dit le commissaire, comme le bruit étouffé de la seconde expérience de Wilt avec la mitraillette leur parvenait. Qu'est-ce qu'ils peuvent bien foutre dans cette maison à tirer ainsi?

– Ils ont probablement commencé avec les otages, dit le commissaire, lugubre.

– Peu vraisemblable mon vieux, à moins que l'un d'entre eux n'ait tenté de s'échapper. Oh! à propos je ne sais pas si je vous l'ai dit, mais il y a aussi une

157

vieille dame à l'intérieur, une petite vieille qui est entrée avec les filles.

— Entrée avec les filles... commença le commissaire livide, mais il fut interrompu par un message de son chauffeur : l'inspecteur Flint avait appelé de la banque et demandait s'il pouvait quitter les lieux puisque c'était l'heure de la fermeture et que le personnel...

Le commissaire déchargea sa fureur sur Flint via le chauffeur, et le commandant en profita pour s'esquiver. Bientôt de petits groupe de réfugiés de Willington Road quittèrent les lieux par des chemins détournés tandis qu'un plus grand nombre d'hommes armés y pénétraient pour prendre leur poste. Une voiture blindée passa avec fracas, le commandant perché en sécurité dans la tourelle.

— Le Q.G. et le centre de communication sont au numéro 7, cria-t-il en passant. Mes types des transmissions vous ont reliés avec une ligne directe.

Il s'éloigna avant que le commissaire n'ait trouvé une réponse appropriée.

— Foutus militaires, tout le temps dans nos pattes, marmonna-t-il, et il donna des ordres pour que l'on installe des systèmes paraboliques d'écoute ainsi que des magnétophones et des analyseurs d'empreintes vocales au centre de communications.

Dans l'intervalle, Farrington Avenue fut interdite d'accès par un cordon de policiers en uniforme à chaque intersection, et on installa une salle de presse pour les journalistes au commissariat.

— Il nous faut bien donner au public sa ration de sang et de larmes par procuration, dit-il à ses hommes, mais je ne veux pas une seule caméra de télévision à l'intérieur de la zone. Les abrutis qui

158

sont dans la maison seront devant leur écran et franchement, si j'avais les coudées libres, j'interdirais toute transmission que ce soit par radio ou télévision. Ces salopards adorent la publicité.

Il se dirigea vers le 7 Willington Road pour commencer de dialoguer avec les terroristes.

Eva rentra de chez Mavis Mottram de fort méchante humeur. Le symposium sur la Nouvelle Peinture en Thaïlande avait été annulé parce que l'artiste conférencier avait été arrêté et attendait son extradition pour trafic de drogue. A la place, elle avait dû assister à deux heures de discussion sur le Nouvel Accouchement, domaine où elle se sentait bien plus compétente que le conférencier, ayant donné naissance en quarante minutes à quatre gros bébés. Pour ajouter à son irritation, plusieurs partisans ardents de l'avortement avaient profité de l'occasion pour défendre leur point de vue et les sentiments d'Eva au sujet de l'avortement étaient violents.

– C'est contrenature, dit-elle à Mavis dans la *Coffee House*, avec cette simplicité que ses amis trouvaient tellement exaspérante. Si les gens ne veulent pas d'enfants, ils n'ont qu'à ne pas en avoir.

– Bien sûr, ma chère, dit Mavis, mais ce n'est pas aussi simple que cela.

– Mais si, ils peuvent faire adopter leurs enfants par des parents qui ne peuvent pas en avoir. Il y a des milliers de couples dans ce cas.

– Oui, mais les adolescentes...

– Les adolescentes ne devraient pas avoir de rapports sexuels. Moi je n'en ai pas eu.

Mavis pensive la regarda.

– Non, mais tu es l'exception, Eva. Les jeunes générations sont beaucoup plus exigeantes que nous ne l'avons jamais été. Physiquement, elles sont plus mûres.

– Elles le sont peut-être, mais Henry dit qu'elles sont mentalement attardées.

– Il est bien placé pour en juger, dit Mavis.

Mais Eva était imperméable à ce genre de sarcasme.

– Si elles ne l'étaient pas, elles prendraient des précautions.

– Mais tu es la première à dire que la pilule n'est pas un moyen naturel.

– Bien sûr. Je voulais simplement dire qu'elles ne devraient pas permettre aux garçons d'aller si loin. Après tout, après leur mariage ils pourront faire tout ce qu'ils veulent.

– C'est bien la première fois que je t'entends dire ça, ma chère. Tu te plains toujours qu'Henry est bien trop fatigué pour s'intéresser à ça.

Pour en finir, Eva avait dû riposter en se référant à Patrick Mottram et Mavis en avait profité pour reprendre le catalogue de ses infidélités les plus récentes.

– On dirait bien qu'il n'y a que Patrick au monde, gronda Eva comme elle quittait la maison des Mottram au volant de sa voiture. Je n'ai rien à faire de l'opinion des autres, je maintiens que l'avortement est une erreur.

Elle tourna à l'angle de Farrington Avenue et fut immédiatement arrêtée par un policier. Il y avait une barrière en travers de la rue et plusieurs voitures de police stationnées près du trottoir.

– Désolé, m'dame, mais il faut faire demi-tour. C'est interdit, lui dit un policier en uniforme.

– Mais j'habite ici, dit Eva, je ne vais que jusqu'à Willington Road.

– C'est justement là où ça chauffe.

– Qu'est-ce qui chauffe? demanda Eva, son instinct subitement sur le qui-vive. Pourquoi ce barbelé en travers de la rue?

Un sergent se dirigea vers eux comme Eva ouvrait la portière de la voiture et en sortait.

– S'il vous plaît, veuillez faire demi-tour et repartir, dit-il.

– Dit qu'elle habite dans Willington Road, dit l'agent.

A cet instant deux hommes des forces de sécurité armés de fusils automatiques tournèrent au coin de la rue et pénétrèrent dans le jardin de Mrs Granberry en piétinant ses bordures de bégonias les plus précieux. S'il fallait quelque chose pour confirmer les pires craintes d'Eva, c'était bien cela.

– Ces hommes ont des fusils, dit-elle. Oh! mon Dieu! mes enfants, où sont mes enfants?

– Vous trouverez tous les gens de Willington Road dans le Memorial Hall. A quel numéro habitez-vous?

– Au 9. J'ai laissé les filles avec Mrs de Frackas et...

– Si vous voulez bien venir avec nous, Mrs Wilt, dit le sergent avec douceur en la prenant par le bras.

– Comment connaissez-vous mon nom? demanda Eva de plus en plus horrifiée en dévisageant le sergent. Vous m'avez bien appelée Mrs Wilt?

– Restez calme, s'il vous plaît. Tout va très bien se passer.

– Non, non et non!

Eva rejeta sa main et commença de courir dans la rue avant d'être arrêtée par quatre policiers et ramenée de force à la voiture.

– Allez chercher le toubib et un agent de police femme, dit le sergent. Maintenant asseyez-vous à l'arrière, Mrs Wilt.

Eva fut assise de force dans la voiture de police.

– Où sont mes enfants? Que quelqu'un me dise où sont mes enfants? Que se passe-t-il?

– Le commissaire va vous l'expliquer. Vos filles sont en sécurité, ne vous faites pas de bile.

– Si elles sont en sécurité, pourquoi je ne peux pas les voir? Où est Henry? Je veux mon Henry!

Ce ne fut pas Wilt mais le commissaire qui arriva en compagnie de deux gardiennes de la paix et d'un médecin.

– Ah, Mrs Wilt, dit le commissaire, je suis désolé mais je n'ai pas de bonnes nouvelles à vous annoncer. Cela pourrait être bien pire cependant. Vos enfants sont en vie et tout à fait bien portantes mais elles sont entre les mains d'hommes armés. Nous essayons en ce moment même de les faire sortir de la maison dans les meilleures conditions possibles.

Eva lui jeta un regard fou.

– Des hommes armés, quels hommes armés?

– Des étrangers.

– Vous voulez dire qu'ils les ont prises en *otages*?

– Nous n'en sommes pas encore sûrs. Votre mari est avec elles.

Le docteur intervint :

– Je vais juste vous donner un calmant, Mrs Wilt,

commença-t-il, mais Eva se recroquevilla sur le siège arrière.

– Il n'en est pas question. Je ne veux rien avaler, vous ne pouvez pas m'y obliger.

– Calmez-vous, je vous en prie!

Mais Eva fut intraitable et bien trop forte pour que l'on puisse lui faire une piqûre de force dans un espace aussi confiné. Le docteur essaya à deux reprises mais elle lui fit à chaque fois tomber la seringue des mains. Il y renonça.

– D'accord, Mrs Wilt, vous n'êtes pas obligée de prendre quoi que ce soit, dit le commissaire. Restez tranquillement assise et nous allons vous conduire au commissariat où vous serez informée dans les moindres détails de l'évolution de la situation.

Et malgré les protestations d'Eva qui voulait rester là où elle était ou même aller jusque chez elle, elle dut s'éloigner accompagnée de ses deux gardiennes.

– La prochaine fois qu'il faudra calmer cette sacrée bonne femme, j'irai chercher un pistolet de vétérinaire au zoo, dit le docteur en se frottant le poignet. Et si vous avez un poil de bon sens, vous la tiendrez bouclée dans une cellule. Si elle vous échappe, elle est capable de tout foutre par terre.

– Comme si ce n'était pas déjà le cas, dit le commissaire et il retourna au centre de communication.

On l'avait mis dans le salon de Mrs de Frackas. Là, de manière incongrue au milieu des souvenirs d'une vie dans l'empire des Indes, de fauteuils à têtières, de plantes en pot et sous un portrait au regard féroce de feu le général de division, les services de sécurité et la brigade antiterroriste avaient installé un standard, un amplificateur de téléphone, des magnétophones et un analyseur d'empreintes vocales.

– Nous sommes fin prêts, monsieur, dit l'officier responsable de l'ensemble. Nous sommes branchés sur la ligne de la maison voisine.

– Les dispositifs d'écoute sont prêts?

– Pas encore possible, dit le commandant, car pas de fenêtres de ce côté et nous ne pouvons pas passer sur la pelouse. Ferons une tentative de nuit, en espérant que ces enfoirés ne soient pas nyctalopes.

– Dans ce cas, passez-les-moi maintenant, dit le commissaire. Plus vite nous entamerons le dialogue et plus vite nous en aurons terminé, enfin, peut-être. Si je ne me trompe pas, ils vont commencer pas nous inonder d'un flot d'invectives. Vous pouvez tous vous attendre à vous faire traiter de salauds de fascistes.

En l'occurrence cela s'avéra faux. Ce fut Mrs de Frackas qui répondit :

– Allô, Ipford 23... Je suis désolée, je n'ai pas mes lunettes mais je pense que... Allons, enfin, jeune homme...

Il y eut un bref silence pendant lequel Mrs de Frackas fut manifestement déchargée du téléphone.

– Allô, ici Misterson, le commissaire Misterson, dit finalement le commissaire.

– Espèce de sale ordure de salaud de fasciste menteur, cria une voix, réalisant enfin ses prédictions. Vous vous imaginez que nous allons nous rendre, face de rat, mais vous pouvez toujours vous brosser. On crèvera d'abord. Pigé? Tu m'entends saleté de flicard?

164

Le commissaire soupira et répondit que oui.

– Alors mets bien ça dans ta tête de salopard de fasciste. Pas question de se rendre. Si vous nous voulez, venez nous chercher et nous descendre mais vous savez ce que cela veut dire.

– Personne n'a l'intention de...

– Ce que tu veux, sale ordure, tu ne l'auras pas. Tu vas faire ce que nous, on veut. Sinon ça va saigner.

– Moi, j'attends toujours vos propositions, dit le commissaire, mais manifestement les terroristes étaient encore en train de palabrer et une minute plus tard ils raccrochèrent violemment le téléphone.

– Eh bien, nous savons au moins que la vieille dame n'est pas blessée, et si l'on peut se fier aux apparences, les enfants vont bien.

Le commissaire se dirigea vers un distributeur de café et se servit une tasse.

– Ce doit être un peu crispant de s'entendre toujours appeler salopard de flic, dit le commandant pour manifester sa sympathie. On pourrait s'attendre à un peu plus d'imagination de leur part.

– N'allez pas croire ça. C'est le grand trip égomane marxiste qui nous ouvre le meilleur des mondes, style kamikaze, et le peu de cervelle qu'ils possèdent a été bouffé par des enzymes gloutons il y a des piges de ça. On aurait dit la voix de Chinanda le Mexicain.

– C'est l'accent et les intonations O.K., dit le sergent devant le magnétophone.

– Son casier? demanda le commandant.

– L'histoire habituelle. Parents riches, bonne éducation. A raté ses examens en fac et décidé de

165

sauver le monde en dessoudant les gens. Cinq morts à son actif. Spécialisé dans les explosions de voiture, travail assez rudimentaire en plus. Un peu léger du ciboulot notre petit copain Miguel. Mieux vaut donner cette bande aux analystes. J'aimerais connaître leur avis sur son accent. Et maintenant à nous les basses besognes.

– Vous pensez qu'il va rappeler pour poser ses conditions?

– Non, la prochaine fois nous entendrons la charmante Fräulein Schautz. C'est elle le cerveau de la bande.

Sans le vouloir, la description était particulièrement juste. Bloquée dans la salle de bains, Gudrun Schautz avait passé une grande partie de l'après-midi à se demander ce qui se passait et pourquoi personne ne l'avait tuée ni arrêtée. Elle avait aussi envisagé différents moyens de s'échapper mais elle était toujours retenue par son manque de vêtements, laissés dans le studio, et aussi par les menaces de Wilt de tirer si elle se manifestait encore. Elle ne savait d'ailleurs pas que c'était Wilt qui les avait proférées. Ce qu'elle avait entendu de sa vie conjugale par le plafond de la chambre à coucher ne suggérait pas un homme capable d'héroïsme. Ce n'était qu'un petit Anglais mou, peureux et dégénéré qui se laissait malmener par sa stupide femme.

Si Fräulein Schautz parlait couramment l'anglais, sa connaissance du caractère anglais, par contre, était complètement déficiente. S'il en avait eu la possibilité, Wilt aurait en grande partie approuvé cette évaluation de son caractère mais il était bien trop occupé pour perdre son temps en introspection.

Il tentait d'imaginer la situation au rez-de-chaussée pendant la fusillade. Il lui était impossible de savoir si les filles étaient encore dans la maison. Seule la présence d'hommes armés dans le fond du jardin et de l'autre côté de la rue sur le devant de la maison lui faisait comprendre que les terroristes étaient encore en bas. Du balcon il pouvait contempler le petit pavillon où il avait gaspillé tant de soirées. Il regrettait ses dons gâchés et sa fascination pour une femme qui s'avérait être moins une Muse qu'une tortionnaire domestique. En ce moment le pavillon était occupé par des hommes armés tandis que, plus loin dans le pré, on distinguait des fils de fer barbelés. Depuis le vasistas de la cuisine, la vue était encore plus déprimante. Un véhicule blindé était garé devant la grille d'entrée, la mitraillette de la tourelle tournée vers la maison, et il y avait d'autres gens en arme dans le jardin du professeur Ball.

Wilt descendit de son perchoir et commença à se demander de manière assez aiguë ce qu'il fallait faire ensuite quand le téléphone sonna. Il passa dans le studio et décrocha le deuxième poste juste à temps pour entendre Mrs de Frackas terminer sa phrase. Wilt écouta le torrent d'injures se déverser sur le commissaire qui ne pipait mot, et éprouva un bref instant de la pitié pour lui. On aurait dit Bilger dans une de ses tirades, seulement cette fois les orateurs en bas avaient des armes. Ils avaient aussi, vraisemblablement, les filles. Wilt n'en était pas sûr mais la présence de Mrs de Frackas pouvait le laisser supposer. Wilt écouta pour savoir s'il était question de lui mais à son grand soulagement il n'entendit pas mentionner son nom. Lorsque la conversation en forme de monologue s'acheva, Wilt reposa l'appareil avec beaucoup de précautions, et un très léger sentiment d'optimisme s'empara de lui. Vraiment très léger, car c'était une réaction à sa propre tension et à un sentiment tout nouveau de puissance. Non pas tant le pouvoir conféré des armes que celui de la connaissance : car il était apparemment le seul à savoir que le studio était occupé par un homme dont la faculté de tuer se limitait aux mouches, et dont la façon de manier les armes était plus suicidaire qu'offensive. La seule chose que Wilt savait en matière de revolvers et de mitraillettes, c'était que des balles sortaient du canon quand on appuyait sur la détente. Mais s'il ne connaissait manifestement rien au maniement des armes à feu, les terroristes, eux, ne pouvaient savoir ce qui s'était passé dans le grenier. Pour autant qu'ils puissent en juger, l'endroit était bourré de policiers armés, et son premier tir accidentel aurait bien pu tuer cette foutue Fräulein Schautz. S'ils pensaient ainsi, ils ne tenteraient pas de venir à son secours. En tout cas l'illusion que le studio était aux mains d'hommes prêts à tout qui n'hésiteraient pas une seconde à tuer valait la peine d'être maintenue. Il en était à se féliciter quand l'idée inverse lui vint à l'esprit. Que diable se passerait-il s'ils découvraient le pot aux roses ?

Wilt se laissa tomber sur une chaise et étudia cette possibilité redoutable. Si les filles étaient en bas... Bon Dieu... Il suffisait que ce crétin de commissaire téléphone et demande si Mr Wilt était bien sain et sauf. La simple mention de son nom suffirait. A la seconde même où ces salauds comprendraient qu'il était en haut, ils tueraient les enfants. Et même s'ils ne les tuaient pas ils menaceraient de le faire tant qu'il ne serait pas descendu, ce qui revenait à peu près au même. La seule parade de Wilt à un tel ultimatum serait de menacer de tuer cette garce de Schautz s'ils touchaient un seul cheveu des enfants. Ce n'était guère une menace. Il était incapable de tuer qui que ce fût, et même si cela avait été le cas, cela ne sauverait pas les enfants. Des cinglés qui s'imaginaient contribuer au bonheur de l'humanité en kidnappant, torturant et tuant des hommes politiques et des hommes d'affaires et qui, lorsqu'ils étaient aux abois, s'abritaient derrière des enfants et des femmes, n'écouteraient pas la voix de la raison. Tout ce qu'ils voulaient, c'était le plus de publicité possible pour leur cause et l'assassinat de petites filles le leur garantirait. En plus, il y avait la théorie du terrorisme. Wilt avait entendu Bilger l'exposer dans la salle des professeurs et à l'époque cela lui avait donné la nausée. Maintenant il était pris de panique. Il devait bien y avoir quelque chose qu'il puisse faire.

Bon, d'abord il pourrait aller chercher le reste des armes dans le sac sous le toit et essayer de comprendre leur fonctionnement. Il se leva, passa dans la cuisine et ouvrit la porte du placard. Il acheva de tirer le sac par terre. Il contenait deux revolvers, un automatique, quatre magasins de rechange pour la mitraillette et trois grenades à main. Wilt étala cette collection sur la table, puis trouvant que les grenades ne lui disaient rien qui vaille, il les remit dans le sac. Ce faisant, il remarqua un feuillet de papier dans la poche latérale du sac. Il le prit et lut ce qui prétendait être un COMMUNIQUÉ DU GROUPE 4 DE L'ARMÉE DU PEUPLE, voilà pour le titre mais le reste de la page était vierge. Manifestement personne n'avait pris la peine de donner de détails. Probablement rien à communiquer.

C'était tout de même intéressant, très intéressant. Si ce ramassis de terroristes était le Groupe 4, cela suggérait qu'il existait quelque part ailleurs des Groupes 1, 2 et 3, et peut-être même 5, 6 et 7. Peut-être même plus ou peut-être rien du tout. Wilt n'ignorait rien des tactiques d'auto-élargissement. Il était typique des petites minorités qu'elles se réclament d'une bien plus vaste organisation. Cela regonflait le moral des participants et contribuait à dérouter les autorités. Mais l'existence de tous ces autres groupes était tout à fait possible aussi. Combien? Dix? Vingt? Avec ce système de structure cellulaire, un groupe ne connaissait pas les membres d'un autre groupe. Là résidait tout l'intérêt des cellules. Si quelqu'un était capturé et interrogé, il lui était impossible de trahir les autres. Lorsqu'il en arriva à ce stade de ses réflexions, Wilt se désintéressa complètement de l'arsenal sur la table. Il existait des armes plus efficaces que les fusils.

Wilt sortit un stylo et se mit à écrire. Ensuite il ferma la porte de la cuisine et prit le téléphone.

13

Le commissaire Misterson jouissait d'un moment de tranquillité confortable sur le siège en acajou des cabinets de Mrs de Frackas lorsque le téléphone sonna dans le salon. Le sergent vint le prévenir que les terroristes étaient de nouveau en ligne.

– Eh bien, voilà qui est bon signe, dit le commissaire en faisant une rapide réapparition. D'habitude ils ne commencent pas le dialogue aussi vite. Avec un peu de chance on arrivera à leur faire entendre raison.

Mais ses illusions sur ce point se volatilisèrent rapidement. Les bruits rauques en provenance de l'amplificateur étaient étranges en diable. Même le visage du commandant qui se voulait d'habitude un masque impavide et inepte montrait de la stupéfaction. La peur donnait à la voix un bizarre ton de fausset et la volonté de paraître étrangère et même allemande lui ajoutait des accents gutturaux. Wilt passait ainsi des gémissements aux aboiements pour émettre des exigences, toutes plus extravagantes les unes que les autres.

– Foici commouniqué Noumer un de la Noufelle Armée du Peuple, Ach! Cheu deumande libération immédiate de tous nos kamarades détenus illégalement dans britanniques prisons sans chuchement. Fous comprendre?

– Non, dit le commissaire, je ne comprends rien du tout.

– Faschistische Schweinfleisch, cria Wilt. Zecondement, nous foulons...

– Un instant, dit le commissaire. Nous n'avons pas un seul de vos... euh... camarades en prison. Nous ne pouvons absolument pas répondre à vos...

– Sale chien de flikard menteur, cria Wilt. Günther Jong, Erica Grass, Friedrich Böll, Heinrich Musil, foici quelques Namen. Tous dans britanniques prisons. Fous relacher eux d'ici fünf heures.

Zecondement, cheu demande arrêtement immédiat de tous faux rapports konzernant notre lutte pour liberté dans ze pays, dans tous les télévisions, radios transistors et der journals financés par la konspirationalistiche kapitalistique-militarische-libéralistique-pseudo-democratische-multinationalistische et finanzialistische, ja. Dritte, cheu deumande leur retrait immédiat de toutes les troupes militaristiques du jardin Unter den Linden und die Strasse Willington Road. Vierte, cheu deumande une ezkorte pour les cadres de la Noufelle Armée du Peuple et la démasquation de la traitrize des klasses déviationnistes et réformistes des zazassins C.I.A.-Zionist-Nihilistische qui ze font faussement appeler Groupen 4 de l'Armée du Peuple et menacent la fie de femmes et enfants dans une tentatife propagandiste pour tromper la konscience prolétarienne pour la féritable lutte libératoire fers un monde libre. Kommouniqué fini.

On avait coupé.

— Bordel à cul, qu'est-ce que c'est que ça? demanda le commandant.

— Je veux bien être pendu si je comprends, dit le commissaire, l'œil vitreux. Mais c'est complètement tordu. Si mes oreilles et l'accent abominable de ce crétin ne me trompent pas, il semble penser que Chinanda et le gang Schautz sont des agents de la C.I.A. travaillant pour le compte d'Israël. C'est bien ce qu'il a voulu dire?

— C'est bien ça, monsieur, dit le sergent. Il a dit que le Groupe 4 de l'Armée du Peuple représente la brigade de la mère Schautz, et il les a envoyés se faire foutre. Peut-être qu'on a une scission dans la Nouvelle Armée du Peuple.

– Peut-être qu'on a un foldingue, dit le commissaire. Vous êtes sûr que ce petit discours venait de la maison voisine?

– Pas d'autre possibilité, monsieur, il n'y a qu'une ligne et nous sommes branchés dessus.

– Quelqu'un a mélangé les lignes à mon avis, dit le commandant, à moins que le gang Schautz ne nous prépare quelque chose de nouveau.

– Il est certainement nouveau qu'un groupe de terroristes ne demande pas à être couvert par la télé ou les journaux. Ça j'en suis sûr, murmura le commissaire. Ce que j'ignore, c'est où il a bien pu se procurer cette liste de prisonniers que nous sommes supposés relâcher. Pour autant que je sache nous n'avons personne en prison du nom de Günther Jong.

– Ça vaudrait la peine d'être vérifié, mon vieux. Certaines de ces affaires sont top secret.

– Eh bien, si c'est le cas, je n'imagine pas le ministère de l'Intérieur en train de le révéler dans ces conditions. Bon, si nous écoutions ce charabia une nouvelle fois?

Mais pour une fois l'équipement électronique sophistiqué était en panne.

– Je ne sais pas pourquoi le magnétophone ne marche pas, monsieur, dit le sergent, j'aurais juré l'avoir branché.

– Peut-être qu'un fusible a sauté quand ce détraqué s'est mis à parler, dit le commandant. J'ai bien failli en faire autant moi-même.

– Eh bien, débrouillez-vous pour que cette foutue machine fonctionne la prochaine fois, dit sèchement le commissaire, il me faut une empreinte vocale de cette nouvelle équipe.

Il se versa une autre tasse de café et s'assit en attendant.

Si la confusion régnait parmi les forces de sécurité et la brigade antiterroriste après l'extraordinaire intervention de Wilt, dans la maison c'était le chaos le plus complet. Au rez-de-chaussée, Chinanda et Baggish s'étaient barricadés dans la cuisine et le hall, après avoir parqué Mrs de Frackas et les enfants dans la cave. Le téléphone dans la cuisine était sur le carrelage en dehors de la ligne de tir et c'est Baggish qui avait décroché et entendu la première partie du discours de Wilt. En voyant le visage inquiet de Baggish, Chinanda avait saisi l'appareil et s'était entendu décrire comme un assassin israélien nihiliste à la solde de la C.I.A., prêt à tout pour tromper la conscience prolétarienne.

— Quel foutu mensonge! cria-t-il à l'intention de Baggish qui en était, lui, à s'interroger sur les contradictions suivantes : il écoutait une demande de la Nouvelle Armée du Peuple pour la mise en liberté de camarades maintenus dans les prisons anglaises, alors qu'il croyait le dernier étage aux mains de gens de la brigade antiterroriste.

— Comment ça, mensonges?

— Ce qu'ils viennent de dire. Que nous sommes des sionistes-C.I.A.

— Un mensonge, cria Baggish tentant désespérément de trouver un mot plus fort pour décrire une aussi grossière déviation de la réalité. C'est un... Qui a dit ça d'abord?

— Quelqu'un qui prétend s'appeler la Nouvelle Armée du Peuple.

— Mais la Nouvelle Armée du Peuple a demandé

que soient relâchés les prisonniers maintenus illégalement par les impérialistes britanniques.

– Quand?

– Je les ai bien entendus. D'abord c'est ce qu'ils ont demandé, puis ils s'en sont pris aux reportages truqués de la T.V. et ils ont demandé le retrait de toutes les troupes.

– Et ensuite, ils nous traitent d'assassins sionistes à la solde de la C.I.A.? demanda Chinanda. Et où sont ces gens?

L'air méfiant, ils regardèrent ensemble en direction du plafond.

– Là-haut, tu penses? demanda Baggish.

Mais tout comme le commissaire, Chinanda ne savait que penser.

– Il y a Gudrun là-haut. Quand nous sommes redescendus, ça se canardait ferme.

– Gudrun est peut-être morte, dit Baggish, c'est un piège pour nous tromper.

– Peut-être, dit Chinanda, les services secrets britanniques sont habiles, ils savent se servir des armes psychologiques.

– Qu'est-ce qu'on fait maintenant?

– Nous posons nos propres exigences. Nous allons leur montrer que nous ne sommes pas dupes.

– Si je puis vous interrompre juste un petit instant, dit Mrs de Frackas en émergeant de la cave, il est grand temps que je fasse dîner les filles.

Les deux terroristes la regardèrent livides. Il était déjà assez grave d'être encerclé par les forces de police et l'armée. Pour ajouter à leurs ennuis il leur fallait aussi affronter les exigences incompréhensibles du représentant de la Nouvelle Armée du Peuple et en même temps l'autorité tranquille de l'imperturbable Mrs de Frackas. C'en était trop. Ils sentirent qu'il leur fallait de toute urgence affirmer leur autorité supérieure.

— Écoutez, vieille chouette, dit Chinanda en brandissant un pistolet sous son nez pour bien se faire comprendre. Ici, c'est nous qui commandons et vous qui obéissez. Sinon, on vous descend.

Mais on n'arrêtait pas si facilement Mrs de Frackas. Au cours de sa longue vie, elle avait été intimidée par des gouvernantes, des Afghans lui avaient tiré dessus, par deux fois des bombardements l'avaient chassée de chez elle au cours des deux guerres mondiales, enfin, et cela pendant des lustres, il lui avait fallu affronter à la table du petit déjeuner un mari excessivement grincheux. Aussi avait-elle développé une remarquable résistance, et plus utile encore, une surdité diplomatique.

— J'en suis persuadée, dit-elle gaiement. Bon, maintenant voyons où Mrs Wilt range ses œufs! Je suis convaincue que les enfants ne mangent jamais assez d'œufs, pas vous? C'est tellement bon pour l'estomac.

Et sans plus se soucier de l'automatique, elle s'affaira dans les placards de la cuisine. Chinanda et Baggish délibérèrent à mi-voix.

— Je tue cette vieille taupe tout de suite, dit Baggish, elle va comprendre vite fait que ce n'est pas du chiqué.

— Mais pour sortir ensuite, bernique; si nous la gardons avec les enfants, nous maintenons nos chances et nous poursuivons la guerre de propagande.

— Sans la T.V., il n'y a pas de guerre de propagande, dit Baggish, c'est l'une des exigences de la

Nouvelle Armée du Peuple. Pas de T.V., pas de radio, pas de journaux.

— Eh bien, demandons le contraire : couverture totale des médias, dit Chinanda et il prit l'appareil.

En haut, Wilt étendu sur le plancher, le téléphone à l'oreille, répondit.

— Foici la Noufelle Armée du Peuple. Commouniqué Zecond. Cheu demande...

— Rien du tout, c'est nous qui demandons, cria Chinanda, nous connaissons les manœuvres de guerre psychologique des Anglais.

— Flikards Zionistes. Cheu moi connais assassins C.I.A., répliqua Wilt. Nous kombattre pour libération de tous les peuples.

— Nous combattons pour la libération de la Palestine...

— Nous aussi, ach! Tous peuples nous combattons pour...

— Pourrions-nous savoir qui combat pour quoi? intervint le commissaire, nous pourrions parler plus raisonnablement.

— Sale flikard faschistik... hurla Wilt. Cheu pas discuter afec fous. Cheu sais bien qui fous êtes.

— Si je pouvais en dire autant, dit le commissaire, pour s'entendre dire par Chinanda que le groupe de l'Armée du Peuple était des...

— Lumpen zalauds révisionistik déviationnistes, interjecta Wilt. L'Armée Révoloutionnaire des Peuples kondamne la prise faschistik d'otages et...

Mais il fut interrompu par des coups frappés à la porte de la salle de bains, qui tendaient à contredire ses arguments, ce qui donna à Chinanda la possibilité de faire connaître ses propres exigences. C'est-à-dire : cinq millions de livres, un avion à réaction et un véhicule blindé pour les conduire à l'aéroport. Wilt, ayant fermé la porte de la cuisine pour assourdir les activités de Gudrun Schautz, revint juste à temps pour faire monter les enchères.

– Six millions de lifres et deux féhicules blindés.

– Vous pouvez bien arrondir à dix briques si ça vous chante, dit le commissaire, cela ne changera rien. Nous ne marchons pas.

– Sept millions ou nous tuons les otages. Vous avez jusqu'à demain matin 8 heures sinon nous mourrons avec les otages, cria Chinanda et il reposa avec fracas le téléphone avant que Wilt n'ait pu intervenir.

Ce dernier reposa donc son combiné avec un soupir et se demanda ce qu'il pourrait bien faire ensuite. Il était persuadé que les terroristes mettraient leurs menaces à exécution si la police ne cédait pas. Et il était non moins certain que la police n'avait aucune intention de fournir une voiture blindée ou un avion. Elle essaierait simplement de gagner du temps dans l'espoir de saper le moral des terroristes. En cas d'échec, si les enfants mouraient avec leurs gardiens, cela ne ferait pas de différence pour les autorités. La ligne de conduite officielle voulait que l'on ne cède pas aux exigences des terroristes. En d'autres temps, Wilt aurait été d'accord. Mais maintenant, sa ligne de conduite personnelle exigeait tout ce qui pouvait sauver sa propre famille. Comme pour renforcer cette conviction, il entendait maintenant Fräulein Schautz s'activer dans la salle de bains et le bruit laissait supposer qu'elle était en train d'arracher le lino. Un instant

Wilt envisagea de la menacer de tirer à travers la porte si elle n'arrêtait pas, mais il y renonça. Cela ne servirait à rien. Il était incapable de tuer qui que ce soit, sauf accidentellement. Il devait bien y avoir un autre moyen.

Au centre de communication, les idées ne fourmillaient pas non plus. Comme l'écho des dernières exigences contradictoires s'éteignait, le commissaire secoua la tête, fatigué.

— J'ai dit que c'était un ramassis de charognards, et nom de Dieu, c'en est un. Est-ce que quelqu'un peut me dire ce que veut dire ce bordel à côté?

— Ce n'est pas la peine de me regarder, mon vieux, dit le commandant, moi je ne suis ici que pour maintenir le cordon de sécurité en place pendant que vous, les types de l'antiterrorisme, entrez en contact avec ces constipés du bulbe. C'est les instructions.

— Ce sont peut-être les instructions mais comme nous semblons avoir affaire à deux groupes concurrents de bons apôtres, c'est impossible, putain de merde. On ne pourrait pas leur attribuer deux lignes de téléphone distinctes?

— Je ne vois pas comment, monsieur, dit le sergent. La Nouvelle Armée du Peuple semble utiliser le second poste du haut et le seul moyen serait d'entrer dans la maison.

Le commandant étudia le plan approximatif de Wilt.

— Je pourrais faire venir un hélico, déposer quelques types à moi sur le toit pour inviter ces cons à sortir.

Le commissaire le regarda, l'air suspicieux.

– Par « inviter », vous ne voulez pas dire au sens propre?

– Au sens propre? Oh! je vois ce que vous voulez dire! Non, bien sûr que non. On ne va pas leur envoyer une invitation sur carton doré. Toujours à jouer sur les mots, hein?

– C'est pourtant précisément ce qu'il nous faut éviter. Bon, s'il existe quelqu'un pour trouver un système qui me permette de parler à un groupe sans interférence avec l'autre, ce type serait le bienvenu.

Mais à ce moment l'interphone sonna. Le sergent écouta puis vint dire : les psy et la brigade des dingues en ligne, monsieur, ils demandent si c'est O.K. pour intervenir maintenant?

– Je pense que oui, dit le commissaire.

– La brigade des fous? demanda le commandant.

– Analyse du combat idéologique, avec les conseillers psychologiques. Le ministère de l'Intérieur insiste pour que nous utilisions leurs services et quelquefois ils dégottent des suggestions valables.

– Nom de Dieu, dit le commandant, je me demande où nous allons. D'abord ils appellent l'armée une « force gardienne de la paix » et maintenant il faut des psychanalystes à Scotland Yard. Vachement tordu tout ça.

– La Nouvelle Armée du Peuple est de nouveau en ligne, dit le sergent.

Une fois de plus un torrent d'injures se déversa par les amplis, mais cette fois, Wilt avait changé de tactique. Son accent guttural germanique n'avait pas arrangé ses cordes vocales et maintenant son nouvel accent était un parler irlandais moins fatigant pour les oreilles mais aussi moins convaincant.

– Doux Seigneur, vous serez les seuls à blâmer si nous sommes obligés de tuer cette pauvre créature innocente Irmgard Mueller si les enfants ne sont pas rendus à leur maman avant 8 heures. Gare à vous.

– Quoi? dit le commissaire, stupéfait devant cette nouvelle menace.

– Je n'ai pas envie de me répéter pour le bénéfice de flicaille réactionnaire de votre espèce, mais si vous êtes durs d'oreille je reprends.

– Non, dit le commissaire avec fermeté, nous avons bien compris le message.

– Eh bien, j'oserions espérer que ces zombies sionistes aussi, m'est avis.

Un flot étouffé de mots espagnols semblait indiquer que Chinanda avait entendu.

– Eh bien, c'est tout. Je voudrions pas augmenter la note de téléphone inutilement, pas vrai?

Et Wilt claqua l'appareil sur son socle. Il restait au commissaire à interpréter au mieux cet ultimatum destiné à Chinanda, processus difficile et rendu quasi impossible car ce dernier affirmait que la Nouvelle Armée du Peuple n'était qu'un gang de flicaille fasciste aux ordres du commissaire.

– Nous savons bien que vous les Anglais, utilisez ce genre de guerre psychologique. Vous êtes des experts en la matière, cria-t-il, mais vous ne nous aurez pas comme ça.

– Enfin, Miguel, nous te jurons que...

– N'essayez pas de me rouler en m'appelant Miguel, pour me faire croire que vous êtes mes amis. D'abord vous nous menacez, ensuite vous nous faites baratiner...

– En fait, je ne vous fais pas...

– Ta gueule, sale flic, c'est moi qui parle maintenant.

– C'est tout ce que je voulais dire, protesta le commissaire. Mais je veux que vous sachiez qu'il n'y a pas de policiers...

– Mon cul, oui! Vous essayez de nous tendre un piège et maintenant vous menacez de tuer Gudrun. O.K., nous ne répondons pas à vos menaces. Vous tuez Gudrun, nous tuons les otages.

– Mais enfin, il m'est tout à fait impossible là où je me trouve d'empêcher la personne qui détient Fräulein Schautz de...

– Vous essayez de nous baratiner, mais cela ne marche pas. Nous connaissons votre habileté à vous autres impérialistes britanniques.

Sur ce, Chinanda raccrocha brutalement le téléphone.

– J'avoue qu'il semble avoir une plus grande estime de l'Empire britannique que moi, dit le commandant. C'est-à-dire, je ne vois pas ce qu'il nous reste d'Empire, à part Gibraltar.

Mais le commissaire ne se sentait pas disposé à discuter de l'étendue de l'Empire.

– Il y a quelque chose de dément dans ce siège de merde, murmura-t-il. En tout premier lieu il nous faut une ligne séparée pour les cinglés du haut. C'est la priorité numéro un. S'ils tuent... Comment diable ont-ils appelé la fille Schautz, sergent?

– Je crois que l'expression était, la pauvre créature innocente Irmgard Mueller. Vous voulez que je repasse la bande?

– Non, dit le commissaire, nous attendrons les analyseurs. Pour l'instant, demandez un hélico pour débarquer un téléphone de campagne sur le balcon de l'appartement. De cette manière nous aurons au moins une chance de savoir qui est là-haut.

– Téléphone de campagne avec caméra de T.V. incorporée, monsieur? demanda le sergent.

Le commissaire hocha la tête.

– La seconde priorité est de placer le système d'écoute en position.

– Impossible avant la nuit, dit le commandant. Vais pas faire descendre mes types pour des prunes.

– Nous n'avons plus qu'à attendre, dit le commissaire. Ces putains de sièges se déroulent toujours de la même façon. Attendre et encore attendre. C'est pourtant la première fois que je traite avec deux groupes de terroristes à la fois.

– Ces pauvres quadruplées, dit le commandant, on n'ose pas imaginer ce qu'elles subissent en ce moment.

14

Mais pour une fois, sa sympathie était inutile. Jamais les filles ne s'étaient autant amusées. Après le premier émoi dû aux fenêtres pulvérisées par des balles tandis que les terroristes ripostaient en tirant de la cuisine et du hall, elles avaient été entassées dans la cave en compagnie de Mrs de Frackas. Comme la vieille dame refusait de se laisser émouvoir et semblait considérer les événements du haut comme parfaitement normaux, les filles avaient adopté la même attitude. De plus, la cave leur était habituellement interdite. Wilt déclarait ostensiblement que les cabinets organiques n'étaient pas hygiéniques et qu'ils risquaient d'exploser. Eva écartait les filles car elle y rangeait son stock de bocaux de fruits et le grand congélateur était plein de glaces faites maison. Les filles s'étaient ruées sur les glaces et en avaient liquidé un grand carton avant que les yeux de Mrs de Frackas ne se fussent accoutumés à la pénombre. Mais déjà elles avaient trouvé d'autres sujets d'intérêt. Un grand coffre à charbon et une pile de bûches leur donnèrent la possibilité de se salir jusqu'à la pointe des cheveux. Les provisions de pommes non traitées d'Eva leur fournirent un second plat après les glaces, et elles se seraient sans aucun doute saoulées avec la bière maison de Wilt si Mrs de Frackas n'avait mis le pied sur une bouteille cassée.

— Défense d'aller dans cette partie de la cave, dit-elle en contemplant d'un œil sévère les preuves du brassage inexpert de Wilt. (Plusieurs bouteilles avaient en effet explosé.) C'est dangereux.

— Alors, pourquoi papa en boit? demanda Pénélope.

— Quand tu seras plus grande, tu comprendras que les hommes font beaucoup de choses qui ne sont ni très sensées ni très prudentes, dit Mrs de Frackas.

— Comme de porter un sac au bout de leur zizi? demanda Joséphine.

— Ça je ne sais pas exactement, dit Mrs de Frackas, partagée entre la curiosité et le désir de ne

184

pas poser ouvertement de questions sur la vie privée des Wilt.

— Maman dit que c'est le docteur qui le lui fait porter, continua Joséphine, ajoutant ainsi une maladie honteuse à la liste que tenait la vieille dame des défauts de Wilt.

— J'ai marché dessus et papa a hurlé, dit Emmeline avec fierté. Il a hurlé, mais alors vraiment hurlé.

— J'en suis bien persuadée ma chérie, dit Mrs de Frackas essayant d'imaginer la réaction de feu son mari grincheux si un enfant avait été assez fou pour lui marcher sur le pénis. Si on parlait de quelque chose de plus agréable maintenant?

Mais la nuance échappa totalement aux filles.

— Quand papa reviendra de chez le médecin, maman dit que son zizi ira mieux et qu'il ne dira plus « bordel de foutre de merde » en allant faire pipi.

— Ne dira plus quoi? demanda Mrs de Frackas en réglant son Sonotone tout en espérant que c'était l'appareil et non Samantha qui était en cause.

Le chœur à l'unisson des filles la détrompa tout de suite.

— Foutre, foutre, bordel de foutre! crièrent-elles d'un ton suraigu.

Mrs de Frackas baissa le volume de son Sonotone.

— Eh bien, vraiment, dit-elle, je pense que vous ne devriez pas utiliser ce mot.

— Maman dit que non, mais le papa de Michael lui a dit que...

— Je ne veux plus rien entendre, dit précipitamment Mrs de Frackas, de mon temps les enfants ne parlaient pas de ces choses-là.

185

– Comment naissaient les bébés alors? demanda Pénélope.

– Comme maintenant ma chérie, seulement nos parents ne nous permettaient pas de parler de certaines choses.

– De quelles choses? demanda Pénélope.

Mrs de Frackas la regarda d'un air incertain. Elle commençait à se rendre compte que les filles Wilt n'étaient pas des enfants aussi bien élevées qu'elle avait pensé. En fait, elles la déconcertaient totalement.

– Oh! des choses! dit-elle pour finir.

– Comme des bites et des cons? demanda Emmeline.

Mrs de Frackas la regarda avec horreur.

– C'est ce qu'on pourrait dire, je pense, dit-elle l'air pincé. Pourtant, j'aimerais franchement mieux que vous n'utilisiez pas ces mots.

– Si on ne peut pas dire ça, qu'est-ce qu'on peut dire à la place? demanda l'infatigable Pénélope.

Mrs de Frackas chercha en vain dans son esprit d'autres appellations.

– Je ne vois pas bien, dit-elle, surprise de sa propre ignorance. Je pense que de mon temps, cette chose n'était pas soulevée.

– Celle de papa, si, dit Joséphine, je l'ai vue une fois toute droite.

Mrs de Frackas se tourna avec dégoût vers l'enfant tout en essayant de faire taire sa propre curiosité.

– Où donc? demanda-t-elle involontairement.

– Il était dans la salle de bains avec maman et j'ai regardé par le trou de la serrure, et papa a...

– Il serait aussi grand temps que vous preniez un

186

bain, dit Mrs de Frackas se levant avant que Joséphine ne puisse dévoiler des détails supplémentaires sur la vie sexuelle des Wilt.

— Nous n'avons pas encore dîné, dit Samantha.

— Je vais m'en occuper, dit Mrs de Frackas et elle monta l'escalier pour se mettre en quête d'œufs.

Le temps qu'elle revienne, les filles n'avaient plus faim : elles venaient de finir un pot de petits oignons au vinaigre et leur second paquet de figues sèches était à moitié vide.

— Vous allez quand même manger des œufs brouillés, dit la vieille dame d'un ton ferme. Je ne me suis pas donné tout ce mal pour les jeter à la poubelle.

— Ce n'est pas vous qui les avez faits, ce sont les mamans-poules qui les font, dit Pénélope.

— Et les papas-poules s'appellent des coqs, cria d'un ton aigu Joséphine.

Mais Mrs de Frackas, qui venait de faire perdre contenance à deux bandits armés, n'était pas d'humeur à se laisser narguer par quatre petites filles impudentes.

— Ce genre de discussion est fini, s'il vous plaît, j'en ai eu mon content.

Il apparut très rapidement que c'était aussi le cas des filles. Comme la vieille dame les bousculait pour monter les marches, Emmeline se plaignit que son ventre lui faisait mal.

— Cela va passer ma chérie, dit Mrs de Frackas, et ce n'est pas la peine de faire un pareil bruit avec ton hoquet.

— Pas le hoquet, rétorqua Emmeline, et elle vomit à l'instant même sur le sol de la cuisine.

Dans la demi-obscurité, Mrs de Frackas chercha

le commutateur et elle venait d'allumer quand Chinanda la bouscula brutalement pour éteindre.

– Vous êtes folle, non? Vous voulez tous nous faire tuer? hurla-t-il.

– Pas tous, non, dit Mrs de Frackas, et si vous ne regardez pas où vous mettez les pieds...

Un fracas confirma ses dires lorsque le terroriste partit en glissade sur un mélange d'oignons marinés et de figues sèches à demi digérés.

– Ce n'est pas la peine de vous en prendre à moi, dit Mrs de Frackas, je n'y suis pour rien, et vous ne devriez pas parler ainsi devant les enfants, c'est leur montrer le mauvais exemple.

– Je vais vous en montrer un d'exemple, moi, dit Chinanda, je vais vous mettre les tripes à l'air!

– Je crois qu'en parlant de tripes, c'est déjà fait, rétorqua la vieille dame, comme les trois autres filles, qui partageaient les difficultés d'Emmeline à subir un régime alimentaire aussi éclectique, suivaient son exemple.

Bientôt la cuisine fut remplie de quatre petites filles couvertes de vomi et hurlantes, d'une odeur vraiment peu appétissante, de deux terroristes déboussolés et d'une Mrs de Frackas plus impériale que jamais. Pour ajouter à la confusion, Baggish désertant son poste de guet dans le hall était entré dans la cuisine comme une trombe en menaçant de tuer tout ce qui bougeait.

– Je n'ai pas l'intention de bouger, dit Mrs de Frackas, et puisque la seule personne qui serait tentée de le faire est en train de ramper dans ce coin-là, je vous suggère de mettre fin à ses souffrances.

Dans l'angle de l'évier, Chinanda tentait de se

dépêtrer du robot ménager qui lui était tombé dessus.

Mrs de Frackas ralluma. Cette fois-ci personne n'objecta. Chinanda parce qu'il était un peu sonné et Baggish parce que le spectacle de la cuisine le stupéfiait complètement.

— Bon, dit la vieille dame, si vous en avez terminé, je vais emmener les filles se baigner avant de les coucher.

— Les coucher? hurla Chinanda qui se remettait avec peine sur pied, personne ne va en haut. Vous coucherez dans la cave, allez ouste, en bas.

— Si vous vous imaginez un seul instant que je vais laisser ces pauvres enfants redescendre à la cave dans cet état, sans s'être soigneusement lavées, vous vous trompez lourdement.

Chinanda tira d'un coup sec le cordon du store vénitien et ferma la vue sur le jardin.

— Eh bien, lavez-les ici, dit-il en montrant l'évier.

— Et vous serez où pendant ce temps?

— Là où nous pourrons surveiller vos moindres gestes.

Mrs de Frackas ricana d'un ton de dérision :

— Je connais bien les gens de votre espèce, et si vous vous imaginez que je vais exposer leurs jeunes corps innocents à vos regards lascifs...

— Merde, elle débloque, ou quoi? demanda Baggish.

Le mépris de Mrs de Frackas se déversa sur lui.

— Et à vos regards également; vous m'avez bien entendue. Ce n'est pas pour rien que j'ai traversé le canal et Port Saïd.

Baggish la regarda, l'air ahuri.

— Port Saïd? Le canal de Suez? je n'ai jamais mis les pieds en Égypte.

— Eh bien, moi si, et je sais ce que je sais.

— Mais enfin de quoi parlons-nous? Vous savez ce que vous savez mais je ne sais pas ce que vous savez.

— Cartes postales, dit Mme de Frackas. Je n'ai pas besoin d'en dire plus.

— Vous n'avez encore rien dit. D'abord le canal de Suez, puis Port Saïd et maintenant les cartes postales. Bon Dieu de merde, est-ce que vous pouvez nous dire où est le rapport avec laver les enfants?

— Eh bien, s'il faut vous mettre les points sur les « i », je parlais des cartes postales cochonnes. Je pourrais aussi vous parler des ânes, mais je ne le ferai pas. Maintenant vous allez sortir de cette pièce...

Mais Baggish commençait à comprendre les implications des préjugés antiques de Mrs de Frackas.

— Vous voulez dire de la pornographie? Mais vous vivez à quel siècle? Allez donc faire un tour à Londres, Soho en est bourré.

— Je ne veux pas entendre parler de pornographie et je ne vais pas continuer ce genre de discussion.

— Alors descendez dans la cave avant que je ne vous tue! hurla Baggish, rendu fou furieux.

Mais Mrs de Frackas était trop âgée pour être persuadée par de simples menaces et il fallut la pousser de force jusqu'à la porte de la cave avec les filles. Comme elles descendaient les marches, on pouvait entendre Emmeline demander pourquoi le méchant monsieur n'aimait pas les ânes.

– Je vous dis que les Anglais sont complètement fêlés, dit Baggish. Pourquoi a-t-il fallu que nous tombions sur cette maison de fous?

– C'est elle qui nous est tombée dessus, dit Chinanda l'air très malheureux, et il éteignit la lumière.

Mais si Mrs de Frackas avait décidé d'ignorer qu'elle était en danger de mort, au dernier étage Wilt, lui, était maintenant pleinement conscient de l'échec de la première tactique. Son invention de la Nouvelle Armée du Peuple avait un peu semé la confusion, mais sa menace d'exécuter ou plus exactement d'assassiner Gudrun Schautz avait été une énorme erreur. Son bluff avait maintenant une limite dans le temps. En quarante années de vie, la violence de Wilt avait eu pour unique cible les mouches et les moustiques, et ce, de manière bien inefficace. En vérité, avoir lancé cet ultimatum était presque aussi stupide que d'être resté dans la maison quand il pouvait encore en sortir. La situation n'était pas brillante du tout et les bruits venant de la salle de bains semblaient indiquer que Gudrun Schautz, après avoir arraché le lino, s'attaquait maintenant au plancher. Si elle s'échappait et rejoignait ses comparses en bas, elle mettrait sa ferveur intellectuelle au service de leur fanatisme imbécile. D'un autre côté, il ne voyait pas comment l'arrêter à moins de menacer de tirer au travers de la porte de la salle de bains, et si ça ne marchait pas... Il devait exister une autre méthode. Que se passerait-il s'il ouvrait la porte lui-même et réussissait à la persuader du danger de descendre? Ainsi il empêcherait les deux groupes de communiquer et la Fräulein aurait bien du mal à influencer ses frères de sang du rez-

191

de-chaussée. Bon, c'était assez facilement réalisable.

Wilt alla jusqu'au téléphone et arracha le cordon du mur. Jusqu'ici, facile. Mais il y avait le problème épineux des armes. La perspective de partager l'appartement avec une femme qui avait tué de sang-froid huit personnes n'était déjà pas séduisante, mais dans un lieu contenant assez d'armes pour éliminer des centaines de personnes, c'était du pur suicide. Il fallait donc faire disparaître les armes, mais où? Il pouvait difficilement faire passer ces foutus trucs par la fenêtre. La vue d'une averse de revolvers, de grenades et de mitraillettes inciterait certainement les terroristes à monter voir ce qui se passait. En tout cas, les grenades pouvaient exploser et il y avait déjà assez de malentendus dans l'air sans y ajouter des explosions de grenades. Le mieux était de les cacher. Avec délicatesse, Wilt rentra toute l'artillerie dans le sac de voyage et traversa la cuisine pour aller sous le toit. Gudrun était manifestement à l'œuvre sur le plancher, et, profitant du bruit, Wilt grimpa et se faufila jusqu'à la citerne. Puis il descendit le sac dans l'eau et replaça le couvercle. Ayant contrôlé qu'il ne restait plus une seule arme, il se prépara mentalement pour la manœuvre suivante. C'était, pensait-il, aussi dangereux que d'ouvrir la cage d'un tigre au zoo pour l'inviter à en sortir, mais il fallait le faire, et dans une situation aussi folle seul un acte de démence totale pourrait sauver les enfants. Wilt se dirigea donc vers la porte de la salle de bains.

– Irmgard, chuchota Wilt, mais Fräulein Schautz continuait de plus belle son travail de démolition sur le plancher de la salle de bains.

Wilt reprit une profonde inspiration et chuchota plus haut. De l'autre côté le travail s'interrompit et ce fut le silence.

— Irmgard, dit Wilt, est-ce vous?

Il y eut un mouvement et une voix douce parla.

— Qui est là?

— C'est moi, dit Wilt, s'en tenant à la réalité tout en la souhaitant sacrément différente, Henry Wilt.

— Henry Wilt?

— Oui, ils sont partis.

— Qui ça, ils?

— Je ne sais pas. Ceux qui étaient là. Vous pouvez sortir maintenant.

— Sortir? demanda Gudrun Schautz d'un ton qui laissait percevoir la stupéfaction la plus totale.

C'était ce que Wilt désirait.

— Je vais libérer la porte.

Wilt commença d'enlever le cordon électrique de la poignée de la porte. Ce n'était pas facile dans l'obscurité grandissante mais il réussit, après quelques instants, à enlever le fil et la chaise.

— C'est O.K. maintenant, vous pouvez sortir, dit-il.

Mais Gudrun ne bougea pas.

— Comment puis-je savoir que c'est bien vous? demanda-t-elle.

— Je ne sais pas, dit Wilt heureux de cette occasion de retarder les événements, c'est moi, c'est tout.

— Qui est avec vous?

— Personne, ils sont descendus.

— Vous n'arrêtez pas de dire « Ils ». De qui parlez-vous?

– Aucune idée. Des hommes armés. Toute la maison en est pleine.

– Alors pourquoi êtes-vous ici? demanda Fräulein Schautz.

– Parce que je ne peux pas être ailleurs, dit Wilt avec sincérité. Cela vous paraît incroyable? Ils n'ont pas arrêté de se tirer dessus. Ils auraient pu me tuer. Putain de merde, je ne sais pas ce qui se passe.

Silence dans la salle de bains. Gudrun Schautz avait aussi du mal à imaginer ce qui se passait. Dans l'obscurité de la cuisine, Wilt se sourit à lui-même. Il n'avait plus qu'à continuer dans cette veine et cette salope en serait bientôt à se taper la tête contre les murs.

– Il n'y a personne avec vous? demanda-t-elle enfin.

– Bien sûr que non.

– Alors comment savez-vous que c'est moi qui suis dans la salle de bains?

– Je vous ai entendue prendre un bain, dit Wilt, et alors tous ces types ont commencé à tirer et à crier et...

– Où étiez-vous?

– Écoutez, dit Wilt décidant de changer de tactique, je ne vois pas pourquoi vous me posez toutes ces questions. Réfléchissez un peu, je prends la peine de monter jusqu'ici et de débloquer la porte mais vous refusez de sortir et n'arrêtez pas de me harceler pour savoir qui ils sont, et où j'étais et ainsi de suite. Comme si je le savais, moi. En fait, je piquais un petit somme et...

– Assommer? Assommiez qui?

– Un somme, pas assommer! C'est une petite sieste après le déjeuner. Dormir, vous comprenez?

194

En tout cas, quand tout ce tintamarre a commencé, la fusillade et tout ça, je vous ai entendue crier « les enfants », et j'ai pensé que c'était drôlement chic de votre part de...

— Chic de ma part? Vous avez pensé que c'était chic de ma part? demanda Gudrun en s'étranglant à moitié.

— Je veux dire de faire passer les enfants avant votre propre sécurité. Je pense que la plupart des gens n'auraient pas pensé à sauver les enfants, non?

Des bruits inintelligibles en provenance de la salle de bains indiquaient que Gudrun Schautz n'avait pas imaginé une pareille interprétation de ses directives. Il lui faudrait réajuster son attitude compte tenu de celle de Wilt.

— Non, vous avez raison, dit-elle enfin.

— Eh bien, pour cette même raison, je ne pouvais décemment pas vous laisser ensuite enfermée ici, non? poursuivit Wilt qui se rendait compte que de parler comme le demeuré du village présentait bien des avantages. Noblesse oblige, et tout ça, quoi!

— Noblesse oblige?

— Vous savez bien : un service rendu en appelle un autre, etc., dit Wilt. Aussi, dès que la voie a été libre, je suis sorti de dessous mon lit et je suis venu sans faire de bruit ici.

— Quelle voie? demanda Fräulein Schautz avec méfiance.

— Quand les enfoirés qui étaient ici ont décidé de descendre, dit Wilt. Semblait être l'endroit le plus sûr. En tout cas vous feriez mieux de sortir et de venir vous asseoir ici. Ça ne doit pas être confortable du tout où vous êtes.

Fräulein Schautz étudia cette proposition tout en pensant que Wilt devait être un idiot congénital et elle prit le risque.

– Je n'ai pas de vêtements, dit-elle en entrebâillant la porte.

– Nom d'un chien, dit Wilt, je n'avais pas pensé à ça, je suis confus. Je vais aller vous chercher quelque chose.

Il passa dans la chambre et farfouilla dans un placard. Ayant trouvé ce qui dans l'obscurité ressemblait à un imperméable, il le lui rapporta.

– Voici un manteau, dit-il en le lui tendant par la porte. Pas la peine d'allumer, les types en bas pourraient voir la lumière et se pointer ici avec leurs armes. Ne vous tracassez pas, j'ai fermé la porte à clé et je l'ai barricadée, il ne leur sera pas facile d'entrer.

Dans la salle de bains, Fräulein Schautz mit l'imperméable et sortit avec précaution pour trouver Wilt en train de faire chauffer de l'eau dans la bouilloire électrique.

– Pensé que vous aimeriez une bonne tasse de thé, dit-il. Moi ça me dirait.

Derrière lui Gudrun Schautz essayait de comprendre ce qui s'était passé. Dès l'instant où elle avait été enfermée dans la salle de bains, elle avait été convaincue que l'appartement était aux mains des policiers. Maintenant il semblait que tout occupant avait disparu et que ce benêt poltron de Wilt était en train de faire du thé comme si de rien n'était. La confession de Wilt avouant qu'il avait passé l'après-midi sous le lit l'avait convaincue de sa couardise – cela confirmait d'ailleurs l'opinion qu'elle s'était faite de Wilt en écoutant ses discussions nocturnes avec Frau Wilt : elle n'avait rien à craindre de lui. D'un autre côté il fallait qu'elle découvre ce qu'il savait.

– Ces hommes avec des fusils, dit-elle, à quoi ressemblaient-ils?

– Je n'étais pas très bien placé pour les voir, dit Wilt. Sous le lit, vous savez... Certains portaient des bottes et d'autres non. Si vous voyez ce que je veux dire.

Gudrun Schautz ne voyait pas.

– Des bottes?

– Pas des chaussures de ville. Vous prenez du sucre?

– Non.

– Vous avez bien raison, dit Wilt, c'est mauvais pour les dents. Voici votre tasse. Oh! excusez-moi! Attendez, laissez-moi faire, je vais aller chercher une serviette et vous essuyer.

Et dans l'espace réduit de la cuisine, Wilt attrapa à tâtons un torchon et fut bientôt en train d'essuyer l'imper de Gundrun où il avait délibérément renversé le thé.

– Ça suffit maintenant, dit-elle, comme Wilt passait, avec le torchon, de la poitrine à des régions plus basses.

– Okédo, je vais vous servir une autre tasse.

Elle se faufila devant lui pour entrer dans le séjour tandis que Wilt se demandait quels autres incidents domestiques il pourrait bien provoquer pour distraire son attention. Il y avait le sexe bien sûr, mais dans les circonstances présentes il semblait peu probable que la garce s'y intéresse beaucoup et, même si c'était le cas, l'idée de faire l'amour avec une tueuse professionnelle était peu bandante. Une

197

panne due à l'alcool c'était déjà assez moche, mais la terreur c'était bien pire. Peut-être qu'avec un peu de caresses, et puis elle avait de ces tétons... Wilt emporta une autre tasse de thé dans le studio et la trouva en train de regarder dans le jardin par la fenêtre du balcon.

— A votre place je ne resterais pas là, dit-il, dehors il y a d'autres cinglés avec des maillots à l'effigie de Donald Duck.

— Donald Duck?

— Et des fusils, dit Wilt. Si vous voulez mon avis, l'endroit est devenu un asile de fous.

— Et vous ne savez pas ce qui s'est passé?

— J'ai entendu quelqu'un crier quelque chose au sujet des Israéliens, mais maintenant ça me paraît peu vraisemblable, non? Je me demande bien ce que les Israéliens viendraient foutre dans Willington Road.

— Bon Dieu, dit Gudrun Schautz, alors que faisons-nous?

— Faisons? dit Wilt. Nous n'avons pas grand-chose à faire, sinon boire notre thé et nous faire aussi petits que possible. C'est probablement une abominable erreur. Je ne vois pas d'autre explication, et vous?

Gundrun en voyait une autre, mais il ne lui semblait pas utile de la révéler à cet idiot ambulant avant de l'avoir obligé par la terreur à faire ce qu'elle voulait. Elle se dirigea vers la cuisine et se faufila ensuite sous le toit. Wilt la suivit en buvant son thé à petites gorgées.

— J'ai bien sûr essayé de téléphoner à la police, dit-il, en prenant l'air le plus niais possible.

Fräulein Schautz s'arrêta net.

198

– A la police? Vous avez appelé la police?

– En fait j'ai pas pu, dit Wilt, un crétin a arraché le cordon du mur. Me demande bien pourquoi? Comme si toute cette fusillade ne suffisait pas.

Mais Gudrun Schautz ne l'écoutait plus. Elle se dirigeait tant bien que mal sur la planche en direction des bagages et Wilt pouvait l'entendre fourrager dans les valises. Tant que cette garce n'aurait pas l'idée de regarder dans la citerne. Pour détourner son attention, Wilt pointa sa tête dans la porte et éteignit la lumière.

– Mieux vaut ne pas laisser voir de lumière, expliqua-t-il, comme elle tâtonnait et se cognait en jurant dans l'obscurité totale. Pas la peine qu'ils sachent que nous sommes là. Mieux vaut se planquer tant qu'ils ne sont pas partis.

Un torrent d'allemand incompréhensible, mais manifestement malveillant, accueillit cette suggestion. Après avoir cherché le sac quelques instants sans succès, Gudrun Schautz redescendit dans la cuisine en respirant avec difficulté.

Wilt décida de frapper un nouveau coup.

– Ce n'est pas la peine de vous en faire comme ça, ma chère. Après tout, nous sommes en Angleterre et il ne peut rien vous arriver de désagréable.

Il plaça un bras réconfortant autour de ses épaules.

– Et puis je suis là. Il n'y a rien à craindre.

– Oh! bon Dieu! dit-elle, et tout à coup elle fut agitée d'un rire silencieux.

La pensée qu'elle n'avait que ce pauvre type peureux, faible et stupide pour la protéger était trop pour cette meurtrière. Rien à craindre! L'expression

prit soudain une nouvelle signification inverse et
atroce. Elle comprit en un éclair cette vérité, vérité
contre laquelle elle avait lutté toute sa vie. La seule
chose qu'il fallait craindre était ce rien. Gudrun
Schautz contemplait l'Oubli lui-même, un infini de
néant et elle était remplie de terreur. Cherchant
désespérément à échapper à cette vision, elle se
cramponna à Wilt et son imperméable s'ouvrit.

– Eh... commença Wilt, comprenant cette nouvelle menace, mais les lèvres de Gudrun Schautz se
fermèrent sur les siennes, sa langue s'anima et sa
main guida ses doigts vers un sein.

La créature qui n'avait apporté que mort et
destruction se tournait maintenant dans sa terreur
vers l'instinct le plus vieux du monde.

15

Gudrun Schautz n'était pas la seule personne dans
Ipford à affronter l'oubli. Le directeur de la banque
de Wilt avait passé un après-midi très perturbant en
compagnie de l'inspecteur Flint. Celui-ci ne cessait
de lui affirmer qu'il était d'intérêt national qu'il ne
téléphone pas à sa femme pour annuler leur invitation à dîner. Il lui interdisait aussi de communiquer
avec ses employés et les quelques clients avec
lesquels il avait rendez-vous. Le directeur avait
trouvé ce manque de confiance envers sa discrétion
professionnelle insultante et la présence de Flint

absolument fatale à sa réputation de probité finan-
cière.

— Bon Dieu de merde, que vont penser les
employés en voyant trois saletés de flics enfermés
toute une journée dans mon bureau? demanda-t-il en
laissant tomber le langage diplomatique de la banque pour un discours plus concret.

Ce qui l'avait particulièrement marqué c'était
qu'il lui avait fallu choisir entre uriner dans un seau
apporté par le coursier ou subir la honte de se voir
accompagné à chaque fois aux toilettes par un
policier.

— Si on ne peut plus pisser dans sa propre banque
sans avoir un foutu flic aux fesses, on peut dire que
les choses vont mal.

— C'est tout à fait exact, monsieur, dit Flint, mais
je ne fais que suivre les instructions et si la brigade
antiterroriste dit qu'une chose est dans l'intérêt
national, on peut la croire.

— Je ne vois pas où est l'intérêt national quand on
m'empêche de me soulager en privé, dit le directeur.
Je veillerai à ce qu'une plainte soit déposée auprès
du ministère de l'Intérieur.

— Je vous en prie, dit Flint qui avait ses propres
raisons de se sentir de mauvaise humeur.

L'intrusion de la brigade antiterroriste dans son
territoire avait sapé son autorité. Le fait que Wilt en
fût responsable ne faisait que l'irriter un peu plus, et
il en était à s'interroger sur les capacités de Wilt à
perturber son existence quand le téléphone sonna.

— Je vais répondre, s'il vous plaît, dit-il, et il prit
l'appareil.

— M. Fildroyd, des Investissements, en ligne,
monsieur, dit la standardiste.

Flint regarda le directeur de la banque.

– Un type qui s'appelle Fildroyd. Ça vous dit quelque chose?

– Fildroyd? Oh, bien sûr.

– On peut lui faire confiance?

– Bon Dieu, mon vieux, faire confiance à Fildroyd? C'est le responsable des investissements pour toute la banque!

– Ah, je vois, la Bourse? demanda Flint qui avait autrefois boursicoté sur la Bauxite Australien et qui n'était pas prêt d'oublier cette expérience. Si c'est ça, je n'ai absolument aucune confiance en lui.

Il transmit cette opinion en des termes à peine moins offensants à la fille au téléphone. Des murmures lointains laissaient penser que M. Fildroyd avait lui aussi entendu.

– M. Fildroyd demande qui est en ligne, demanda la fille.

– Eh bien, dites simplement à M. Fildroyd que c'est l'inspecteur Flint de la police du Comté et que s'il a deux sous de bon sens, il fermera sa gueule.

Il reposa le téléphone et se tourna vers le directeur qui n'avait vraiment pas l'air dans son assiette.

– Qu'est-ce qui ne va pas? demanda Flint.

– Oh! rien, rien du tout, mais avec ce que vous venez de dire, tout le Département central des investissements va me supposer impliqué dans une affaire criminelle grave.

– Me balancer Henry Wilt dans les pattes est un véritable crime, dit Flint avec amertume, et à mon avis toute cette affaire a été montée par Wilt à des fins de publicité personnelle.

– Mais Mr Wilt a été la victime innocente de...

– Innocente victime mon œil. Le jour où ce débile

sera innocent, moi je laisse tomber la police et j'entre au couvent, bordel de trou du cul.

— Belle manière de vous exprimer, dit le directeur.

Mais Flint était bien trop préoccupé par des pensées ne concernant que lui seul pour relever le sarcasme. Il se souvenait encore de ces jours et de ces nuits atroces passés à interroger Wilt sur la disparition de sa femme. Il arrivait encore qu'aux petites heures du matin, Flint se réveille en sueur au souvenir de la conduite extraordinaire de Wilt et qu'il jure alors de coincer ce salaud dans un vrai crime un de ces jours. Ce jour semblait enfin arrivé, ou l'aurait été si la brigade antiterroriste n'était intervenue. Enfin, c'était à eux de régler cette histoire, mais si cela n'avait tenu qu'à lui, il aurait écouté tout ce baratin sur les jeunes filles allemandes au pair comme autant de foutaises et gardé Wilt en détention préventive pour avoir été en possession d'argent volé, peu importait la provenance.

Mais lorsqu'à 5 heures il quitta la banque pour se rendre au commissariat, ce fut pour découvrir que l'exposé de Wilt semblait une fois de plus correspondre, malgré son peu de crédibilité, à la réalité.

— Un siège? dit-il au sergent de garde. Un siège dans Willington Road? Chez les Wilt?

— La preuve est dans la pièce à côté, monsieur, dit le sergent en montrant un bureau.

Flint alla jusqu'à la fenêtre et jeta un coup d'œil à l'intérieur.

Tel un monolithe de la maternité, Eva Wilt était assise, immobile, sur une chaise, les yeux dans le vide, l'esprit manifestement ailleurs – auprès de ses enfants à la maison. Flint se détourna et se demanda pour la nième fois comment cette femme et son mari, en apparence insignifiants, pouvaient bien vivre ensemble et quelle étrange fusion de leurs incompatibilités les avait transformés en catalyseurs de catastrophes. C'était une énigme insoluble que ce mariage entre une femme que Wilt avait décrite comme une force centrifuge et un homme dont l'imagination nourrissait des fantasmes bestiaux d'assassinat, de viol, et ces rêves bizarres qui étaient apparus au moment de l'interrogatoire. Le propre mariage de Flint était aussi conventionnel et heureux qu'il pouvait l'espérer. Aussi, à ses yeux, celui des Wilt était moins un mariage qu'une entente symbiotique assez sinistre, d'origine presque végétale, comme le gui qui pousse sur un chêne. En tout cas, il y avait bien une qualité végétale chez cette Mme Wilt assise là en silence, et l'inspecteur secoua la tête avec tristesse.

– La pauvre femme est sous le choc, dit-il, et il s'éloigna rapidement pour découvrir par lui-même ce qui se passait dans Willington Road.

Mais comme d'habitude, le diagnostic de Flint était faux. Eva n'était pas dans un état de choc. Elle avait depuis longtemps compris qu'il était totalement inutile de dire à la femme en uniforme, qui lui tenait compagnie, qu'elle voulait rentrer chez elle. En ce moment même son esprit se concentrait de manière calme et presque menaçante sur des choses pratiques. Là-bas, dans l'obscurité grandissante, ses enfants étaient à la merci de meurtriers et Henry était vraisemblablement mort. Rien ne l'empêcherait de rejoindre ses filles et de les sauver. Elle n'avait que ce but en tête et un sentiment de violence accumulée et ressassée l'envahissait progressivement.

– Vous voudriez peut-être qu'une amie vienne vous tenir compagnie? suggéra l'une des femmes policiers. Ou bien nous pouvons vous accompagner chez des amis?

Mais Eva secoua la tête. Elle n'avait pas besoin de la sympathie des autres. Elle sentait en elle des réserves de forces suffisantes pour lutter contre son malheur. Un peu plus tard, une assistante sociale arriva d'un des centres d'hébergement provisoire.

– Nous avons une belle chambre bien chaude pour vous, dit-elle d'un ton de gaieté forcée qui avait bien des fois dans le passé irrité un certain nombre de femmes battues, ne vous faites pas de soucis pour une chemise de nuit ou une brosse à dents, nous avons tout ce que vous pouvez souhaiter.

– J'en doute, pensa Eva, mais elle remercia la femme agent, suivit l'assistante sociale jusqu'à sa voiture et resta docilement assise à ses côtés pendant tout le trajet.

La femme n'arrêta pas de bavarder, posant des questions sur les filles et leur âge, disant qu'il devait être bien difficile d'élever quatre filles à la fois, comme si l'affirmation maintes fois répétée que rien d'extraordinaire n'était arrivé pouvait recréer comme par magie le monde monotone et heureux qu'Eva avait vu se désintégrer autour d'elle cet après-midi. Eva ne l'écoutait même pas. Ces phrases banales étaient tellement en contradiction avec ce qu'elle ressentait! Elles ne faisaient que renforcer la colère qui l'aiguillonnait dans sa terrible détermination à agir. Une idiote qui n'avait jamais eu d'enfant ne pouvait comprendre ce que signifiait les savoir menacées. Personne ne l'endormirait par de belles paroles, jamais elle n'accepterait cette situation.

A l'angle de Dill Road et de Persimmon Street, elle vit l'affiche d'un marchand de journaux : DES TERRORISTES ASSIÉGÉS, DERNIÈRES NOUVELLES.

– Je veux un journal, dit brusquement Eva et la femme se rangea le long du trottoir.

– Cela ne vous apprendra rien que vous ne sachiez déjà, dit-elle.

– Je sais, je veux simplement savoir ce qu'ils disent, dit Eva en ouvrant la portière.

Mais la femme l'arrêta.

– Restez là, je vais vous le chercher. Voulez-vous aussi une revue?

– Non, juste le journal.

Pensant avec tristesse que même dans des circonstances tragiques certaines personnes trouvaient réconfortant de voir leur nom dans les journaux, l'assistante sociale traversa le trottoir et entra dans la boutique. Elle en ressortit quelques minutes plus tard et ouvrit la porte de sa voiture avant de se rendre compte que le siège avant était vide. Eva Wilt avait disparu dans la nuit.

Le temps que l'inspecteur Flint franchisse les barrages établis dans Farrington Avenue et qu'avec l'aide d'un sergent des forces de sécurité il ait traversé non sans mal plusieurs jardins pour atteindre le centre de communication, il commençait à douter de sa théorie. Si toute cette histoire n'était qu'un canulard de Wilt, ce dernier avait un peu forcé la dose cette fois. La voiture blindée sur la route et les projecteurs qui avaient été installés tout autour du n° 9 montraient à quel point la brigade antiterroriste et les forces de sécurité prenaient ce siège au sérieux. Dans la serre à l'arrière de la maison de Mrs de Frackas, des hommes étaient en train d'assembler des appareils à l'allure étrange.

– Système d'écoute parabolique, S.E.P., expliqua un technicien. Une fois tout ceci en place, on pourra entendre un cancrelat péter dans la maison en face, dans n'importe quelle pièce.

– Ah bon, je ne savais pas que les cancrelats pétaient, dit Flint. On s'instruit à tout âge.

– Nous saurons ainsi ce que disent ces crétins, et où ils sont exactement.

Flint passa de la serre au salon et trouva le commissaire et le commandant en train d'écouter le conseiller en idéologie terroriste internationale qui commentait les enregistrements.

– A mon avis, dit le professeur Maerlis, je pourrais dire que la Nouvelle Armée du Peuple représente une sous-unité ou un groupe dissident du cadre original connu sous le nom de groupe de l'Armée du Peuple. Je pense que je peux le dire sans prendre de risques.

Flint s'assit dans un coin et remarqua avec plaisir que le commissaire, tout comme le commandant, semblaient partager sa propre stupéfaction.

– Vous voulez dire qu'ils font partie du même groupe? demanda le commissaire.

– De façon précise, non, dit le professeur. A partir des contradictions inhérentes exprimées dans leurs communiqués, je déduis qu'il existe une grande différence d'opinion concernant l'approche tactique, mais en même temps que les deux groupes partagent la même idéologie sous-jacente. Cependant, du fait de la structure moléculaire des organisations terroristes, l'identification d'un membre d'un groupe par un autre membre d'un autre groupe ou sous-faction demeure extrêmement problématique.

– Toute cette chienlit est foutrement problématique, c'est vrai, dit le commissaire. Jusqu'ici nous avons reçu deux communiqués provenant de ce qui semble être un Allemand en partie châtré et un Irlandais asthmatique, les demandes d'un Mexicain pour un avion et six briques, une contre-demande du Teuton pour sept, sans parler d'un torrent d'injures d'un Arabe. Tout le monde accuse tout le monde d'être un agent de la C.I.A. travaillant pour Israël, et c'est à qui luttera pour la liberté de qui.

– Ce qui me dépasse complètement, c'est de les entendre parler de liberté alors qu'ils retiennent en otages des enfants innocents et une vieille dame et qu'ils menacent de tuer.

– Là, je ne vous suis pas, dit le professeur, car en termes de philosophie politique post-marxiste et néo-hégélienne, la liberté de l'individu ne peut exister que dans les limites des paramètres d'une société collectivement libre. Les groupes de l'Armée du Peuple se considèrent aux avant-postes de l'égalité et de la liberté totales, et comme tels non tenus d'observer les normes morales qui limitent les actions des valets de l'impérialisme et de l'oppression fasciste et néo-colonialiste.

– Écoutez mon vieux, dit le commandant en colère en enlevant sa perruque afro, vous êtes de quel bord exactement?

– Je ne fais que citer la théorie. Si vous voulez une analyse plus précise... commença le professeur nerveux, mais il fut interrompu par le responsable de l'équipe de combat psychologique qui venait de travailler sur les empreintes vocales.

— D'après notre analyse du degré de stress révélé par ces enregistrements, nous pensons que le groupe qui détient Fräulein Schautz est émotionnellement plus perturbé que les deux autres terroristes, annonça-t-il, et je pense franchement que nous devrions tenter de réduire leur niveau d'anxiété.

— Vous voulez dire qu'ils sont capables de tuer la femme Schautz? demanda le commissaire.

Le psychologue opina.

— En fait c'est assez déroutant. Nous avons détecté quelque chose de bizarre chez ce groupe, une variation du schéma normal des réactions vocales, et je pense que cette femme va vraisemblablement en pâtir.

— Ce n'est pas mon problème, dit le commandant, elle récolte ce qu'elle a semé.

— C'est le problème de tout le monde, si cela arrive dit le commissaire. Mes ordres sont d'y aller mollo, et s'ils commencent à tuer les otages ce sera le bordel.

— Oui, dit le professeur, c'est une situation dialectique très intéressante. Vous devez comprendre que la théorie du terrorisme comme force progressiste dans l'histoire du monde requiert une exacerbation de la lutte de classes et la polarisation de l'opinion publique. Maintenant, en termes d'efficacité simple, nous devons dire que l'avantage est dans le camp du Groupe 4 de l'Armée du Peuple et non dans celui de la Nouvelle Armée.

— Vous pouvez répéter? dit le commandant.

Le professeur reprit.

— En termes plus simples, politiquement, il est

plus rentable de tuer ces enfants que d'éliminer Fräulein Schautz.

– C'est peut-être votre avis, dit le commandant en jouant nerveusement avec la crosse de son revolver, mais si vous avez deux sous de bon sens vous garderez ça pour vous.

– Je ne parlais qu'en termes de polarisation politique, dit le professeur, nerveux. Si Fräulein Schautz meurt, seule une très petite minorité sera perturbée, mais les conséquences de l'assassinat de quatre petits enfants, et qui plus est de rejetons femelles conçus coterminativement, seraient considérables.

– Ce sera tout, professeur, dit le commissaire brusquement.

Et avant que le commandant n'ait le temps de comprendre cette sinistre prédiction, il avait fait sortir de la pièce le conseiller en idéologie terroriste.

– Ce sont de foutus intellos de ce genre qui ont ravagé notre pays, dit le commandant. A l'entendre parler vous croiriez qu'il y a deux aspects à chaque putain de question.

– Ce qui est exactement l'inverse de ce que nous avons sur les enregistrements, dit le psychologue. Notre analyse semble indiquer qu'il n'y a qu'un seul porte-parole de la Nouvelle Armée du Peuple.

– Un seul? dit le commissaire incrédule. Moi je n'ai pas eu l'impression qu'il n'y avait qu'un seul homme, mais plutôt une demi-douzaine de ventriloques complètement cinglés.

– C'est exactement ça. C'est pourquoi nous pensons qu'il faudrait réduire le niveau de tension de ce groupe. Il s'agit peut-être d'un cas de dédoublement de la personnalité. Je vais vous repasser les bandes et vous allez comprendre ce que je veux dire.

– C'est absolument nécessaire? On pourrait...

Mais le sergent avait déjà branché l'appareil et une fois de plus le salon encombré retentit des rugissements gutturaux et des glapissements du communiqué de Wilt. Dans un coin peu éclairé, l'inspecteur Flint qui somnolait bondit sur ses pieds.

– J'en étais sûr, cria-t-il triomphalement, j'en étais sûr. Je l'aurais juré, et nom de Dieu, c'est bien ça.

– Sûr de quoi? demanda le commissaire.

– Ce crétin d'Henry Wilt est derrière toute cette mise en scène. Vous en avez la preuve dans l'enregistrement.

– Vous en êtes sûr, inspecteur?

– Plus que sûr, absolument certain. Je reconnaîtrais la voix de cette raclure même s'il était en train d'imiter une femme esquimau en train d'accoucher.

– Nous n'avons pas besoin d'aller si loin, dit le psychologue. Ainsi vous connaissez l'homme que nous venons d'entendre.

– Le connaître? Évidemment que je connais ce crétin. Après tout ce qu'il m'a fait subir, le contraire serait surprenant. Et maintenant, il vous a tous mis dans sa poche.

– J'avoue que vous m'étonnez, dit le commissaire. Vous ne pourriez pas trouver homme plus inoffensif que lui.

– Oh que si, je pourrais, dit Flint avec conviction.

– Mais il a fallu le droguer jusqu'à l'os pour qu'il

211

accepte de rentrer chez lui, dit le commandant.

– Le droguer? Mais avec quoi? dit le psychologue.

– Aucune idée. Une petite mixture que le toubib a concoctée pour les types qui ont les chocottes. Elle fait des merveilles avec ceux qui doivent désamorcer les bombes.

– Eh bien, on ne peut pas dire que cela ait eu le même effet dans notre cas, dit le psychologue nerveux, mais cela explique certainement les interprétations remarquables que nous avons eues. Nous pourrions bien nous retrouver avec, en prime, un cas de schizophrénie chimiquement induite.

– A votre place, je laisserais tomber le « chimiquement induite », dit Flint. Wilt est complètement détraqué de toute façon. Je parierais à cent contre un qu'il a monté toute cette affaire depuis le départ.

– Vous n'allez quand même pas prétendre que Wilt s'est délibérément donné tout ce mal pour placer ses propres enfants dans les mains d'une bande de terroristes internationaux, dit le commissaire. Quand j'ai discuté de l'affaire avec lui, il semblait réellement stupéfait et très inquiet.

– Ce que Wilt paraît être et ce qu'il est réellement sont deux choses complètement différentes. Voici ce que moi je peux en dire. Un homme capable d'habiller une poupée gonflable avec les vêtements de sa femme et de laisser tomber ce truc au fond d'un puits de forage sous trente tonnes de béton à prise rapide [1] n'est pas...

– Excusez-moi, monsieur, dit le sergent, un mes-

1. Cf. *Wilt 1*. (N.d.T.)

212

sage provenant à l'instant du commissariat indique que Mrs Wilt s'est évanouie dans la nature.

Les quatre hommes le regardèrent, l'air désespéré.

– Elle a fait quoi? demanda le commissaire.

– Elle a faussé compagnie à ses gardiennes, monsieur. Personne ne semble savoir où elle est.

– Ça colle, dit Flint, ça colle, il n'y a pas l'ombre d'un doute.

– Colle? Qu'est-ce qui colle, nom de Dieu, demanda le commissaire, qui commençait lui aussi à se sentir nettement mal à l'aise.

– Le tableau, monsieur. Ensuite nous apprendrons qu'elle a été vue pour la dernière fois sur un yacht descendant la rivière [1], mais ce sera faux.

Le commissaire le regarda, l'air égaré.

– Et c'est ce que vous appelez un tableau? Bon Dieu de bon Dieu!

– Eh bien, c'est le genre de truc que Wilt serait capable de nous inventer, vous pouvez me faire confiance. Ce sale con est capable d'imaginer mieux que n'importe quel criminel en activité comment transformer une situation parfaitement saine et raisonnable en un cauchemar délirant.

– Mais il doit bien y avoir un mobile derrière toutes ses actions?

Flint eut un rire brusque.

– Un mobile? Chez Henry Wilt? Jamais de la vie. Vous pouvez bien imaginer un millier de mobiles valables à ses actions, dix mille même si ça vous chante, mais pour finir c'est lui qui sortira une

1. Cf. *Wilt 1. (N.d.T.)*

explication à laquelle vous n'auriez jamais pensé. Wilt est ce qui se rapproche le plus d'Ernie.

– Ernie? dit le commissaire. Qui diable est Ernie?

– C'est ce putain d'ordinateur qu'ils utilisent pour le tirage de la loterie, vous savez bien, celui qui choisit les numéros au hasard. Eh bien, Wilt est un homme qui fonctionne au hasard, si vous voyez ce que je veux dire.

– Je crois que je n'en ai pas réellement envie, dit le commissaire. Je pensais avoir affaire à un bon petit siège bien simple, au lieu de quoi je me retrouve avec ce qui ressemble le plus à un asile de fous.

– Puisqu'il en est question, dit le psychologue, je pense réellement qu'il faut à tout prix reprendre le dialogue avec les gens de l'appartement du haut. La personne qui détient Gudrun Schautz est dans un état de grande agitation. La Gretchen peut être en grand danger.

– Ce n'est pas qu'elle peut l'être, elle est en grand danger, dit Flint.

– D'accord, je pense qu'il nous faut prendre le risque, dit le commissaire. Sergent, donnez l'ordre à l'hélicoptère de décoller avec un téléphone de campagne.

– Et Mrs Wilt, monsieur?

– Vous feriez mieux de demander à l'inspecteur ici présent. C'est lui qui semble être l'expert de la famille Wilt. Quel genre de femme est Mrs Wilt? Et ne me dites pas que c'est une femme qui fonctionne au hasard.

– Je ne m'avancerais pas trop, dit Flint, en tout cas elle est très costaud.

214

– Que pensez-vous qu'elle projette de faire maintenant? Elle n'a certainement pas quitté le commissariat sans une idée derrière la tête.

– Eh bien, connaissant Wilt comme je le connais, monsieur, je me demande vraiment si elle a quelque chose dans la tête. A vivre avec un homme comme Wilt, toute femme normalement constituée se serait retrouvée chez les fous il y a belle lurette.

– Vous ne voulez quand même pas dire qu'elle est aussi du genre psychopathe?

– Non, monsieur, dit Flint. Tout ce que je veux dire, c'est qu'elle n'a rien d'une mauviette.

– Nous voilà bien avancés. Un ramassis de terroristes armés jusqu'aux dents, une espèce de cinglé nommé Wilt, et une gonzesse en cavale coriace comme un rhinocéros, mélangez tout, agitez, ça donne un beau merdier. Bon, sergent, vous allez donner l'arlerte pour Mrs Wilt, et veillez à ce qu'elle soit gardée à vue avant que quelqu'un d'autre ne soit blessé.

Le commissaire alla jusqu'à la fenêtre et regarda la maison des Wilt. Sous la lumière éclatante des projecteurs, elle se détachait sur le ciel nocturne comme un monument commémoratif dédié au flegme et à la passion inébranlable du petit-bourgeois anglais pour la monotonie. Le commandant fut enclin à commenter.

– On dirait un « son et lumière » de banlieue, hein? murmura-t-il.

– Pour la lumière oui, dit le commissaire, mais Dieu merci on nous a épargné le son.

Mais ce répit fut de courte durée. D'un endroit qui semblait très proche provinrent de terribles

215

hurlements. Les fillettes recommençaient à donner
de la voix.

16

A un kilomètre de là, Eva Wilt se dirigeait vers sa
maison avec une détermination qui ne cadrait pas du
tout avec son aspect extérieur. Les quelques personnes qui la remarquèrent comme elle descendait, l'air
préoccupé, par les rues étroites, ne virent qu'une
ménagère ordinaire pressée de rentrer préparer le
dîner de son mari, et de coucher les enfants. Mais
sous son air ordinaire, Eva Wilt n'était plus la
même. Finies la stupidité joyeuse et les idées toutes
faites. Elle n'avait plus qu'une pensée en tête : elle
rentrait chez elle et personne ne saurait l'en empêcher. Ce qu'elle ferait une fois sur place, elle n'en
avait pas l'ombre d'une idée. D'une manière confuse, elle se rendait compte que sa maison n'était pas
simplement un lieu d'habitation. C'était aussi ce
qu'elle était, elle, femme d'Henry Wilt et mère de
quadruplées, une travailleuse descendant d'une
lignée de travailleuses qui avaient nettoyé des plan-
chers, préparé des repas et maintenu des familles
unies en dépit des maladies, des décès, et des
caprices des hommes. Elle ne s'en rendait pas
clairement compte, mais c'était ce qui la faisait
s'avancer comme par instinct. Avec l'instinct vinrent
aussi les idées.

On la guettait certainement dans Farrington Avenue et il fallait éviter ce coin. Elle traverserait plutôt la rivière sur la passerelle métallique, ferait le tour par Barnaby Road et à travers champs, là où il y a deux mois, elle avait emmené les enfants cueillir des mûres, et elle entrerait dans le jardin par-derrière. Ensuite? Elle aviserait sur place. S'il y avait un moyen quelconque d'entrer dans la maison pour retrouver les enfants, c'est ce qu'elle utiliserait. Les terroristes pouvaient la tuer. Tout valait mieux que perdre ses filles. Le principal, c'était d'être sur place pour les protéger. Elle ressentait une violente colère par-delà toute cette logique incertaine, Comme toutes ses pensées, celle-ci était vague, diffuse, et dirigée aussi bien contre la police que contre les terroristes. C'était même après les policiers qu'elle en avait le plus. A ses yeux, les terroristes étaient des criminels et des meurtriers, et la police devait protéger le public d'invidus de ce genre. C'était leur métier, et ils ne l'avaient pas fait correctement. Ils n'avaient même pas pu empêcher que les filles soient prises en otages, et maintenant ils jouaient un jeu où les enfants n'étaient que des pions. C'était une opinion simpliste, mais l'esprit d'Eva envisageait les choses de manière simple et directe. Puisque la police n'était pas capable d'agir, c'était à elle de le faire.

Ce n'est que lorsqu'elle atteignit la passerelle sur la rivière qu'elle se rendit compte de toute l'ampleur du problème. A huit cents mètres de là, la maison de Willington Road se dressait dans une aura de lumière blanche. Tout alentour les lumières de la rue luisaient faiblement et les autres maisons n'étaient que des ombres noires. Elle s'arrêta un instant,

217

tenant la rambarde d'une main ferme et se demandant quoi faire, mais hésiter ne servait à rien. Il lui fallait continuer. Elle descendit les marches de métal et poursuivit le long de Barnaby Road jusqu'au sentier qui traversait les champs. Elle le prit et le suivit jusqu'à la zone boueuse de la barrière suivante. Des bœufs s'agitèrent dans l'obscurité tout près d'elle mais Eva ne craignait pas le gros bétail. Il faisait partie du monde naturel auquel elle se sentait si fortement attachée.

De l'autre côté de la barrière, plus rien n'était naturel. Des hommes armés se détachaient dans l'éclat blanc et sinistre des projecteurs. Après avoir escaladé la barrière, elle repéra les fils de fer barbelé. Ils venaient de Farrington Avenue et traversaient le champ en ligne droite. Willington Road était complètement isolé. De nouveau ce fut l'instinct qui lui souffla une ruse. A sa gauche il y avait un fossé et si elle le suivait tout du long... Mais il y aurait peut-être un homme pour l'arrêter. Il lui fallait détourner son attention. Les bœufs feraient l'affaire. Eva ouvrit la barrière et, pataugeant dans la boue, poussa les bêtes dans le champ suivant avant de refermer la barrière. Les bêtes s'éparpillèrent et continuèrent d'avancer à pas lents, suivant leurs appétences habituelles. Eva descendit tant bien que mal dans le fossé et le suivit à gué. C'était un fossé boueux, à demi rempli d'eau, et comme elle progressait des herbes s'enroulèrent autour de ses genoux. Parfois, un buisson lui écorchait la figure. A deux reprises elle posa les mains dans des touffes d'orties, mais s'en aperçut à peine. Elle avait l'esprit bien trop occupé. Par les lumières surtout. Elles donnaient à la maison un éclat éblouissant qui la rendait presque irréelle. C'était comme de regarder le négatif d'une photo où tous les tons sont inversés. Les fenêtres, qui auraient dû être éclairées, formaient des carrés noirs sur un fond plus clair. Pendant tout ce temps on entendait le bruit continu d'un moteur provenant d'un endroit indéterminé du champ. Eva observa par-dessus le bord du fossé et repéra la forme noire d'un générateur. Elle savait ce que c'était parce que John Nye avait un jour expliqué comment on produisait de l'électricité, quand il avait essayé de la persuader d'installer un rotor Savorius qui fonctionnerait comme une éolienne. Voilà donc comment ils éclairaient la maison. Mais elle n'était pas plus avancée pour autant. Le générateur était en plein milieu du champ et il lui était impossible de l'atteindre. En tout cas les bœufs faisaient une diversion efficace. Ils s'étaient rassemblés autour d'un homme armé qui avait le plus grand mal à s'en débarrasser. Eva redescendit dans le fossé, et toujours pataugeant arriva jusqu'aux barbelés.

Comme elle s'y attendait, ils descendaient en boucle dans l'eau et ce n'est qu'en plongeant tout le bras qu'elle put atteindre le fil du bas. Elle le souleva, puis, se baissant au point d'être presque totalement immergée, réussit à passer dessous en se faufilant. Quand elle atteignit la haie derrière les jardins, elle était trempée comme un rat, ses mains et ses jambes étaient couvertes de boue, mais le froid la laissait insensible. Rien n'avait d'importance pour elle sinon d'atteindre la maison sans être arrêtée. Et il y aurait fatalement d'autres hommes armés dans le jardin.

Dans la boue jusqu'aux genoux, Eva s'arrêta et

observa la scène. Elle entendait des bruits dans la nuit. Il devait y avoir quelqu'un dans le jardin de Mrs de Frackas à en juger par une odeur de tabac, mais toute son attention se concentrait sur son propre jardin et sur les lumières violentes qui isolaient complètement la maison. Un homme venant de l'arrière du pavillon passa dans le pré en déplaçant la barrière. Eva le regarda s'éloigner vers le générateur. Elle restait là à attendre, ne suivant que son instinct. Un autre homme se déplaça derrière le pavillon. Il y eut dans l'obscurité l'éclat d'une flamme comme il allumait sa cigarette et Eva, telle un monstre amphibie, escalada le fossé et, toujours à quatre pattes, rampa le long de la haie. Elle gardait les yeux fixés sur l'extrémité rougeoyante de la cigarette. Quand elle atteignit la barrière, elle pouvait voir le visage de l'homme chaque fois qu'il inhalait. La barrière était ouverte, elle se balançait doucement dans la brise sans se refermer complètement. Eva la franchit, toujours à quatre pattes, et son genou heurta quelque chose de cylindrique et glissant. Elle tâtonna et mit la main sur un câble épais couvert de plastique. Il allait de la barrière jusqu'aux trois projecteurs placés sur la pelouse. Il lui suffisait de le couper et tout s'éteindrait (il y avait des sécateurs dans la serre). Mais elle pourrait tout aussi bien s'électrocuter. Mieux valait prendre la hache qui avait un long manche, elle était rangée vers le tas de bois de l'autre côté du pavillon. Si seulement l'homme à la cigarette pouvait s'éloigner, elle l'atteindrait en un instant. Que faire pour l'écarter? Si elle jetait un caillou sur la serre, il irait certainement voir dans cette direction.

220

Eva chercha sur le chemin et elle venait de trouver un morceau de silex quand la nécessité de faire diversion disparut. Un énorme bruit de moteur s'approchait, venant de derrière et tournant la tête elle distingua la forme d'un hélicoptère qui descendait dans le champ. L'homme s'était déplacé, il venait de faire le tour du pavillon et lui tournait le dos. Eva, toujours baissée, franchit la barrière puis se relevant courut jusqu'au tas de bois. De l'autre côté du pavillon, l'homme ne l'entendit pas. L'hélicoptère se rapprochait et le bruit de ses pales empêchait de distinguer celui d'Eva. Elle s'était déjà emparé de la hache et, comme l'hélicoptère passait au-dessus de sa tête, elle frappa un grand coup sur le câble. La maison disparut instantanément et la nuit devint d'un noir intense. Eva avança comme elle put, passa en piétinant sur les plantes aromatiques et atteignit la pelouse avant de se rendre compte qu'elle semblait être au centre d'une tornade. Au-dessus d'elle, les pales de l'engin découpaient l'air, la machine vira de côté, quelque chose lui frôla la tête en se balançant et un instant plus tard il y eut un fracas de verre brisé. C'était la serre de Mrs de Frackas. Eva s'arrêta net et se jeta à plat ventre sur l'herbe. De la maison provenait un bruit de fusillade et des balles criblèrent le pavillon. Elle se trouvait au cœur d'une horrible bataille, subitement tout s'était détraqué.

Dans la serre de Mrs de Frackas, le commissaire Misterson était en train de regarder l'hélicoptère se diriger vers le balcon avec le téléphone de campagne qui pendait en dessous quand soudain le monde s'évanouit. Après l'éclat éblouissant des projecteurs, il ne voyait plus rien. Mais il pouvait encore sentir et entendre et, avant qu'il ne puisse gagner en tâtonnant le salon, il sentit et entendit pour de bon. Il sentit à coup sûr le téléphone lui heurter la tête et entendit vaguement le fracas des vitres brisées. Une seconde plus tard, il se retrouvait sur le sol carrelé et toute cette putain de serre semblait s'être transformée en une cascade de vitres, de géraniums en pots, de bégonias semperflorens et de compost. Cette dernière avalanche l'empêcha d'exprimer ses sentiments.

– Espèce de bon Dieu de bon..., commença-t-il avant d'être étouffé par cette tempête de poussière.

Le commissaire roula sur le côté pour éviter les débris mais tout continuait de pleuvoir des rayonnages et le campanule préféré de Mrs de Frackas, se détachant du mur, le saisit dans ses vrilles. Enfin, comme il bagarrait pour sortir de cette jungle domestique, un énorme camélia Donation vacilla sur son piédestal et vint mettre fin à ses souffrances. Le chef de la brigade antiterroriste gisait délicieusement inconscient et silencieux sur le carrelage.

Mais au centre de communication les commentaires allaient grand train. Le commandant hurlait des ordres au pilote de l'hélicoptère tandis que deux opératrices casquées se tenaient les oreilles de douleur. Elles hurlaient qu'un putain de fou devait être en train de piétiner le matériel d'écoute parabolique. Flint était le seul à demeurer calme et apparemment serein... Depuis qu'il savait que Wilt était impliqué dans cette affaire, il était certain qu'il se passerait des choses épouvantables. Dans l'esprit de Flint, Wilt voulait dire chaos – sorte de fatalité cosmique contre laquelle il n'y avait rien à faire, sauf peut-être prier. Maintenant que la catastrophe était là, il était secrètement content. Il avait vu juste dans sa prémonition, alors que l'optimisme du commissaire se trouvait battu en brèche. Et tandis que le commandant ordonnait au pilote de l'hélicoptère de foutre le camp, Flint, marchant avec précaution au travers des débris de la serre, extirpa de la masse des feuillages son supérieur inconscient.

– Faudrait appeler une ambulance, dit-il au commandant comme il traînait le blessé jusqu'au centre de communication, on dirait que le patron est k.o.

Le commandant était bien trop affairé pour s'en occuper.

– C'est vos oignons, inspecteur, dit-il, faut pas que ces salauds me filent entre les pattes.

– D'après le bruit on dirait qu'ils sont encore dans la maison, dit Flint, car il y avait encore des coups de feu sporadiques venant du n° 9 mais le commandant fit non de la tête.

– Pense pas. Ont bien pu laisser un kamikaze pour couvrir leur fuite, ou installer une mitraillette avec une minuterie pour tirer à intervalles. Aucune confiance dans ces salauds.

Flint demanda par radio une aide médicale et deux sergents transportèrent le commissaire à travers les jardins voisins jusqu'à Farrington Avenue. L'opération fut entravée par les hommes des forces de sécurité qui recherchaient deux terroristes en fuite. Il s'écoula encore une demi-heure avant que le silence ne revienne sur Willington Road. Le dispositif d'écoute confirmait qu'il y avait encore une présence humaine dans la maison.

Apparemment il y avait aussi un autre vertébré sur la pelouse des Wilt. Flint, revenant de l'ambulance, trouva le commandant le pistolet au poing prêt à faire une sortie.

– Écoutez-moi ça! On va coincer un de ces imbéciles, dit-il comme un énorme battement de cœur sortait d'un haut-parleur relié au dispositif d'écoute. Je sors pour le cueillir. Probablement blessé dans la fusillade.

Il se précipita dans l'obscurité et, quelques minutes plus tard, on entendit un hurlement, le bruit d'une violente lutte qui mettait en cause un être extrêmement vigoureux et une partie de la clôture entre les deux jardins. Flint éteignit le haut-parleur. Le bruit du cœur avait cessé mais des sons encore plus perturbants sortaient de l'appareil. Finalement, ce qui arriva tiré au travers de la serre dépassait toute description. Eva Wilt, qui n'avait jamais été aux yeux de Flint un modèle de séduction, maintenant qu'elle était enduite de boue, d'herbes, et trempée jusqu'aux os, sa robe déchirée laissant voir des fragments de chair, présentait un aspect tout à fait préhistorique. Elle était toujours en train de se débattre quand les six hommes des forces de sécurité la poussèrent dans la pièce. Le commandant les suivait, il avait un œil au beurre noir.

– Eh bien, nous avons au moins eu un de ces saligauds, dit-il.

– Vous vous trompez, cria Eva, je suis Mrs Wilt. Vous n'avez pas le droit de me traiter ainsi.

L'inspecteur Flint battit en retraite derrière une chaise.

– C'est effectivement Mrs Wilt, dit-il. Vous pourriez nous dire ce que vous étiez en train de faire?

Étendue sur le tapis, Eva le regarda avec dégoût.

— Je tentais de rejoindre mes enfants. J'en ai parfaitement le droit.

— J'ai déjà entendu ce refrain-là, dit Flint. Vous et vos droits. Je suppose que c'est Wilt qui vous a mise dans le coup?

— Pas du tout. Je ne sais même pas ce qu'il lui est arrivé. Il est probablement mort.

Et sur ce, elle éclata en sanglots.

— C'est bon, vous pouvez la libérer maintenant, les gars, dit le commandant enfin convaincu de l'innocence de sa prisonnière. Vous auriez bien pu vous faire tuer, vous savez.

Eva ne lui répondit pas et se releva.

— Inspecteur Flint, vous êtes père, vous savez combien il est difficile d'être séparé de ses enfants chéris dans les moments dramatiques.

— Certainement et... dit l'inspecteur, mal à l'aise.

Les femmes de Néandertal en pleurs suscitaient en lui des sentiments divers. En tout cas, ses propres chéris étaient deux adolescents grossiers dotés d'un penchant gênant pour le vandalisme. Il sut gré au technicien chargé du système d'écoute qui vint les interrompre.

— On reçoit quelque chose de curieux, inspecteur. Vous voulez écouter?

Flint opina. Tout plutôt que d'entendre les jérémiades de cette femme. Mais ce n'était pas mieux, le technicien brancha le haut-parleur.

— Ça vient de la perche 4, expliqua-t-il comme toute une série de grognements, de gémissements, de cris d'extase ainsi que les craquements persistants d'un lit à ressorts sortaient du haut-parleur.

— Perche de prise 4? Mais ce n'est pas une prise, c'est un...

— On dirait un enragé de la biroute, veuillez m'excuser madame, dit le commandant.

Mais Eva écoutait bien trop attentivement pour s'en soucier.

— Ça vient d'où?

— L'appartement du haut. Là où se trouve... qui vous savez.

Ce subterfuge ne servit à rien.

— Mais, je sais très bien qui c'est, hurla Eva d'un ton aigu, c'est mon Henry. Je reconnaîtrais ce gémissement entre mille.

Six paires d'yeux dégoûtés se tournèrent vers elle mais sans pour autant l'intimider. Après tout ce qu'elle venait de subir en si peu de temps, cette nouvelle révélation détruisit les derniers vestiges de sa pudeur.

— Il est en train de faire l'amour avec une autre femme. Attendez que je lui mette la main dessus! cria-t-elle dans un accès de rage et elle se serait précipitée dehors si justement on ne lui avait pas mis le grappin dessus et vivement.

— Foutez-lui les menottes à cette garce, cria l'inspecteur et ramenez-la au commissariat. Ne la laissez pas s'échapper cette fois. Sécurité maximum. Pas d'à peu près...

— Son mari non plus, on n'a pas l'air de le lâcher, dit le commandant tandis qu'Eva était entraînée dehors et que les preuves irréfutables des amours de Wilt continuaient de vibrer dans toute la pièce.

Flint quitta son abri et s'assit.

— Eh bien, ça prouve au moins que je n'avais pas

tort. Je vous avais bien dit que ce sale fumier n'avait pas le nez propre.

Le commandant eut un frisson.

– Il y a des manières plus plaisantes de formuler les choses, mais on dirait bien que vous aviez raison.

– Foutre oui que j'ai raison, dit Flint avec suffisance. Je les connais toutes, les ficelles de l'ami Wilt.

– Je suis bien content de ne pas les connaître, moi, dit le commandant. A mon avis nous devrions demander au psy ce qu'il pense de cet échantillon.

– Tout est enregistré monsieur, dit le technicien.

– Dans ce cas, arrêtez ce tintamarre répugnant, dit Flint. J'ai déjà ma dose. Je n'ai pas envie d'entendre Wilt s'envoyer en l'air.

– Tout à fait d'accord, dit le commandant frappé par l'à-propos de l'expression, ce type doit avoir des nerfs d'aciers. Merde, être capable de bander dans ces conditions, ça me dépasse.

– Vous seriez surpris de voir de quoi ce minus est capable, quelles ques soient les conditions, dit Flint. Et en prime marié à son mastodonte de femme-mère! Hein, que dites-vous de ça? Moi je préférerais coucher avec une moule géante plutôt que de pieuter avec Eva Wilt.

– Il y a du vrai là-dedans, dit le commandant en touchant avec précaution son œil endommagé. En tout cas, elle cogne comme une putain de brute. Faut que j'y aille. Vais faire refonctionner ces projecteurs.

Il partit au petit bonheur dans l'obscurité, et Flint resta là à se demander ce qu'ils devaient faire.

Maintenant que le commissaire était hors jeu, il pensait que c'était à lui de diriger l'affaire, une promotion dont il se serait bien passé. Tout ce qui le consolait c'est qu'Henry Wilt allait enfin recevoir le juste châtiment de ses exploits.

En fait, c'était plutôt l'absence d'exploit qui préoccupait Wilt. L'état de son membre à peine convalescent en était la cause. De plus, l'adultère n'était pas son fort. Il n'avait jamais aimé faire l'amour sans en avoir envie. En général, quand il en avait envie, Eva n'était pas disponible. Elle réservait sa passion pour les moments de sommeil des filles. C'était, comme on dit, sa seule fenêtre d'opportunité. Il s'était ainsi habitué à une sorte de sexualité atrophiée où il faisait une chose en pensant à son contraire. Non qu'Eva se satisfît d'une seule chose à la fois. Son intérêt, tout en étant plus précis que le sien, était totalement éclectique pour ce qui était de la marche à suivre, et Wilt avait appris à être plié, tordu, écrasé, et de manière générale à se contorsionner en tous sens pour suivre les conseils des livres qu'Eva consultait. Il y avait des titres du genre : *Comment garder votre mariage toujours jeune* ou *Faire l'amour de manière naturelle*. Wilt avait bien dit que son mariage n'était plus si jeune et qu'il n'y avait rien de naturel à risquer une hernie étranglée en adoptant pour le coït la position recommandée par le Dr Eugene Van Yonk, mais ses arguments n'étaient pas très écoutés. Eva répliquait en faisant des remarques déplaisantes sur son adolescence et en émettant des accusations injustifiées sur ce qu'il faisait dans les salles de bains [1] quand

---

1. Allusion aux événements de *Wilt 1*. *(N.d.T.)*

elle n'y était pas. Pour finir, il lui avait fallu prouver sa normalité en pratiquant des choses qu'il jugeait totalement anormales. Toutefois, si Eva était, et avec quelle énergie, expérimentale au lit, Gudrun Schautz était, elle, une carnassière enragée.

Depuis le moment où, dans la cuisine, elle s'était jetée sur lui dans un accès frénétique de lubricité, Wilt avait été tordu, mordu, écorché, léché, mâché et sucé avec une violence et un manque de discernement franchement insultants pour ne pas dire dangereux. Il en était arrivé à se demander pourquoi la salope se fatiguait à tuer les gens par balles quand elle aurait pu arriver exactement au même résultat de manière plus légale et bien plus atroce. En tout cas, aucun individu doué de raison ne pourrait l'accuser d'être un mari infidèle. C'était tout le contraire. Seul le père de famille le plus dévoué et le plus consciencieux se serait risqué à partager le lit d'une meurtrière si vivement désirée par toutes les polices. « Désirée », Wilt trouvait cet adjectif absolument inadéquat, et ce n'est qu'en se concentrant sur sa première rencontre avec Eva qu'il put ressentir un minimum de désir. C'est cette réponse molle qui avait rendu Gudrun Schautz enragée. La garce n'était pas seulement une meurtrière. Son fanatisme ne l'empêchait nullement d'espérer que Wilt lui sauterait dessus de but en blanc.

Wilt ne partageait pas ce point de vue. Un des principes de sa philosophie confuse était qu'une fois marié il fallait laisser tomber les autres femmes. D'un autre côté, et paradoxalement, il se sentait en ce moment même plus proche spirituellement d'Eva que lorsqu'ils faisaient l'amour ensemble. Sur un plan pratique, il n'avait pas une chance sur mille d'avoir un orgasme. Le cathéter avait flanqué ce genre de projet à l'eau pour quelque temps. Il pouvait toujours faire le zigue mais soumettre son zob à une véritable érection, plutôt se pendre! Pour exorciser ce genre de possibilité atroce, il alternait ses souvenirs d'une Eva jeune avec des images de lui et de l'exécrable Schautz gisant sur une table d'autopsie dans un éternel et fatal coïtus interruptus. Avec tout le ramdam qu'ils faisaient c'était l'issue la plus probable. Et comme anti-aphrodisiaque, c'était parfait. Dame Schautz en fut troublée. Elle avait manifestement l'habitude d'amants plus ardents, et la ferveur fantasque de Wilt la déconcertait complètement.

– Tu voudrais autrement, *Liebling*? demandat-elle comme Wilt s'écartait d'elle pour la nième fois.

– Dans la baignoire, dit Wilt qui avait soudain pensé que les terroristes du rez-de-chaussée risquaient d'intervenir et que les baignoires étaient un meilleur pare-balles que les lits.

Gudrun Schautz rit.

– Oh oui, très drôle, *ja*. Dans la baignoire!

A cet instant les projecteurs s'éteignirent et l'on entendit le grondement de l'hélicoptère. Le bruit sembla fouetter sa lubricité.

– Vite, vite, ça se durcit.

– Putain de merde, si je pouvais en dire autant, marmonna Wilt, mais la meurtrière était bien trop occupée à tenter d'exorciser le néant pour l'entendre.

Lorsque la serre de Mrs de Frackas se pulvérisa, et qu'une fusillade rapide se fit entendre en bas, il fut une nouvelle fois projeté dans un maelström passionné qui n'avait rien à voir avec un rapport

230

sexuel quelconque. La mort traversait les gestes de la vie, et Wilt, ne sachant pas que son rôle dans cette scène macabre passerait à la postérité, agissait de son mieux. Il essaya à nouveau de se concentrer sur Eva.

17

En bas dans la cuisine, Chinanda et Baggish avaient bien du mal à aligner deux pensées. Toutes les complexités de l'existence qu'ils avaient voulu fuir en se réfugiant dans un fanatisme meurtrier semblaient subitement s'être liguées contre eux. Ils tirèrent frénétiquement dans l'obscurité et, pendant un bref moment de gloire, crurent avoir touché l'hélicoptère. Mais l'engin semblait plutôt avoir heurté la maison voisine. Quand ils arrêtèrent enfin de tirer ils furent assaillis par les hurlements des quadruplées dans la cave. Pour couronner le tout, la cuisine était devenue dangereuse pour leurs abattis. Le carrelage bien astiqué d'Eva était nappé de vomi et quand Baggish eut atterri à deux reprises sur le dos ils se retirèrent dans le hall pour envisager la suite des opérations. C'est à ce moment qu'ils entendirent des bruits extraordinaires en provenance du grenier.

— Ils violent Gudrun! dit Baggish, et il aurait immédiatement volé à son secours si Chinanda ne l'avait arrêté.

– C'est un piège de ces salauds de flics. Ils veulent nous attirer en haut pour prendre la maison d'assaut et délivrer les otages. On ne bougera pas.

– Avec tout ce bruit? Combien de temps on tiendra avec ces hurlements? Il faut dormir par quarts et avec ces hurlements c'est impossible.

– Eh bien, faisons-les taire, dit Chinanda et il descendit à la cave où Mrs de Frackas était assise sur une chaise de bois tandis que les filles réclamaient leur mère.

– Vos gueules là-dedans, compris! Si vous voulez voir votre mère vous la bouclez, cria Baggish.

Mais les filles ne firent que crier de plus belle.

– Une partie de votre entraînement aurait dû être consacrée à la manière de traiter les petits enfants, dit Mrs de Frackas sans manifester la moindre sympathie.

Baggish se tourna vers elle. Il ne s'était toujours pas remis de l'insinuation selon laquelle il vendait des cartes postales cochonnes à Port Saïd.

– Faites-les donc taire vous-même, dit-il en lui brandissant l'automatique sous le nez, sinon nous...

– Mon cher enfant, il vous reste encore bien des choses à apprendre, dit la vieille dame. A mon âge, la mort est tellement imminente que je ne me préoccupe même pas d'elle. Et puis, j'ai toujours été en faveur de l'euthanasie. Ne pensez-vous pas que c'est bien plus raisonnable que d'être mis sous perfusion ou dans une de ces machines qui vous maintiennent artificiellement en vie. Je vous prends à témoin, qui peut bien vouloir préserver un vieillard sénile quand il ne sert plus à rien? Personne.

– Pas moi en tout cas, dit Baggish avec conviction.

Mrs de Frackas le dévisagea d'un œil intéressé.

– De plus, si vous êtes musulman, il me semble bien que, d'après le Prophète, une mort au combat garantit la vie éternelle. Au sens strict je ne peux pas dire que je sois en train de me battre, mais être tuée par un meurtrier revient à peu près au même.

– Nous ne sommes pas des assassins! cria Baggish. Nous sommes des combattants de la liberté contre l'impérialisme international.

– C'est bien ce que je vous disais, poursuivit Mrs de Frackas imperturbable. Vous êtes des résistants et je suis manifestement un produit de l'Empire. Si vous me tuez je devrais, d'après votre philosophie, aller droit au Ciel.

– On n'est pas ici pour parler philosophie, dit Chinanda, vieux sac à patates borné, qu'est-ce que vous savez des souffrances des travailleurs?

Mme de Frackas tourna son attention vers les vêtements qu'il portait.

– Un peu plus que vous, à en juger par la coupe de vos vêtements, jeune homme. Cela ne se voit peut-être pas, mais j'ai travaillé plusieurs années dans un hôpital pour enfants des bas-fonds de Calcutta et je crois que je sais ce qu'est la souffrance. Avez-vous trimé un seul jour de votre vie?

Chinanda ne répondit pas directement à cette question.

– Et qu'avez vous fait pour soulager cette souffrance? hurla-t-il en approchant son visage tout près du sien. Vous vous donniez bonne conscience à l'hôpital, et puis à la maison vous viviez dans le luxe.

– J'avais trois repas convenables par jour, si c'est ce que vous appelez du luxe. Je n'aurais certainement pas eu les moyens de m'acheter la voiture coûteuse que vous conduisez, riposta la vieille dame, et puis, en parlant de laver notre linge sale, je pense que les enfants seraient plus calmes si vous me permettiez de les baigner.

Les terroristes regardèrent les fillettes et furent du même avis. Elles n'étaient vraiment pas belles à voir.

– O.K., nous allons vous descendre de l'eau et vous les laverez ici, dit Chinanda qui remonta l'escalier.

Dans la cuisine obscure, il trouva finalement un seau de plastique sous l'évier. Il le remplit d'eau et le descendit avec un savon. Mrs de Frackas regarda le contenu du seau d'un air sceptique.

– J'ai dit « les laver », pas les teindre.

– Les teindre? Que voulez-vous dire, les teindre?

– Regardez vous-mêmes, dit Mrs de Frackas.

Ce que firent les deux terroristes qui relevèrent la tête horrifiés. Le seau était rempli d'une eau bleu foncé.

– Ils veulent nous empoisonner, maintenant, hurla Baggish et il se précipita en haut de l'escalier pour se plaindre aux gens de la brigade antiterroriste.

C'est l'inspecteur Flint qui répondit.

– Vous empoisonner? En mettant un produit dans la citerne? Je vous jure que nous n'y sommes pour rien!

– Alors pourquoi l'eau est bleue?

– Pas la moindre idée. Vous êtes sûrs que l'eau est bien bleue?

234

– Bordel oui, qu'elle est bleue! cria Baggish. Suffit d'ouvrir le robinet et elle coule toute bleue. Vous pensez que nous sommes des crétins ou quoi?

Flint hésita une seconde mais ne donna pas sa véritable opinion dans l'intérêt des otages.

– Ne vous préoccupez pas de ce que je pense, dit-il, tout ce que je peux vous dire, c'est que nous n'avons absolument pas touché au réservoir d'eau et que...

– Sale menteur, hurla Baggish. D'abord vous essayez de nous piéger en violant Gudrun et maintenant vous empoisonnez l'eau. Nous n'allons pas attendre plus longtemps. Nous voulons de l'eau propre d'ici une heure et Gudrun libérée sinon nous exécutons la vieille dame.

Il reposa l'appareil, laissant Flint plus perplexe que jamais.

– Violer Gudrun? Ce type est complètement cinglé, je ne pourrais même pas l'atteindre avec une perche télescopique et il s'imagine peut-être que je peux être à deux endroits à la fois. Et maintenant il nous raconte que l'eau est bleue.

– Ça pourrait venir des drogues qu'ils prennent, dit le sergent. Elles provoquent parfois des hallucinations, particulièrement dans les moments de tension.

– Moments de tension? Ne me parlez pas tension, dit Flint et il dirigea sa colère contre l'opérateur du système d'écoute parabolique. Bon Dieu de merde! Pourquoi ce sourire en coin?

– Ils sont en train d'essayer dans la baignoire, monsieur. Une idée de Wilt. Quelle santé ce type!

– Si vous pensez sérieusement qu'un couple en train de copuler dans une baignoire peut faire virer au bleu toute l'eau d'une maison, vous feriez bien de faire marcher votre tête, aboya Flint.

Il bascula son crâne sur l'appui-tête du dossier et ferma les yeux. Des idées diverses tourbillonnaient dans son esprit : Wilt était fou; Wilt était un terroriste; Wilt était un terroriste fou; Wilt était possédé; Wilt était une foutue énigme. De ça au moins il était sûr, tout comme il désirait ardemment que Wilt fût à des lieues d'ici et qu'il n'eût jamais entendu parler de lui. Finalement il sortit de sa torpeur.

— Bon, je veux que cet hélicoptère revienne et cette fois pas d'embrouille. La maison est illuminée et elle le restera. Leur seule tâche est de balancer ce téléphone par la fenêtre du balcon et à voir ce qu'ils ont déjà fait, ce devrait être un jeu d'enfants. Dites au pilote qu'il peut bien arracher le toit si ça lui fait plaisir, mais je veux entrer en relation avec le dernier étage et vite! C'est le seul moyen de savoir exactement à quoi joue Wilt.

— Pas de problèmes, dit le commandant, et il donna de nouvelles instructions.

— Maintenant il est en pleine crise politique, monsieur, dit l'opérateur. Marx n'est qu'un vieux réac à côté de lui. Vous voulez écouter?

— Je crois que je ferais aussi bien, dit Flint l'air pitoyable.

On brancha le haut-parleur. Malgré la friture, on pouvait entendre Wilt exposer son point de vue avec violence.

— Nous devons supprimer tout le bordel capitaliste. Il ne doit pas y avoir la moindre hésitation pour éliminer les derniers vestiges de la classe dominante et inculquer une prise de conscience politique chez

236

les prolétaires. Le meilleur moyen d'arriver à cette fin est de révéler la nature fasciste de la pseudo-démocratie par une praxis de terreur dirigée contre la police et les lumpen-dirigeants de la finance internationale. Ce n'est qu'en faisant la preuve de l'antithèse fondamentale de...

– Merde, il parle comme une saloperie de livre, dit Flint avec une justesse de vue involontaire. On a un Mao de poche dans le grenier. Bon, faites passer ces enregistrements à la Dingo-brigade. Ils pourront peut-être nous dire ce que sont les lumpen-directeurs.

– L'hélicoptère est en route, dit le commandant. Le téléphone est équipé d'une caméra de télévision. Si tout se passe bien, nous allons bientôt être en mesure de voir ce qui se passe là-haut.

– Pour ce que j'en ai envie, dit Flint et il retourna se réfugier dans les cabinets du rez-de-chaussée.

Cinq minutes plus tard, l'hélicoptère cinglait l'air au-dessus du verger au fond du jardin. Il s'arrêta un instant au-dessus du numéro 9, et un téléphone de campagne fut balancé au travers de la fenêtre du balcon de l'appartement. Comme le pilote s'éloignait avec son appareil, un fil se déroula derrière lui tel celui d'une araignée mécanique.

Flint sortit des cabinets pour apprendre que Chinanda était de nouveau en ligne.

– Veut savoir pourquoi l'eau n'est pas encore propre, monsieur, dit le sergent.

Flint poussa un soupir et s'assit pour prendre l'appareil.

– Écoutez-moi Miguel, dit-il en imitant l'approche amicale du commissaire, vous pouvez bien ne pas me croire, mais...

Un torrent d'insultes lui prouva on ne peut plus clairement que c'était le cas.

– D'accord, j'accepte tout ça, dit Flint quand les qualificatifs se raréfièrent. Mais moi, je vous dis que nous ne sommes pas dans le grenier et que nous n'avons rien mis dans la citerne.

– Alors pourquoi les ravitaillez-vous en armes par hélicoptère?

– Il ne s'agit pas d'armes. Ce n'est qu'un téléphone afin que nous puissions communiquer avec eux... Oui, je sais que cela n'a pas l'air vraisemblable. Je suis le premier à le reconnaître... Non ce n'est pas nous. Si quelqu'un a fait quelque chose, c'est...

– La Nouvelle Armée du Peuple, lui souffla un sergent.

– La Nouvelle Armée du Peuple, répéta Flint. Ils ont dû mettre quelque chose dans l'eau, Miguel... Quoi?... Tu n'aimes pas que l'on t'appelle Miguel? ... Eh bien moi, je n'aime pas particulièrement que l'on me traite de sale flic... Oui, je t'entends. Tu l'as déjà dit. Et si vous voulez bien me laisser la ligne, je vais parler aux conards là-haut.

Flint reposa l'appareil avec fracas.

– Bon, vous allez maintenant me passer le dernier étage. Magnez-vous, le compteur tourne.

Et il continua de tourner pendant un autre quart d'heure. La réapparition subite de l'hélicoptère au moment précis où le Nouveau Wilt était passé du sexe à la politique flanqua par terre la tactique de Wilt. Ayant attendri sa victime, il essayait maintenant de la rendre encore plus perplexe en citant le fameux Bilger dans son meilleur Marcuse. Cela ne s'était pas avéré très difficile, et de toute façon Wilt avait personnellement médité sur l'injustice de l'existence pendant des années. Ses rapports avec Plâtre 4 lui avaient appris qu'il appartenait à une société relativement privilégiée. Les plâtriers gagnaient plus que lui et les imprimeurs, eux, étaient vraiment riches. Mais compte tenu de ces différences, il était indéniable qu'il était né dans une société d'abondance, dans un pays au climat privilégié et aux institutions politiques sophistiquées développées au fil des siècles. Par-dessus tout, une société industrielle. Car la plus grande partie de l'humanité vivait dans une pauvreté abjecte et était affligée de maladies tout à fait curables mais laissées sans soins. Elle subissait en outre des gouvernements despotiques et elle vivait dans la terreur tout en risquant de mourir de faim. Dans la mesure où quelqu'un – qui que ce soit d'ailleurs – essayait de changer cette inégalité, Wilt sympathisait. Le Plan d'Aide et de Soutien aux Tribus Indigènes Sous-développées d'Eva était peut-être inefficace mais il avait au moins le mérite d'être personnel et d'agir dans la bonne direction. Terroriser les innocents et assassiner hommes, femmes et enfants était tout à la fois inopérant et barbare. Quelle différence existait-il entre les terroristes et leurs victimes? Une différence d'opinion seulement. Chinanda et Gudrun Schautz venaient de milieux très aisés et Baggish, dont le père avait tenu un commerce à Beyrouth, pouvait difficilement passer pour pauvre. Aucun de ces individus qui avaient pris sur eux d'être des bourreaux n'avait été poussé au crime par une pauvreté extrême, et d'après ce qu'il savait, Wilt n'arrivait pas à trouver de cause précise à ce fanatisme. Ils n'essayaient pas de chasser les Anglais de l'Ulster, ni les Israéliens du Golan, ni les Turcs de Chypre. Ce n'était que des frimeurs en politique, et leur ennemi était la vie. Des assassins par choix personnel, des psychopathes camouflant leurs motivations derrière un écran d'utopies. Le pouvoir d'infliger la souffrance et la terreur, ce pouvoir-là les émoustillait. Leur propre disposition à mourir était, elle aussi, une sorte de pouvoir, une forme débile et infantile de masochisme et d'expiation d'une faute, non de leurs crimes répugnants mais du simple fait qu'ils étaient en vie. Il y avait certainement aussi d'autres motifs, liés à leurs parents ou à l'apprentissage de la propreté. Wilt n'en avait cure. Il suffisait pour lui qu'ils soient porteurs du même genre de virus qui avait poussé Hitler à construire Auschwitz et à se suicider dans le bunker, ou les Cambodgiens à s'entre-détruire par millions. Ces gens-là ne méritaient absolument aucune sympathie. Il fallait que Wilt protège ses enfants et son cerveau était sa seule arme.

Ainsi dans l'espoir désespéré de maintenir Gudrun Schautz à l'écart et dans l'incertitude, il avait récité la doctrine marcusienne jusqu'à ce que l'hélicoptère vienne interrompre ce récital. Au moment où le téléphone, enchâssé dans une boîte de bois, atterrit par la fenêtre, Wilt se précipita à plat ventre sur le sol de la cuisine.

— Vite, dans la chambre, hurla-t-il, convaincu que l'engin était une sorte de bombe lacrymogène.

Mais Gudrun Schautz y était déjà. Wilt rampa jusqu'à elle.

— Ils savent que nous sommes ici, chuchota-t-elle.

– Ils savent que *je* suis ici, dit Wilt tout en remerciant la police qui semblait ainsi confirmer qu'il était recherché par elle. Pourquoi s'occuperaient-ils de vous?

– Ils m'ont enfermée dans la salle de bains. Pourquoi l'auraient-ils fait, s'ils ne me recherchaient pas?

– Pourquoi l'auraient-ils fait s'ils vous recherchaient? demanda Wilt. Ils vous auraient immédiatement traînée dehors. (Il s'interrompit et la dévisagea froidement dans la lumière reflétée par le plafond.) Mais comment sont-ils arrivés jusqu'à moi, voilà la question que je me pose. Qui leur a dit?

Gudrun fit retour en arrière et se posa de nombreuses questions.

– Pourquoi me regardez-vous ainsi? Je ne sais pas de quoi vous voulez parler.

– Non? dit Wilt décidant qu'il était temps de passer à la vitesse supérieure dans la démence. C'est ce que vous dites maintenant. Vous arrivez ici quand tout baigne dans l'huile et alors subitement les Israéliens s'amènent et patatras tout est kaput. Plus d'assassinat de la Reine, le gaz asphyxiant est bon à jeter, plus moyen de faire tomber d'un coup toutes les têtes des parlementaires pseudo-démocrates de la Chambre des communes, on ne...

Dans le séjour le téléphone interrompit cette énumération démente. Wilt poussa *in pectore* un soupir de soulagement. Gudrun Schautz fit de même. La paranoïa de cette dernière allait crescendo au fur et à mesure que Wilt progressait dans sa stratégie de chaud et froid.

– Je vais répondre, dit-elle, mais Wilt la dévisagea avec fureur.

– Moucharde, aboya-t-il, vous avez déjà fait assez de mal comme ça. Ne bougez pas, c'est votre seul espoir.

Et la laissant démêler toute seule cet étrange raisonnement, Wilt rampa à travers la cuisine et ouvrit la boîte.

– Écoutez, espèce de porc de flic fasciste, hurlat-il avant que Flint n'ait pu caser un mot. Ne vous imaginez pas que vous allez à force de blablabla, obliger la Nouvelle Armée du Peuple à parlementer avec vous. Nous voulons...

– Ta gueule, Wilt, dit sèchement l'inspecteur.

Wilt se tut. Ainsi ces demeurés étaient au courant. Et Flint en particulier. Bonne nouvelle en soi s'il n'avait pas eu dans les pattes cette hyène en chaleur.

– Ce n'est pas la peine de nous mener en bateau. A titre d'information si vous voulez revoir vos filles vous feriez mieux d'arrêter d'empoisonner vos petits camarades du rez-de-chaussée.

– Arrêter de quoi? demanda Wilt tellement stupéfait de cette nouvelle accusation qu'il en utilisa sa voix normale.

– Vous m'avez bien compris. Vous avez tripatouillé la réserve d'eau et ils veulent que vous remettiez tout en ordre immédiatement.

– Tripouillé la... commença Wilt tout en se souvenant à temps qu'il ne pouvait pas parler librement.

– Le réservoir d'eau, dit Flint. Ils donnent un ultimatum pour que l'eau redevienne normale, vous avez une demi-heure. Et je dis bien ultimatum.

Il y eut quelques instants de silence pendant lesquels Wilt essaya de penser. Il devait y avoir du

242

poison quelque chose dans ce foutu fourre-tout sous une forme ou sous une autre. Les terroristes transportaient peut-être leur réserve de cyanure. Il fallait qu'il sorte ce sac, mais en attendant il devait continuer dans sa veine démente. Il en revint à sa première méthode.

— Pas de marchandage, cria-t-il, si nous n'avons pas ce que nous voulons à 8 heures demain matin, l'Otage mourra.

Il y eut un éclat de rire à l'autre bout du fil.

— Ça ne prend pas Wilt, dit Flint. Comment allez-vous vous y prendre pour la tuer? La baiser jusqu'à ce qu'elle en crève peut-être?

Il s'interrompit un instant pour laisser à son information le temps de faire son effet puis il continua.

— Nous avons enregistré toute votre petite séance de jambes en l'air. Cela fera un effet fantastique quand nous la ferons entendre à l'audience.

— Putain de merde, dit Wilt, cette fois pour lui-même.

— Mrs Wilt a beaucoup apprécié. Oui, vous m'avez bien entendu. Bon, maintenant allez-vous, oui ou non, nettoyer cette eau, ou obliger vos filles à la boire?

— D'accord, d'accord! Un avion prêt à décoller. Je ne bouge pas d'ici avant que la voiture arrive. Un conducteur et c'est tout. Pas de blague, sinon je tue la femme avec moi. Compris?

— Non, dit Flint, commençant lui-même à avoir les idées embrouillées, mais Wilt avait raccroché.

Assis perplexe sur le plancher, il tentait de trouver une solution à ce nouveau dilemme. Il ne pouvait rien faire pour le réservoir tant qu'il avait cette femme avec lui. Il fallait qu'il continue son bluff. Il revint dans la cuisine et la trouva debout, l'air désorienté, près de la porte de la salle de bains.

– Vous savez tout maintenant, dit-il.

Gudrun Schautz ne savait rien.

– Pourquoi avoir dit que vous me tueriez? demanda-t-elle.

– Et pourquoi, d'après vous? dit Wilt rassemblant assez de courage pour se diriger vers elle d'un air qui se voulait menaçant. Parce que vous n'êtes qu'une sale moucharde, sans vous le plan...

Mais Gudrun Schautz en avait assez entendu. Elle se retira dans la salle de bains, claqua la porte et la verrouilla. Ce petit homme était fou à lier. Toute cette situation était démente. Rien n'avait de sens, et les contradictions ne faisaient que s'accumuler produisant comme un flot incompréhensible d'impressions. Elle s'assit sur les cabinets et tenta de trouver une signification personnelle à tout ce chaos. Si cet homme étrange qui parlait d'assassiner la Reine était recherché par la police – et tout portait à le croire, quelque illogique que ce fût – elle était peut-être vraiment son otage. Les policiers anglais n'étaient pas des imbéciles mais ils la libéreraient peut-être sans trop lui poser de questions embarrassantes. C'était sa seule chance. Au travers de la porte elle entendait Wilt se parler tout seul de façon inquiétante. Il était en train de reficeler la poignée de la porte.

Quand il eut fini, Wilt se faufila dans le grenier et plongea bientôt le bras jusqu'au coude dans l'eau de la citerne. L'eau avait vraiment une couleur glauque et quand il réussit enfin à hisser le fourre-tout hors de l'eau, il avait le bras bleu. Wilt posa le sac par terre et fourragea dedans pour faire l'inventaire. Tout au fond il y avait une machine à écrire portative et un grand tampon encreur, avec son timbre de caoutchouc. Rien ne laissait imaginer qu'il y ait du poison, mais le ruban de la machine et le tampon encreur avaient certainement pollué l'eau. Wilt revint à la cuisine et ouvrit le robinet.

– Pas de doute, ces crétins ont pu croire qu'on les droguait, murmura-t-il.

Et laissant le robinet couler, il remonta sous le toit. Le temps de faire à quatre pattes le tour de la citerne pour cacher le sac sous une couche de laine de verre, l'aube commençait de l'emporter en intensité sur les projecteurs. Il sortit et pénétra dans le séjour. S'allongeant sur le canapé, il se demanda ce qu'il devait faire ensuite.

18

Ainsi commença le deuxième jour du siège de Willington Road. Le soleil se leva, les projecteurs pâlirent. Wilt somnolait par à-coups dans un coin du studio. Gudrun Schautz était étendue dans la salle de bains, Mrs de Frackas assise dans la cave et les filles serrées les unes contre les autres sous le tas de sacs où avaient été stockées les pommes de terre organiques d'Eva. Les deux terroristes eux-mêmes réussirent à prendre un peu de sommeil tandis qu'au centre de communication, le commandant ronflait sur son lit de camp, tout agité de soubresauts comme un chien de chasse qui rêve. A côté, dans la maison de Mrs de Frackas, d'autres membres de la brigade antiterroriste se reposaient de leur mieux : le sergent chargé du dispositif d'écoute était couché en chien de fusil sur un canapé, et l'inspecteur Flint avait réquisitionné la chambre principale. Mais en dépit de toute cette inactivité humaine les écoutes électroniques faisaient parvenir leurs informations aux bandes magnétiques, à l'ordinateur et à l'équipe de combat psychologique. Le téléphone de campagne, lui, tel un cheval de Troie audio-visuel, transmettait la respiration de Wilt et épiait ses moindres mouvements à travers l'œil de la caméra.

Seule Eva ne dormait pas. Étendue dans une cellule du commissariat, elle fixait la faible ampoule du plafond. En réclamant sans cesse son avocat elle avait jeté le doute dans l'esprit du sergent de garde. C'était une demande qu'il ne savait comment refuser. Mrs Wilt n'était pas une criminelle et à sa connaissance il n'y avait pas de motifs légaux pour la garder bouclée dans une cellule. Même les vrais criminels avaient le droit de voir leur avocat, et après avoir en vain tenté de joindre l'inspecteur Flint, le sergent céda.

– Vous pouvez utiliser ce téléphone, lui dit-il et discrètement il la laissa seule dans le bureau téléphoner à sa guise.

Si ça ne plaisait pas à Flint, tant pis. Le sergent de service n'avait pas envie de payer les pots cassés.

Eva donna de nombreux coups de fil. Mavis Mottram fut réveillée à 4 heures mais Eva l'apaisa en lui apprenant que si elle n'avait pu la contacter plus tôt c'est parce qu'elle était retenue illégalement par la police.

– Je n'ai jamais entendu quelque chose d'aussi scandaleux! Ma pauvre chérie... Ne te fais plus de soucis maintenant, on va te tirer de là en un clin d'œil, dit-elle et elle réveilla aussitôt Patrick pour qu'il se mette en rapport avec le chef de la police départementale, le député local et ses amis de la BBC.

– Je peux leur dire adieu à mes amis de la BBC si je les réveille à 4 heures et demie du matin.

– Quelle idiotie! dit Mavis. Au contraire ça leur donnera tout le temps pour préparer les nouvelles du matin.

Les Braintree furent réveillés eux aussi. Eva les horrifia en leur racontant comment elle avait été assaillie par la police. Elle leur demanda s'ils connaissaient quelqu'un qui puisse l'aider. Peter Braintree téléphona au secrétaire de la Ligue pour les libertés individuelles puis, réflexion faite, à tous les quotidiens nationaux en leur racontant l'histoire en long et en large.

Eva poursuivit ses appels. M. Gosdyke, l'avocat des Wilt, fut tiré du lit par la sonnerie du téléphone et il promit d'arriver au commissariat immédiatement.

– Ne dites rien à personne, lui conseilla-t-il, absolument convaincu de la culpabilité de Mrs Wilt.

Eva ne tint aucun compte de son conseil. Elle téléphona aux Nye, au principal du Tech, à tous ceux qui lui passaient par la tête, y compris le Dr Scally. Elle venait de terminer quand la BBC la rappela et Eva enregistra une interview à la fois en tant que citoyenne détenue par la police sans motif valable, et mère de quadruplées prises en otages par les terroristes. Dès lors le chœur des protestations ne fit que croître et embellir. Le ministre de l'Intérieur fut réveillé par son chef de cabinet qui lui apprit que la BBC passait outre à sa demande de ne pas diffuser l'entretien dans l'intérêt national, alléguant que la détention illégale de la mère des otages était totalement contraire à l'intérêt national. Puis cette nouvelle atteignit le préfet de police, qui fut tenu responsable des activités de la brigade antiterroriste et le ministre de la Défense lui-même dont les services spéciaux avaient les premiers malmené Mrs Wilt.

Eva fit la une des bulletins radio de 7 heures et les grands titres de toute la presse du matin. A 7 heures et demie le commissariat de police de Ipford était soumis par les journalistes, les photographes, les caméras de télévision, les amis d'Eva et les badauds à un siège bien plus redoutable que celui de la maison de Willington Road. Même les doutes de Mr Gosdyke s'évanouirent quand le sergent lui avoua qu'il ignorait pourquoi Mrs Wilt était gardée par la police.

— Ne me demandez pas ce qu'elle est censée avoir fait, dit le sergent, c'est l'inspecteur Flint qui m'a demandé de la garder dans une cellule. Pour plus de renseignements adressez-vous à lui.

— C'est bien ce que j'ai l'intention de faire, dit Mr Gosdyke. Où est-il?

— Vers la maison assiégée. Je peux essayer de vous l'appeler au téléphone.

Et c'est ainsi que Flint qui avait réussit à sommeiller un peu, tout heureux de penser qu'il avait enfin réussit à coincer ce salopard de Wilt qui s'était mouillé jusqu'au cou dans un véritable crime, se réveilla pour trouver la situation complètement chamboulée.

– Je n'ai pas dit qu'il fallait l'arrêter. J'ai dit qu'il fallait la garder à vue, comme la loi contre le terrorisme le permet.

– Voulez-vous insinuer que ma cliente est suspectée d'activités terroristes ? demanda Mr Gosdyke. Parce que si c'est le cas...

L'inspecteur Flint qui connaissait bien la loi sur la diffamation décida que non.

– Elle a été maintenue en prison dans son propre intérêt, dit-il usant de faux-fuyants.

Mr Gosdyke en doutait.

– Eh bien, à voir l'état dans lequel elle se trouve et après avoir mûrement réfléchi, je pense que sa sécurité aurait été mieux assurée à l'extérieur du commissariat qu'à l'intérieur. Elle a été battue violemment, traînée dans la boue et manifestement aussi à travers les haies, ses mains et ses jambes sont tout écorchées et elle se trouve dans un état d'épuisement nerveux total. Allez-vous maintenant lui permettre de partir ou faut-il que j'aie recours à...

– Non, dit Flint précipitamment, elle peut partir bien sûr, mais je ne suis pas responsable de sa sécurité si elle vient dans ces parages.

– Je n'ai vraiment pas besoin de garanties de votre part dans ce domaine, dit Mr Gosdyke, et il accompagna Eva à sa sortie du commissariat.

Elle fut accueillie par un barrage de questions et de caméras.

– Mrs Wilt, est-il vrai que vous ayez été battue par la police ?

– Oui, dit Eva, avant que Mr Gosdyke n'ait eu le temps d'intervenir pour dire qu'elle ne ferait pas de déclaration.

– Mrs Wilt, qu'avez-vous maintenant l'intention de faire?

– Je rentre chez moi, dit Eva.

Mais Mr Gosdyke la bouscula pour la faire entrer dans la voiture.

– C'est tout à fait hors de question, chère amie. Vous avez bien des amis pour vous héberger, compte tenu des circonstances?

Dans la foule, Mavis Mottram tenta de se faire entendre. Eva l'ignora. Elle imaginait Henry et cette horrible Allemande au lit ensemble. Mavis Mottram était bien la dernière personne à qui elle voulait parler en ce moment. Dans son for intérieur, elle en voulait toujours à Mavis de l'avoir traînée à ce stupide séminaire. Si elle était restée à la maison rien ne serait arrivé.

– Je suis sûre que ça ne posera aucun problème aux Braintree, dit-elle.

Elle se trouva bientôt dans la cuisine de Betty en train de boire du café et de tout lui raconter.

– Tu en es sûre, Eva? dit Betty. Ça ne ressemble pas du tout à Henry.

Les yeux pleins de larmes, Eva opina.

– Mais si ça lui ressemble. Ils ont installé des haut-parleurs dans toute la maison et on peut entendre tout ce qui se passe à l'intérieur.

– Je t'avoue que je n'y comprends rien.

C'était aussi le cas d'Eva. Non seulement cela ne ressemblait pas à Henry d'être infidèle, c'était même tout le contraire. Henry ne regardait jamais les autres femmes. Elle en était absolument certaine

250

et son manque d'intérêt l'avait parfois irritée. Cela la privait en quelque sorte de la pointe de jalousie qui était son dû de femme mariée. Elle se demandait également si ce manque d'intérêt ne l'englobait pas elle aussi. En cet instant elle se sentait doublement trahie.

– On aurait pu penser qu'il était préoccupé par le sort de ses enfants, poursuivit-elle. Elles sont en bas, et lui est là-haut avec cette créature...

Eva fondit en larmes.

– Ce qu'il te faut c'est un bain et du sommeil, dit Betty.

Eva se laissa mener en haut jusqu'à la salle de bains. Mais tandis qu'elle était allongée dans la baignoire, de nouveau son instinct et son cerveau reprirent le dessus. Elle allait rentrer chez elle. Il le fallait et cette fois elle ne se cacherait pas. Elle sortit de la baignoire, se sécha et enfila la robe de grossesse qui était tout ce que Betty Braintree avait pu trouver à sa taille. Elle descendit l'escalier. Elle savait ce qu'elle allait faire.

Dans la salle de conférences improvisée – pièce qui avait été autrefois le refuge du général de division de Frackas – l'inspecteur Flint, le commandant et les membres de l'équipe de combat psychologique, tous assis, regardaient l'écran de télévision placé de manière incongrue au milieu de la bataille de Waterloo. La passion obsessionnelle de feu le général de division pour les soldats de plomb et leur disposition précise sur une table de ping-pong, où la poussière les avait envahis depuis sa mort, ajoutaient un élément surréaliste aux bruits et aux mouvements extraordinaires relayés par la caméra du téléphone de campagne. Le Nouveau Wilt inaugurait un nouveau cycle d'aventures par une démonstration d'insanité absolue.

— Il travaille du chapeau, dit le commandant, comme Wilt horriblement déformé par le fish-eye des caméras grossissait ou rapetissait en faisant les cent pas dans le studio tout en marmonnant des mots totalement dépourvus de sens. Même Flint trouvait difficile d'en juger autrement.

— Bordel de bordel, ça veut dire quoi : « La vie nuit à l'Infini »? demanda-t-il au Dr Felden, le psychiatre.

— Il faut que j'en entende plus pour me faire une opinion, répondit le médecin.

— Eh bien, pas moi, crénom de nom, dit le commandant, j'ai l'impression de regarder par le judas d'une cellule capitonnée.

Sur l'écran, on pouvait voir Wilt en train de crier quelque chose concernant la lutte pour la religion d'Allah et la mise à mort de tous les infidèles. Il fit ensuite des bruits très alarmants qui suggéraient l'idiot du village ayant avalé une arête, et il disparut dans la cuisine. Il y eut un moment de silence, puis il se mit à chantonner d'une voix atroce de fausset : « Les cloches de l'enfer font drelin drelin pour toi, pour toi mais pas pour moi! » Il réapparut armé d'un couteau de cuisine et hurlant :

— Un crocodile il y a... dans le placard ma mère, qui mange ton manteau! Vampires et lézards, bravant le blizzard, font tourner le monde.

Finalement, pris d'un fou rire, il s'allongea sur le canapé.

Flint se pencha par-dessus une route encaissée et éteignit le récepteur.

— Encore un peu et moi aussi je vais devenir

maboul, murmura-t-il. Bon, vous avez assez vu et entendu cet abruti dans toute sa splendeur. Je veux connaître votre opinion sur le meilleur moyen de le manipuler.

— Vu sous l'angle d'une idéologie politique cohérente, dit le professeur Maerlis, je dois avouer qu'il est difficile de formuler une opinion.

— J'en étais sûr, dit le commandant qui suspectait toujours le professeur de partager les opinions des terroristes.

— D'un autre côté, la transcription des bandes de cette nuit prouve que Mr Wilt a une connaissance approfondie de la théorie terroriste et qu'il appartient manifestement à une conspiration ayant pour but d'assassiner la Reine. Ce que je ne comprends plus, c'est ce que les terroristes viennent faire là-dedans.

— Cela pourrait bien être un symptôme de paranoïa, dit le Dr Felden. Un cas assez typique de complexe de persécution.

— Laissez tomber le « pourrait », dit Flint, est-ce que ce crétin est fou ou non?

— Difficile à dire. En premier lieu, il est possible que le sujet réagisse aux effets secondaires des médicaments qu'on lui a fait avaler avant qu'il n'entre dans la maison. Le soi-disant médecin militaire qui les lui a administrés m'a dit que la concoction se composait pour trois parties de Valium, pour deux d'Amytal de sodium, d'un truc au bromure et, selon ses propres termes, d'un « bouquet » de laudanum. Il n'a pas pu me préciser les quantités exactes, mais à mon avis le fait que M. Wilt soit encore en vie prouve la vigueur de sa constitution.

– Prouve aussi la qualité du café de la cantine, si ce con a tout avalé sans rien sentir, dit Flint. Bon, est-ce qu'on peut lui demander au bigophone ce qu'il a fait de la mère Schautz, ou non?

Le Dr Felden tripotait d'un air pensif un soldat de plomb.

– Je suis plutôt contre cette idée. Si Fräulein Schautz est encore en vie, je ne voudrais pas être responsable d'avoir introduit l'idée de la tuer dans le cerveau agité de Mr Wilt.

– Nous voilà bien avancés. Je suppose aussi que quand ces salauds nous redemanderont de la relâcher, nous leur dirons qu'elle est entre les mains d'un fou.

Tout en espérant désespérément l'arrivée du remplaçant du chef de la brigade antiterroriste avant que la tuerie ne commence au numéro 9, Flint repassa dans la salle de communication.

– On ne bouge pas, dit-il au sergent. La Dingo-brigade pense que l'on a affaire à un fou homicide.

C'était en gros la réaction souhaitée par Wilt. Il avait passé une mauvaise nuit à se demander quelle devait être sa prochaine manœuvre. Jusqu'ici il avait joué un certain nombre de rôles : celui de terroriste révolutionnaire, de père reconnaissant, d'idiot du village, d'amant capricieux, d'assassin potentiel de la Reine, et à chaque nouvelle invention il avait vu l'assurance de Gudrun Schautz vaciller. Gudrun, l'esprit complètement pété par la doctrine révolutionnaire, était incapable de s'adapter à un monde de fantasmes absurdes. Et le monde de Wilt était absurde. Il l'avait toujours été, et pour autant qu'il puisse en juger, il le serait toujours. Que Bilger ait pu réaliser ce putain de film sur le crocodile était tout à la fois fantastique et absurde, mais cela s'était produit. Wilt avait passé sa vie adulte entouré de boutonneux qui pensaient être la coqueluche des femmes; de professeurs qui croyaient pouvoir convertir plâtriers et mécanos en êtres sensibles par la lecture de *Finnegans Wake*, et/ou leur inculquer une authentique prise de conscience prolétarienne en leur distribuant des morceaux choisis de *Das Kapital*. Et Wilt lui-même avait parcouru toute la gamme des fantasmes : ainsi ses rêves de devenir un grand écrivain réactivés par sa première vision d'Irmgard Mueller et, il y a quelques années de ça, son désir d'assassiner Eva de sang-froid. Pendant dix-huit ans, il avait ainsi vécu avec une femme qui changeait de rôle presque aussi souvent qu'elle changeait de chemise. Avec tous ces trésors d'expérience derrière lui, Wilt était capable de créer de nouveaux fantasmes en un clin d'œil, tant qu'on ne lui demandait pas de leur donner une plus grande crédibilité et de dépasser le stade des mots. Les mots étaient son vrai milieu, et ils l'avaient été pendant toutes ces années passées au Tech. Avec Gudrun Schautz bouclée dans la salle de bains, il pouvait les utiliser tout son saoul à seule fin de lui faire perdre complètement les pédales. A condition que ces créatures en bas ne se lancent dans rien de violent.

Mais Baggish et Chinanda étaient bien trop préoccupés par des bizarreries tout autrement bizarres. Les filles s'étaient réveillées de bonne heure, renouvelant leur razzia dans le congélateur et les réserves de fruits au sirop d'Eva. Mrs de Frackas avait renoncé à les tenir un tant soit peu propres, la lutte était trop inégale. Elle venait de passer une nuit affreusement inconfortable sur une chaise de bois et ses rhumatismes lui avaient fait souffrir le martyre. Pour finir elle avait eu soif, et comme la seule boisson à sa portée était le jaja maison du sieur Wilt, les résultats avaient été plutôt remarquables.

A la première gorgée, la vieille dame se demanda ce qui diable lui arrivait. D'abord ce truc avait effroyablement mauvais goût, si mauvais goût qu'elle en prit immédiatement une autre lampée pour essayer de se rincer la bouche, mais c'était aussi extrêmement fort. Après avoir avalé une seconde gorgée en s'étranglant à moitié, Mrs de Frackas regarda la bouteille d'un air d'incrédulité totale. Impossible de penser que quelqu'un ait réellement pu distiller ça en vue d'une consommation quelconque. Pendant quelques instants elle se demanda si Wilt, pour des raisons diaboliques connues de lui seul, n'avait pas mis en bouteilles un bidon entier de décapant non dilué. C'était peu vraisemblable, mais pas plus que le goût de ce qu'elle venait d'avaler. Cela lui avait carbonisé le gosier avec toute la virulence d'un puissant détartrant pour cuvette de cabinet attaquant des recoins négligés. Mrs de Frackas regarda l'étiquette et se sentit un peu réconfortée. Cette bibine prétendait être de la « bière », et si l'appellation était en contradiction totale avec la réalité, le contenu de la bouteille était sans doute destiné à être bu. La vieille dame avala une autre gorgée et oublia aussi sec ses rhumatismes. Impossible de se concentrer sur deux douleurs à la fois.

256

Quand elle arriva à la fin de la première bouteille, il lui était difficile de se concentrer tout court. Le monde était subitement devenu un endroit merveilleux, et pour l'améliorer encore il lui suffisait de continuer à boire. Elle s'approcha d'un pas titubant du casier à bouteilles et se choisit une seconde canette. Elle en dévissait le bouchon quand tout le truc lui explosa au nez. Inondée de bière mais le goulot toujours à la main, elle allait en essayer une troisième quand elle remarqua dans la rangée du bas plusieurs bouteilles plus grandes. Elle en prit une et vit qu'elle avait autrefois contenu du champagne. Elle ne savait pas ce qu'elle contenait maintenant, mais au moins cette bouteille semblait moins dangereuse à ouvrir et moins susceptible d'exploser que les autres. Elle rapporta deux bouteilles dans la cave et essaya de les déboucher. C'était plus vite dit que fait. Wilt avait scellé les bouchons avec de l'adhésif et ce qui semblait être les restes d'un porte-manteau en fil de fer.

— Me faudrait des pinces, murmura-t-elle comme les filles s'assemblaient avec intérêt autour d'elle.

— C'est le préféré de papa, dit Joséphine. Ça lui plairait pas de vous voir le boire.

— Non, ma chérie, je crois que cela ne lui plairait pas, dit la vieille dame tout en produisant un rot qui semblait indiquer que son estomac était du même avis.

— Il l'appelle son BB quatre étoiles, dit Pénélope. Mais maman dit qu'on ferait mieux de l'appeler pipi.

— Ah bon? dit Mrs de Frackas, se sentant prise de nausées.

257

– C'est parce que quand il le boit, il faut qu'il se lève la nuit.

Mrs de Frackas fut soulagée.

– Nous ne voudrions rien faire qui puisse contrarier votre père, dit-elle, de toute façon, le champagne doit se servir frappé.

Elle retourna vers les poubelles et revint cette fois avec deux bouteilles ouvertes qui s'étaient avérées moins explosives que les précédentes. Elle s'assit. Les fillettes s'étaient regroupées autour du congélateur mais la vieille dame était bien trop occupée pour surveiller ce qu'elles faisaient. A la fin de sa troisième bouteille, les quadruplées étaient devenues des octuplées et ses yeux avaient du mal à accommoder. En tout cas, elle comprenait ce qu'Eva avait voulu dire avec le pipi. La bibine de Wilt commençait d'agir. Mrs de Frackas se leva, piqua du nez et pour finir monta à quatre pattes les marches de l'escalier jusqu'à la porte. Cette satanée porte était d'ailleurs fermée à clé.

– Laisssez-moi sssortir! cria-t-elle. Laisssez-moi sssortir à l'inssstant!

– Que voulez-vous? demanda Baggish.

– Ne vous occupez pas de ce que... jjje veux. C'est mes... bezzzoins qui sssont importants et ça ça ça... ne vous regarde pas!

– Bon, alors restez où vous êtes.

– Jjje... ne... ssserai pas rrresponsable de ce ce ce qui se se se passsera, dit Mrs de Frackas.

– Que voulez-vous dire?

– Jjjeune homme, il y a des cho cho chozzes... qu'il vaut mieux taire... et jjje n'ai pas... l'intention d'en parler... avec vous!

De l'autre côté de la porte, on pouvait entendre les

258

deux terroristes qui tentaient de déchiffrer cet anglais en miettes. Les « cho cho chozzes qu'il vaut mieux taire » les stupéfiaient, mais le « pas rrresponsable de ce ce ce qui se se se passera » semblait assez menaçant. Plusieurs petites explosions dans la cave et le bruit du verre cassé les avaient déjà mis sur le qui-vive.

– Nous voulons savoir ce qui arrivera si nous ne vous laissons pas sortir? demanda enfin Chinanda.

Mrs de Frackas, quant à elle, n'avait pas de doute.

– Jjje vais explozzzer! hurla-t-elle.

– Vous allez quoi?

– Boum, boum, boum, explozzzer... comme bombe! hurla la vieille dame, persuadée maintenant d'avoir atteint le dernier stade possible de rétention d'urine.

Dans la cuisine, il y eut un conciliabule à voix basse.

– Sortez les mains en l'air, ordonna Chinanda, et il déverrouilla la porte avant de reculer dans le hall pour la viser de son arme.

Mais Mrs de Frackas n'était plus en état d'obéir. Elle tentait d'atteindre l'une des nombreuses poignées qui se présentaient à ses yeux, sans aucun succès. Du bas des marches, les filles la regardaient complètement fascinées. Elles avaient l'habitude des accès d'ivresse de Wilt, mais elles n'avaient jamais vu personne vraiment ivre mort.

– Pour l'amour du chiel, ouvrez chette porte, bafouilla Mrs de Frackas.

– J'y vais, cria Samantha d'une voix aiguë, et une bousculade de petites filles se déclencha sur le corps de la vieille dame pour savoir qui ouvrirait la première.

C'est Pénélope qui l'emporta, mais au moment où les fillettes escaladaient le corps de Mrs de Frackas pour entrer dans la cuisine, la vieille dame se désintéressait totalement des cabinets. Étendue en travers de la porte, elle souleva avec difficulté la tête et porta un jugement sans appel sur les filles.

– Che vous demande une grâche! Que quelqu'un tue ches petites sssaloperies, murmura-t-elle avant de s'évanouir.

Les terroristes ne l'entendirent pas. Ils savaient maintenant ce qu'elle avait voulu dire en parlant d'une bombe. Deux explosions dévastatrices leur parvinrent de la cave suivies d'une pluie de petits pois et de fèves surgelés. Dans le congélateur, la BB de Wilt avait fini par exploser.

19

Eva, de son côté, n'était pas restée inactive. Elle avait passé une partie de la matinée au téléphone avec Mr Gosdyke, et le reste à discuter avec Mr Symper, représentant local de la Ligue de défense des libertés individuelles. C'était un jeune homme très consciencieux et très affecté par ce qu'elle lui racontait. En temps normal il aurait été consterné par le comportement monstrueux de la police mettant en danger les vies d'un citoyen adulte et de quatre enfants impressionnables en refusant de céder aux exigences légitimes des combattants de la liberté assiégés au 9 Willington Road. Mais les violences des policiers sur Eva mettaient Symper dans une situation extrêmement inconfortable : il lui fallait en effet considérer les choses de son point de vue à elle.

— Je comprends bien votre problème, Mrs Wilt, dit-il, obligé, à la vue des meurtrissures qu'elle présentait, de modérer ses sympathies pour les étrangers gauchistes, mais vous ne pouvez pas nier que vous êtes libre.

— Pas d'entrer dans ma propre maison. Je n'ai pas cette liberté. La police s'y oppose.

— Bon, si vous voulez que nous défendions votre cause contre la police qui a porté atteinte à vos libertés en vous maintenant en cellule, nous...

Ce n'était pas ce que voulait Eva.

— Je veux rentrer chez moi.

— Vous avez toute ma sympathie, mais comprenez bien que le but de notre organisation est de protéger l'individu contre toute atteinte à sa liberté perpétrée par la police et dans votre cas...

— Ils ne veulent pas me laisser entrer chez moi, dit Eva. Si ce n'est pas une atteinte à ma liberté individuelle, je me demande ce qu'il vous faut!

— Bien sûr. Vous avez raison.

— Alors agissez!

— Eh bien, je ne vois pas ce que nous pouvons faire, dit Mr Symper.

— Vous avez bien su quoi faire quand la police a arrêté un semi-remorque plein de Bengalis surgelés près de Douvres, dit Betty. Vous avez organisé une manifestation et...

— Mais c'était complètement différent, dit Symper se rebiffant. Les officiers des Douanes n'avaient

261

pas le droit d'insister pour que le système de réfrigération soit branché. Les Bengalis ont souffert de graves engelures. Et de toute façon ils étaient juste en transit.

– Ils n'auraient pas dû passer sous l'étiquette de « filets de morue », et de toute façon quand vous les avez défendus vous avez dit qu'ils venaient simplement rejoindre leur famille en Angleterre.

– Par rapport à leur famille ils étaient bien en transit.

– C'est aussi le cas d'Eva, ou du moins ça devrait l'être, dit Betty. Tout le monde a le droit de rejoindre sa propre famille, et Eva plus que quiconque.

– Je pense que nous pourrions demander une décision de justice, dit Mr Symper, tout en regrettant de ne pas avoir affaire à des problèmes moins domestiques, ce serait le meilleur moyen.

– Non, dit Eva, ce serait trop long. Je rentre chez moi maintenant et vous allez m'accompagner.

– Je vous demande pardon? dit Mr Symper dont la conscience professionnelle n'allait pas jusqu'à se livrer en otage à des terroristes.

– Vous m'avez très bien comprise, dit Eva en se dressant devant lui drapée dans son courroux.

Tant de férocité ébranla le féministe à tout crin qu'il souhaitait être, mais avant qu'il puisse plaider la cause de sa propre liberté il fut poussé hors de la maison. Une foule de journalistes s'y était rassemblée.

– Mrs Wilt, dit l'homme du *Snap,* nos lecteurs aimeraient savoir ce que vous ressentez à la pensée que vos chères quadruplées sont retenues comme otages.

Les yeux d'Eva lui sortirent de la tête.

– Ressentir? demanda-t-elle. Vous voulez savoir ce que je ressens?

– C'est bien cela, répondit le type en mordillant son stylo bille, l'intérêt humain...

Il ne put rien dire de plus. Les sentiments d'Eva avaient dépassé le stade des mots ou de l'intérêt humain. Seuls des actes pouvaient les exprimer. Elle leva une main, l'abattit en manchette de karaté et comme le journaliste s'effondrait, lui asséna un coup de genou dans le ventre.

– Voilà l'effet que ça me fait, dit Eva comme il se tordait de douleur sur les massifs de fleurs, en position fœtale. Vous pourrez raconter ça à vos lecteurs.

Et elle escorta d'un pas martial un Mr Symper complètement subjugué jusqu'à sa voiture et le poussa dedans.

– Je rentre chez moi retrouver mes enfants, dit-elle aux autres journalistes. Mr Symper, de la Ligue pour les libertés individuelles, m'accompagne et mon avocat nous attend.

Sans un mot de plus, elle se mit au volant. Dix minutes plus tard, escortés de plusieurs voitures de presse, ils atteignirent le barrage de Farrington Road et virent Mr Gosdyke qui parlementait sans succès avec le sergent de police.

– Je crois qu'il n'y a rien à faire, Mrs Wilt, les agents ont ordre de ne laisser passer personne.

Eva haussa les épaules.

– Nous sommes dans un pays libre, dit-elle en extirpant Mr Symper de la voiture avec une poigne de fer qui démentait nettement sa déclaration. Si quelqu'un essaie de m'empêcher de rentrer chez moi, nous porterons l'affaire devant les tribunaux, le médiateur et le Parlement. Venez Mr Gosdyke.

– Attendez madame, dit le sergent, mes ordres...

– J'ai noté votre matricule, dit Eva, et je vous attaquerai personnellement pour m'avoir refusé le libre accès à mes enfants.

Poussant devant elle un Mr Symper peu disposé à avancer, elle passa vivement à travers une brèche des barbelés, précautionneusement suivie de Mr Gosdyke. Derrière eux, la foule des journalistes applaudit. Pendant un instant le sergent fut trop estomaqué pour réagir, et quand il saisit son talkie-walkie le trio avait déjà tourné dans Willington Road. Ils furent arrêtés à mi-chemin par deux hommes des forces de sécurité en armes.

– Vous n'avez pas le droit d'être ici, cria l'un d'eux. Vous ne savez pas qu'il y a un siège?

– Si, dit Eva, et c'est bien pourquoi nous sommes ici. Je suis Mrs Wilt, voici Mr Symper de la Ligue des libertés individuelles, et Mr Gosdyke est ici pour mener les négociations. Maintenant veuillez nous mener au...

– Je ne suis pas au courant, dit le soldat. Tout ce que je sais, c'est que j'ai ordre de tirer...

– Eh bien, tirez! dit Eva d'un ton de défi, vous verrez où ça vous mènera!

L'homme des forces de sécurité hésita. Tirer sur des mères de famille ne faisait pas partie du règlement de Sa Majesté. Mr Gosdyke, quant à lui, avait l'air bien trop respectable pour un terroriste.

– Bon, venez par là, dit-il et il les escorta jusqu'à la maison de Mrs de Frackas où il fut accueilli par une bordée de jurons de l'inspecteur Flint.

264

– Bon Dieu de merde! Que se passe-t-il? hurla-t-il. Je vous avais ordonné de vous tenir à l'écart.

Eva poussa Mr Gosdyke en avant.

– Dites-le-lui, dit-elle.

Mr Gosdyke toussa pour s'éclaircir la voix et, mal à l'aise, regarda autour de lui.

– En tant que représentant légal de Mrs Wilt, commença-t-il, je suis venu vous informer qu'elle demande à retrouver sa famille. Autant que je sache, il n'existe rien dans les lois qui puisse l'empêcher de rentrer chez elle.

L'inspecteur Flint, les yeux écarquillés, le regarda.

– Rien? bafouilla-t-il.

– Rien dans les lois, dit Mr Gosdyke.

– Je vous en foutrais des lois, cria Flint. Vous vous imaginez que les salauds de la porte à côté s'en soucient des lois?

Mr Gosdyke admit qu'il avait raison.

– Bon, poursuivit Flint, on a une maison bourrée de terroristes armés jusqu'aux dents qui feront sauter la cervelle de quatre foutues filles si quelqu'un fait seulement mine de s'approcher. C'est tout. Vous ne pouvez pas lui faire rentrer ça dans son putain de crâne?

– Non, dit carrément Mr Gosdyke.

L'inspecteur s'affaissa dans un fauteuil et regarda Eva d'un œil torve.

– Mrs Wilt, dit-il, vous ne feriez quand même pas partie d'une de ces sectes qui prêchent le suicide? Non? Je me le demandais. Dans ce cas, laissez-moi vous expliquer la situation en termes très simples. Même vous, vous arriverez à comprendre. A l'intérieur de votre maison se trouvent...

– Je sais tout ça, dit Eva, je l'ai entendu et réentendu et je m'en moque. Je demande le droit d'entrer chez moi.

– Je vois. Vous allez peut-être aussi marcher jusqu'à la porte d'entrée et sonner pour que l'on vous ouvre?

– Non, dit Eva, laissez-moi tomber.

– Vous laisser tomber? dit Flint avec une incrédule lueur d'espoir dans les yeux, vous avez bien dit « laisser tomber »?

– En hélicoptère, expliqua Eva, comme pour le téléphone d'Henry hier soir.

L'inspecteur, la tête entre les mains, cherchait ses mots.

– Et pas la peine de me dire que c'est impossible, poursuivit Eva, parce que je l'ai vu faire à la télé. Je porterai un harnais et l'hélicoptère...

– Bon Dieu de bon Dieu, dit Flint en fermant les yeux pour chasser cette vision infernale, mais vous voulez rire?

– Pas du tout, dit Eva.

– Mrs Wilt, si, et je répète « si » vous arriviez à rentrer dans votre maison par les moyens que vous décrivez, pourriez-vous avoir l'obligeance de me dire en quoi cela aiderait vos quatre filles?

– Ne vous tracassez pas pour ça.

– Oh que si, je m'en soucie, madame! Il me semble même que je me soucie plus que vous de ce qui peut arriver à vos propres enfants...

– Eh bien, alors pourquoi ne faites-vous rien? Et ne me dites pas que vous faites quelque chose parce que c'est faux. Vous restez tranquillement assis là à écouter la retransmission en direct de leur martyre et vous aimez ça.

266

– Moi j'aime ça? J'aime ça moi! hurla l'inspecteur.

– Oui, vous aimez ça! répliqua Eva sur le même ton. Ça vous donne un sentiment de puissance et en plus vous êtes vicieux. Ça vous a fait plaisir d'écouter Henry au lit avec cette femme, ne dites pas le contraire.

L'inspecteur Flint en était bien incapable. Les mots lui manquaient. Les seuls qui lui venaient à l'esprit étaient des obscénités qui lui vaudraient d'être traîné en justice pour diffamation. Ça on pouvait lui faire confiance à cette bonne femme à la mords-moi-le-nœud qui réussissait à se faire accompagner d'un avocat et du petit gars des Libertés individuelles. Il se leva et entra d'un pas incertain dans la salle aux soldats de plomb en claquant la porte derrière lui. Le professeur Maerlis, le Dr Felden et le commandant, assis devant l'écran de télévision, regardaient Wilt qui passait le temps en examinant indolemment son gland où il guettait visiblement les symptômes d'un début de gangrène. Flint débrancha l'appareil pour ne plus voir cette image déconcertante.

– Vous n'allez pas me croire, dit-il, mais cette foutue Mrs Wilt exige que l'hélicoptère la balance par la fenêtre du grenier au bout d'un filin afin de rejoindre son petit boxon familial.

– J'espère que vous n'allez pas céder, dit le Dr Felden. Après les menaces qu'elle a proférées à l'encontre de son mari hier soir, je pense que ce serait de la folie.

– Ne me tentez pas, dit Flint. Rien qu'à l'idée de la contempler en train de dépecer cette petite ordure membre à membre...

Il s'interrompit pour savourer cette pensée.

— Cette sacrée petite bonne femme a un de ces cran, dit le commandant. Il faudrait me payer cher pour que j'accepte d'être balancé dans cette maison au bout d'un filin. En tout cas, pas sans être couvert par des tireurs. Au fond, ce n'est pas une si mauvaise idée.

— Quoi? dit Flint, se demandant comment quelqu'un pouvait bien appeler Mrs Wilt une « petite » bonne femme.

— Tactique de diversion, mon vieux. Rien de tel pour déconcerter ces débiles que la vue d'une femme pendouillant d'un hélicoptère. Me foutrait une de ces trouilles à moi.

— J'imagine. Mais comme ce n'est pas le but avoué de la manœuvre, j'aimerais une suggestion un peu plus constructive.

Dans l'autre pièce on pouvait entendre Eva hurler qu'elle enverrait un télégramme à la Reine si on ne l'autorisait pas à rejoindre sa famille.

— Comme si on avait besoin de ça, dit Flint. La presse veut du sang et il n'y a pas eu de suicide collectif qui mérite qu'on en parle depuis des mois. Elle fera la une de tous les journaux.

— Fera certainement un putain de bruit en entrant par la fenêtre, dit le commandant, l'esprit pratique. A ce moment on pourrait attaquer les petits cons du bas et...

— Non! Il n'en est pas question, hurla Flint en se précipitant dans le centre de communication. D'accord, Mrs Wilt, je vais tenter de persuader les deux terroristes qui détiennent vos filles de vous permettre de les rejoindre. S'ils refusent c'est leur affaire. Je ne peux pas faire mieux.

268

Il se tourna vers le sergent au standard.

– Appelez-moi ces deux métèques et prévenez-moi quand ils en seront à la fin de leur Ouverture symphonique pour Sales Fascistes.

Mr Symper sentit qu'il était de son devoir de protester.

– Je suis convaincu que ces remarques racistes sont tout à fait inutiles, dit-il. En fait elles sont illégales. Appeler des étrangers des métèques...

– Je n'appelle pas ces étrangers des métèques. Ce sont ces deux putains d'assassins que j'appelle des métèques et n'allez pas me dire non plus que je ne peux pas les traiter d'assassins, dit Flint comme Mr Symper tentait d'intervenir. Un assassin est un assassin. Je commence à en avoir ma claque.

Cela semblait aussi être le cas des terroristes. Il n'y eut pas de tirade injurieuse initiale.

– Que voulez-vous? demanda Chinanda.

Flint prit le téléphone.

– J'ai une proposition à faire, dit-il. Mrs Wilt, mère des quadruplées, est prête à vous rejoindre pour s'occuper d'elles. Elle n'est pas armée et se soumettra à toutes vos conditions.

– Répétez ça, dit Chinanda.

L'inspecteur répéta le message.

– Toutes nos conditions? demanda Chinanda incrédule.

– Toutes. Vous n'avez qu'à les donner et elle s'y soumettra, dit Flint en regardant Eva qui opinait de la tête.

Il y eut dans la cuisine un murmure de conciliabules rendu pratiquement inaudible par les hurlements supersoniques des filles et les gémissements intermittents de Mrs de Frackas. Les terroristes furent bientôt en ligne.

– Voici nos conditions. La femme doit être complètement nue. Vous avez bien entendu, nue.

– J'entends bien ce que vous dites mais je ne peux pas dire que je comprenne...

– Pas de vêtements du tout pour que nous puissions bien voir qu'elle n'est pas armée. D'accord?

– Je ne suis pas sûr que Mrs Wilt soit d'accord...

– Si, dit Eva inflexible.

– Mrs Wilt est d'accord, dit Flint avec un soupir dégoûté.

– Deuxièmement, les mains liées au-dessus de la tête.

Une nouvelle fois Eva opina.

– Troisièmement, les jambes attachées.

– Attachées? dit Flint. Et merde, comment va-t-elle marcher si elle a les jambes attachées?

– Une longue corde, un demi-mètre entre les chevilles. Qu'elle ne puisse pas courir.

– Je vois. Oui, Mrs Wilt est d'accord. Autre chose encore?

– Oui, dit Chinanda. Dès qu'elle sera entrée ici, les filles sortiront.

– Pardon? dit Flint. Vous avez bien dit « les filles sortiront »? Vous voulez dire que vous n'en voulez plus?

– Les vouloir? hurla Chinanda. Vous vous imaginez que c'est un plaisir de vivre avec quatre petites cochonnes sales, répugnantes et dégoûtantes qui chient et qui pissent partout...

– Non, dit Flint. C'est un point de vue acceptable.

– Eh bien, vous pouvez aussi accepter ces foutues

cacatières fascistes, dit Chinanda et il raccrocha bruyamment.

L'inspecteur Flint, un sourire aux lèvres, se tourna vers Eva.

— Mrs Wilt, je n'y suis pour rien, mais vous avez entendu ce que vient de dire cet homme.

— Il me le paiera, dit Eva l'œil étincelant de fureur. Bon, où puis-je me déshabiller?

— Pas ici, en tout cas, dit Flint avec fermeté. Vous pouvez utiliser les chambres en haut. Le sergent qui est ici vous attachera les bras et les jambes.

Pendant qu'Eva se déshabillait en haut, l'inspecteur conféra avec les membres de l'équipe de combat psychologique. Il les trouva en complet désaccord entre eux. Le professeur Maerlis soutenait qu'en échangeant des enfants conçus coterminativement, contre une femme qui ne ferait défaut à personne, les terroristes redoraient leur image de marque. Le Dr Felden n'était pas d'accord.

Il est évident que les terroristes subissent une pression considérable de la part des fillettes, dit-il, et en les soulageant de ce fardeau psychologique, il est bien possible que cela leur redonne du tonus.

— Ne vous préoccupez pas de leur tonus, dit Flint. Si cette garce y va, elle va me rendre un fieffé service et après ça le commandant peut bien lancer l'Opération Abattoir, je m'en contrefous.

— Et pan, dit le commandant.

Flint retourna dans la salle de communication et, les yeux baissés pour ne pas risquer la vision monstrueuse d'Eva dans le plus simple appareil, il avisa Mr Gosdyke.

— Mettons-nous bien d'accord, Gosdyke, dit-il. Il

faut que vous sachiez que je suis totalement opposé à l'intervention de votre cliente et que je ne suis pas prêt à endosser la responsabilité des conséquences de cette intervention.

Mr Gosdyke opina.

– Je vous comprends parfaitement, inspecteur, et j'aimerais bien aussi ne pas être impliqué moi-même. Mrs Wilt, j'en appelle à votre...

Eva fit la sourde oreille. Avec ses mains attachées sur la tête, les chevilles entravées par une corde, elle présentait un aspect terrifiant, en tout cas pas celui d'une femme avec laquelle on aimerait discuter.

– Je suis prête, dit-elle, dites-leur que j'arrive.

Elle sortit, toujours entravée, et descendit l'allée de Mrs de Frackas. Dans les buissons, les hommes des services de sécurité blêmirent et se mirent à regretter le bon temps des traquenards en Irlande du Nord. Seul le commandant, qui observait la scène d'une fenêtre du premier, donna à Eva sa bénédiction.

– Ça vous rend fier d'être anglais, dit-il au Dr Felden. Nom de Dieu, cette petite femme a des tripes !

– Je dois dire que je trouve votre remarque de très mauvais goût, dit le docteur qui étudiait Eva d'un point de vue strictement psychologique.

Au 9 il y avait un léger malentendu. Chinanda, qui observait la progression d'Eva par la fente de la boîte aux lettres, commençait à éprouver des regrets quand des effluves de dégueulis provenant de la cuisine l'atteignirent. Il ouvrit la porte et se mit en position de tir.

– Vite, les enfants, cria-t-il à Baggish, je couvre la femme.

– Tu quoi? cria **Baggish** qui venait de voir l'océan de chair qui se rapprochait de la maison.

Mais il était inutile d'aller chercher les enfants. Quand Eva arriva sur le seuil, elles se précipitèrent vers elle en poussant des glapissements de joie.

– Reculez, reculez, ou je tire!

Trop tard. Eva vacillait sur le seuil, tandis que les fillettes l'agrippaient.

– Oh! maman tu es toute drôle! glapit Samantha en saisissant les genoux de sa mère.

Pénélope grimpa sur ses sœurs et mit ses bras autour du cou d'Eva. Un court instant, cette masse vacilla, indécise, puis Eva fit un pas en avant, trébucha et dans un grand bruit s'étala de tout son long dans le hall. Les fillettes dérapèrent sur le plancher ciré et le portemanteau, secoué par ce séisme, quitta le mur et vint s'écraser sur la porte d'entrée qu'il referma du même coup. Les deux terroristes contemplaient de leur hauteur leur nouvel otage, tandis que Mrs de Frackas soulevant la tête jetait un œil vers ce spectacle stupéfiant et retombait dans les pommes. Eva se souleva sur ses genoux. Elle avait toujours les mains attachées sur la tête, mais elle ne se souciait que des filles.

– Allez, ne vous tracassez plus, mes petites chéries, maman est là, dit-elle. Il ne se passera plus rien.

En sécurité dans la cuisine, les deux terroristes surveillaient cette scène extraordinaire avec bien du désarroi. Ils ne partageaient pas du tout son enthousiasme.

– Qu'est-ce qu'on fait maintenant? demanda Baggish. On éjecte les enfants?

Chinanda secoua la tête. Il tenait à rester hors de

portée de cette femme puissante. Même avec les mains liées au-dessus de la tête, il se dégageait d'Eva une impression de menace et de danger, et voilà qu'elle se dirigeait vers lui sur ses gros genoux.

– Ne bougez pas, ordonna-t-il et il leva son arme.

A côté de lui le téléphone sonna. L'air rageur, il prit l'appareil.

– Que voulez-vous maintenant? demanda-t-il à Flint.

– Je pourrais vous poser la même question, dit l'inspecteur. Vous avez la femme et vous aviez dit que vous relâcheriez les enfants.

– Si vous vous imaginez que je veux de cette putain de femme, vous êtes fou, hurla Chinanda, et ses foutues filles qui ne veulent plus la quitter maintenant. On les a toutes sur les bras...

On entendit un petit rire. C'était Flint.

– N'y suis pour rien. Nous n'avons pas demandé les enfants, c'est vous qui...

– Nous n'avons pas demandé cette femme, cria Chinanda, sa voix prenant des accents hystériques. Bon, maintenant, nous vous proposons un marché. Vous...

– Laisse tomber, Miguel, dit Flint que la situation commençait à amuser. Il n'est plus question de marché et si tu veux tout savoir tu me rendrais un grand service en descendant Mrs Wilt. Allez, vas-y Al Capone, tire dans le tas et à la seconde même je t'envoie mes hommes. Ils vous feront crever à petit feu, toi et le camarade Baggish. Vous...

– Espèce de sale assassin fasciste, hurla Chinanda et il appuya sur la détente de son automatique.

Les balles perforèrent une affiche de la cuisine

qui vantait les vertus bénéfiques d'un certain nombre de nouvelles plantes (pour la plupart des mauvaises herbes). Eva regarda d'un œil noir les dommages, et les filles se mirent à hurler de plus belle.

Même Flint fut horrifié.

– Vous l'avez tuée? demanda-t-il, subitement conscient que garder sa place d'inspecteur était plus important que ses inimitiés personnelles.

Chinanda ne répondit pas à cette question.

– Bon, maintenant, c'est nous qui faisons la donne. Il nous faut l'avion d'ici une heure. Et Gudrun. La rigolade, c'est fini!

Et il reposa l'appareil violemment.

– Bon Dieu de merde, dit Flint. Bon, passez-moi Wilt, j'ai du nouveau pour lui.

20

Mais la tactique de Wilt avait encore changé. Après avoir incarné toute une gamme de rôles allant du simple d'esprit à l'idiot du village en passant par le fanatique révolutionnaire – ce qui à ses yeux n'était qu'une variante plus virulente du même thème –, il s'était progressivement rendu compte qu'il n'abordait pas la déstabilisation de Gudrun sous le meilleur angle. Cette femme était une idéologue, allemande de surcroît. Derrière elle, une tradition écrasante remontait à l'aube des temps, héritage culturel de *Dichter und Denker,* monstres de sérieux et de lourdeur solennelle, de philosophes, d'artistes, de poètes et de penseurs obsédés par la signification, la portée et le processus du développement social et historique. Un mot comme *Weltanschauung* lui sautait à l'esprit, ou du moins l'encombrait. Wilt n'avait pas idée de ce que cela pouvait vouloir dire et il pensait qu'il en était de même pour tout le monde. Il s'agissait d'une conception du monde et elle était à peu près aussi séduisante que *Lebensraum* qui aurait dû signifier quelque chose comme « salle de séjour », et non l'occupation de l'Europe et d'une partie de la Russie par Hitler. Et après *Weltanschauung* et *Lebensraum* venait, encore moins compréhensible, *Weltschmerz* ou « compassion pour l'univers » ce qui, compte tenu de la facilité avec laquelle Fräulein Schautz mitraillait de sang-froid ses adversaires désarmés, était le comble des foutaises. Derrière ces concepts redoutables se tenaient les porteurs du virus : Hegel, Kant, Fichte, Schopenhauer et Nietzsche qui, lui, avait fini complètement fou à la suite d'un cocktail de syphilis, de surhomme et de grosses dames à casques et trompettes gambadant dans des forêts de carton-pâte à Bayreuth. Wilt s'était un jour aventuré avec peine dans la lecture de *Ainsi parlait Zarathoustra* et il en était sorti convaincu que Nietzsche ne savait pas du tout de quoi il parlait ou, s'il le savait, qu'il s'était bien gardé de le révéler malgré son intempérance verbale. Et encore Nietzsche c'était du gâteau à côté de Hegel ou de Schopenhauer, ces jongleurs de maximes insensées au flegme exquis. Si vous cherchiez le nec plus ultra, Hegel était votre homme, tandis que Schopenhauer atteignait des sommets de tristesse auprès desquels le roi Lear de Shakespeare avait l'air d'un optimiste hystérique bourré de gaz hilarant. En résumé le point faible de Gudrun Schautz était le bonheur. Il pouvait pérorer à perte de vue sur les horreurs du monde sans la faire ciller. Ce qu'il fallait pour l'ébranler, c'était une dose concentrée de bonne humeur, et Wilt, sous sa carapace de récriminations perpétuelles, était au fond de lui-même un homme joyeux.

Ainsi, tandis que Gudrun Schautz se terrait dans la salle de bains et qu'Eva, en bas, trébuchait sur le seuil de la porte, il bombarda sa prisonnière de bonnes nouvelles. Le monde était un endroit merveilleux.

Gudrun Schautz ne partageait pas cet avis.

— Comment pouvez-vous parler de la sorte, alors que des millions de gens meurent de faim? demanda-t-elle.

— Le fait que je puisse en parler signifie que moi je ne meurs pas de faim, dit Wilt en appliquant le raisonnement logique que Plâtre 2 [1] lui avait enseigné. En tout cas, maintenant que nous savons qu'ils meurent de faim, nous pouvons faire quelque chose. Ce serait encore pire si nous ne savions rien. Pour commencer nous ne pourrions pas leur envoyer de nourriture.

— Et qui leur envoie de la nourriture? demanda-t-elle sans réfléchir.

— Pour autant que je sache, les vilains Américains, dit Wilt. Je suis sûr que les Russes en feraient autant s'ils produisaient assez, mais ce n'est pas le cas, alors ils envoient ce qu'ils ont de mieux,

1. Cf. *Wilt 1. (N.d.T.)*

277

c'est-à-dire des Cubains et des tanks pour détourner leur attention de leurs estomacs vides. En tout cas, tout le monde ne meurt pas de faim et vous n'avez qu'à regarder autour de vous pour voir comme il fait bon vivre.

Ce que Gudrun Schautz voyait de la salle de bains ne correspondait pas exactement à cette description. Celle-ci ressemblait on ne peut mieux à une cellule de prison. Mais elle ne fit pas de commentaires.

– Tenez, prenez mon cas par exemple, poursuivit Wilt, j'ai une femme merveilleuse et quatre filles adorables...

Un ricanement venant de la salle de bains indiqua qu'il y avait des limites à la crédulité de dame Schautz.

– Vous pouvez bien penser le contraire, dit Wilt, mais moi pas. Et même si vous n'êtes pas d'accord, vous devez admettre que les filles croquent la vie à pleines dents. Elles sont peut-être un peu trop exubérantes au goût de certains, mais personne ne peut dire qu'elles sont malheureuses.

– Et Mrs Wilt est réellement une épouse merveilleuse? dit Gudrun Schautz d'un ton exprimant le doute le plus complet.

– En fait, je ne pourrais pas avoir de meilleure femme, dit Wilt. Vous pouvez bien ne pas me croire mais...

– Vous croire? J'ai entendu ce qu'elle vous dit et puis vous passez votre temps à vous chamailler.

– Nous chamailler? dit Wilt. Bien sûr, nous ne sommes pas toujours du même avis, mais c'est essentiel dans un mariage heureux. C'est ce que nous, Britanniques, appelons faire des concessions. En termes marxistes, je pense que vous appelleriez

278

cela thèse, antithèse et synthèse. Et dans notre cas, le bonheur c'est la synthèse.

— Le bonheur, ricana Gudrun Schautz. Qu'est-ce que le bonheur?

Wilt étudia la question et les différentes manières d'y répondre. Dans l'ensemble il lui semblait plus sage d'éviter la métaphysique et de s'en tenir aux choses de tous les jours.

— Dans mon cas, c'est par exemple d'aller à pied au Tech, par un matin de givre avec le soleil qui brille et les canards qui se dandinent, et de savoir que je n'ai pas de réunion de comité, enseigner puis revenir à la maison sous le clair de lune pour un délicieux dîner de ragoût et de beignets et me coucher avec un bon livre.

— Sale bourgeois, il n'y a que ton petit confort qui t'intéresse.

— Il n'y a pas que ça, dit Wilt, mais vous m'avez demandé une définition du bonheur et il se trouve que c'est la mienne. Je peux continuer si vous voulez.

Gudrun Schautz n'en avait pas envie, mais Wilt poursuivit quand même. Il parla des pique-niques au bord de la rivière, l'été, quand il fait chaud, du livre convoité qu'il dénichait chez un bouquiniste, du bonheur d'Eva quand l'ail qu'elle avait semé se décidait à pousser, de son bonheur à lui devant son bonheur à elle, de décorer le sapin à Noël avec les filles, du réveil le matin avec les enfants autour du lit déchirant les emballages de leurs cadeaux et dansant de joie avec les jouets qu'elles avaient tant désirés et qu'elles auraient probablement oubliés d'ici une semaine, etc. Plaisirs simples et quelquefois inattendus d'une vie familiale que cette femme ne connaîtrait jamais mais qui étaient la base même de l'existence de Wilt. Et comme il les énumérait, ils prenaient une nouvelle valeur à ses yeux en agissant comme un baume bienfaisant sur les horreurs du moment. Wilt comprenait ce qu'il était réellement : un homme honnête, tranquille et effacé, marié à une femme honnête, bruyante et exubérante. Si personne d'autre ne le voyait de cette manière, peu lui importait. Ce qui comptait c'était ce qu'il avait fait. Wilt ne se souvenait pas d'avoir jamais fait du tort à quelqu'un. Plutôt un peu de bien.

Gudrun Schautz ne voyait pas les choses de la même manière. Affamée, grelottante et pleine d'appréhension, elle entendait Wilt parler des choses de la vie quotidienne avec un sentiment grandissant d'irréalité. Elle avait vécu trop longtemps dans un monde d'actions brutales accomplies dans le but de réaliser la société idéale pour supporter sa litanie des simples plaisirs domestiques. Elle ne pouvait lui répondre qu'en le traitant de sale fasciste et en son for intérieur elle savait qu'elle perdait son temps. Elle finit par se taire et Wilt était sur le point de la prendre en pitié et d'abréger une version édulcorée de ses vacances familiales en France quand le téléphone sonna.

— Allez Wilt, dit Flint, laissez tomber le baratin, le moment est devenu critique. Votre petite dame est en bas avec les enfants et si Fräulein Schautz ne descend pas immédiatement, c'est vous qui serez responsable d'un massacre.

— J'ai déjà entendu ce refrain, dit Wilt, et si vous voulez savoir...

— Oh que non, vous ne l'avez pas déjà entendu. Cette fois-ci ce n'est pas du chiqué. Et nom de Dieu, si vous ne la faites pas descendre, nous nous en chargerons. Regardez par la fenêtre.

Ce que fit Wilt. Il vit dans le pré des hommes qui grimpaient dans l'hélicoptère.

– Bon, dit Flint, ils vont atterrir sur le toit et la première personne qu'ils évacueront ce sera vous. Raide mort. Quant à cette garce de Schautz nous la voulons vivante. Allez, magnez-vous le train!

– Je ne peux pas dire que j'apprécie vos priorités, dit Wilt, mais l'inspecteur avait raccroché.

Wilt traversa la cuisine et détacha la porte de la salle de bains.

– Vous pouvez sortir maintenant, dit-il, vos petits copains en bas semblent être plus forts. Ils veulent que vous alliez les retrouver.

Il n'y eut pas de réponse. Wilt essaya d'ouvrir la porte mais elle était verrouillée de l'intérieur.

– Bon, écoutez. Il faut absolument que vous decendiez. Non, sans blague. Les messieurs Baggish et Chinanda sont en bas avec ma femme et mes filles. Les policiers sont prêts à leur accorder ce qu'ils veulent.

Le silence qui suivit semblait indiquer que ce n'était pas le cas de Gudrun Schautz. Wilt colla son oreille à la porte et écouta. La malheureuse fille s'était peut-être échappée, ou encore pire, elle s'était suicidée.

– Vous êtes là? demanda-t-il bêtement.

Un faible gémissement le rassura.

– Bon, écoutez, personne ne va vous faire de mal. Cela ne sert absolument à rien de rester là et...

De l'autre côté elle bloqua une chaise sous la poignée de la porte.

– Et merde, dit Wilt tout en essayant de se

calmer. Écoutez, soyez raisonnable, si vous ne sortez pas de vous-même pour les rejoindre, cela va dégénérer et il y aura des blessés. Vous devez me croire.

Mais Gudrun Schautz venait d'entendre trop de choses extravagantes pour croire quoi que ce soit. Elle baragouinait faiblement quelque chose en allemand.

– Eh bien, nous voilà bien avancés, dit Wilt subitement conscient des résultats inespérés de sa méthode.

Il retourna dans le séjour et appela Flint.

– Nous avons un problème, dit-il avant que Flint ne l'interrompe.

– *Vous* avez un problème, Wilt. Inutile de nous inclure.

– Oui, et nous avons tous des problèmes maintenant, dit Wilt. Elle s'est enfermée dans la salle de bains et d'après ce que je vois, elle n'est pas près d'en sortir.

– Ça c'est votre problème, dit Flint. C'est vous qui l'avez mise là-dedans, faites-la sortir maintenant.

– Hé, attendez. Est-ce qu'on ne peut pas persuader ces deux crétins...

– Non, dit Flint et il raccrocha.

Avec un soupir las, Wilt revint vers la salle de bains, mais les bruits qui en provenaient ne semblaient pas suggérer que Gudrun Schautz fût en aucune manière plus réceptive que précédemment à des arguments rationnels. Ainsi, après avoir défendu son cas de son mieux et juré ses grands dieux qu'il n'y avait pas d'Israéliens dans la maison, il revint au téléphone.

– Tout ce qui m'intéresse, dit Flint quand il répondit, c'est de savoir si elle a rejoint Bonnie and Clyde en bas. Je me contrefous de...

– Je vais ouvrir la porte du palier et sortir pour montrer que je ne suis pas armé. Les rigolos pourront monter la chercher. Vous voulez bien transmettre cette suggestion aux pieds nickelés?

Flint, silencieux, réfléchit à cette proposition et dit qu'il rappellerait.

– Merci, dit Wilt, en tirant le lit qui bloquait la porte, il s'étendit dessus pour écouter son cœur battre : ce dernier semblait vouloir rattraper le temps perdu.

Deux étages plus bas, Chinanda et Baggish étaient nerveux eux aussi. L'arrivée d'Eva, au lieu de calmer les filles, avait excité leur curiosité qui atteignait des niveaux inégalés et franchement répugnants.

– Tu as beaucoup de rides sur le ventre, maman, dit Samantha formulant ce que Baggish avait déjà remarqué avec dégoût. Qu'est-ce qui t'a fait ça?

– Eh bien, avant votre naissance, ma chérie, dit Eva qui avait fanchi le Rubicon de toute pudeur en pénétrant nue dans la maison, le ventre de maman était bien plus gros. Vous étiez toutes dedans, tu comprends?

Cette image fit frissonner les deux terroristes. Il était déjà assez pénible d'être coincé dans le hall et la cuisine avec ces fillettes sales comme des cochons sans devoir écouter en plus les détails intimes et physiologiques de leur existence prénatale à l'intérieur de cette femme extraordinaire.

– Qu'est-ce qu'on faisait dans toi? demanda Pénélope.

– Vous grandissiez, ma chérie.

– Qu'est-ce qu'on mangeait?

– Vous ne mangiez pas à proprement parler.

– On ne peut pas grandir si on ne mange pas. Tu es toujours en train de dire à Joséphine qu'elle ne deviendra pas grande et musclée si elle ne mange pas son muesli.

– J'aime pas le muesli, dit Joséphine. Y a des raisins dedans.

– Moi, je sais ce qu'on mangeait, dit Samantha avec délice, du sang.

Dans l'angle près de l'escalier de la cave, Mrs de Frackas, en proie à une fabuleuse gueule de bois, ouvrit un œil injecté de sang.

– Cela ne me surprendrait pas du tout, marmonna-t-elle. Vous ressemblez tout à fait à des vampires, à mon avis. Qui a jamais appelé cela du babysitting? Un sinistre imbécile.

– Mais on n'avait pas de dents, poursuivit Samantha.

– Non, ma chérie, vous étiez rattachées à maman par votre cordon ombilical. Et tout ce que maman mangeait passait par le cordon.

– Les choses ne peuvent pas passer par un cordon, maman, dit Joséphine; les cordons sont comme des fils.

– Minces comme le fil du rasoir? demanda Samantha.

Eva la regarda d'un œil admiratif.

– Bien vu, ma chérie...

La discussion fut interrompue par Baggish.

– Vos gueules là-dedans! Couvrez-vous un peu!

cria-t-il en jetant la couverture mexicaine à Eva.

– Je ne vois pas comment, avec les mains attachées, commença Eva, mais le téléphone sonna.

Chinanda répondit.

– Plus de blabla. Ou bien vous... dit-il avant de s'interrompre pour écouter.

Derrière lui Baggish tenait fermement sa mitraillette et gardait un œil méfiant sur Eva.

– Que disent-ils?

– Que Gudrun ne veut pas descendre, dit Chinanda. Ils veulent que nous y montions.

– Pas question. C'est un piège. Les policiers y sont, nous en sommes sûrs.

Chinanda enleva sa main du téléphone.

– Personne ne monte et Gudrun doit descendre. Nous vous donnons cinq minutes ou...

– C'est moi qui vais monter, dit Eva d'une voix forte. Il n'y a pas de policiers là-haut, juste mon mari. Je vais les ramener tous les deux.

Les terroristes la regardèrent les yeux écarquillés.

– Votre mari? demandèrent-ils à l'unisson.

Les filles firent chorus.

– Tu veux dire que papa est dans le grenier? Oh! maman, il faut le faire descendre! Il va se mettre dans une de ces colères à cause de Mrs de Frackas. Elle a bu tout plein du pipi de papa.

– Ça, on peut le dire, gémit la vieille dame, mais Eva ne prêta pas attention à cette déclaration extraordinaire.

Elle dévisageait les terroristes tout en désirant ardemment qu'ils la laissent monter à l'appartement.

– Je vous promets de...

– Vous mentez. Vous voulez monter pour moucharder aux flics.

– Je veux monter pour sauver mes enfants, dit Eva, si vous ne me croyez pas, dites à l'inspecteur Flint qu'il faut qu'Henry descende immédiatement.

Les terroristes s'éloignèrent dans la cuisine pour palabrer.

– Si nous pouvons libérer Gudrun et nous débarrasser de cette femme et de ses foutues filles, c'est bon, dit Baggish. Nous tenons l'homme et la vieille dame.

Chinanda n'était pas d'accord.

– Nous gardons les enfants. Comme ça la mère restera tranquille.

Il revint au téléphone et répéta le message d'Eva.

– Nous ne vous donnons que cinq minutes. Que ce type, Wilt, descende...

– Entièrement nu, dit Eva décidée à ce que Henry partage ses misères.

– Il doit descendre nu, répéta Chinanda, et les mains liées...

– Il ne peut lier ses propres mains, dit Flint terre à terre.

– Gudrun peut les attacher pour lui, répondit Chinanda. Voilà nos conditions.

Il reposa le téléphone et s'assit, bien fatigué tout en regardant Eva. Les Anglais étaient des gens bizarres. Avec des femmes de cette trempe, pourquoi avaient-ils abandonné leur Empire? Il sortit de sa rêverie. Mrs de Frackas, les jambes en coton, se remettait péniblement sur ses pieds.

286

– Asseyez-vous, lui cria-t-il, mais la vieille dame ne l'écouta pas.

D'un pas chancelant elle se dirigea vers l'évier.

– Si je lui tirais dessus? dit Baggish. Ils sauraient qu'on ne plaisante pas.

Les yeux injectés de sang, Mrs de Frackas le regarda en plissant les paupières.

– Jeune homme, dit-elle, avec la tête que j'ai, vous me rendriez le plus grand service. Surtout ne me manquez pas.

Et pour mieux souligner ce qu'elle venait de dire, elle lui tourna le dos et fourra son chignon sous le robinet d'eau froide.

21

La confusion n'épargnait pas le centre de communication. Flint, tout heureux, venait de transmettre le message à Wilt et se délectait de ses récriminations – ce dernier trouvait assez pénible de risquer la mort par balle, sans en plus se promener tout nu pour attraper une double pneumonie et puis comment diable allait-il attacher ses propres mains, il se le demandait. Le nouveau chef de la brigade antiterroriste vint les interrompre.

– Arrêtez tout, dit le commissaire à Flint. La brigade des dingues vient de nous communiquer le profil socio-politique de Wilt et ça n'a pas l'air fameux.

– Ce sera encore bien pire si ce con ne descend pas dans les trois minutes qui suivent, dit Flint, et putain de merde, je me demande bien ce qu'est un profil psycho-politique?

– Laissez tomber pour l'instant, faites patienter les terroristes du rez-de-chaussée.

Laissant Flint qui se sentait l'âme d'un contrôleur aérien aux prises avec deux pilotes fous engagés dans une course-collision, il repassa rapidement dans la salle de conférences.

– Bon, dit-il, j'ai donné l'ordre à tous les hommes armés de reculer pour diminuer la tension. Est-ce qu'on laisse descendre ce minus oui ou non?

Le Dr Felden n'éprouvait pas le moindre doute.

– Non, dit-il, d'après les données que nous avons collectées, je suis absolument sûr que Wilt est un psychopathe latent présentant des tendances homicides bien trop dangereuses pour le laisser agir en liberté...

– Je ne suis pas d'accord, dit le professeur Maerlis. La transcription des conversations avec la fille Schautz indique un degré d'engagement idéologique à l'anarchisme post-marcusien très sophistiqué. Je dirai même que...

– Nous n'avons pas le temps, professeur. En fait, il nous reste exactement deux minutes et tout ce que je veux savoir c'est si nous pouvons réaliser l'échange.

– Non, c'est hors de question, dit le psychiatre. Si nous ajoutons le sujet Wilt accompagné de Gudrun Schautz aux deux terroristes qui détiennent les enfants, le résultat sera explosif.

– Vous m'aidez beaucoup, dit le commissaire. Nous sommes assis sur un baril de poudre et... Oui, commandant?

– Je pense que si nous les avions tous les quatre au même endroit, nous pourrions faire d'une pierre deux coups, dit le commandant.

Le commissaire le regarda attentivement. Il s'était toujours demandé pourquoi on avait fait appel aux forces de sécurité. L'absence manifeste de logique du commandant le déroutait.

– Si vous voulez dire par là que nous pouvons égorger tout le monde à la fois, je ne vois pas pourquoi nous poursuivrions cet échange de personnes. Ça nous pouvons le faire. Le but de notre intervention est d'éviter toute mort. Je voudrais éviter un bain de sang et non pas le déclencher.

Mais, dans la maison voisine, les événements allaient plus vite que lui. Au lieu de faire patienter les terroristes, le message de Flint annonçant une petite difficulté technique avait déclenché une réponse immédiate : si Wilt ne descendait pas dans exactement une minute, il ne serait plus que le père de triplées. Mais c'est Eva qui força Wilt à agir.

– Henry Wilt, hurla-t-elle en direction de l'escalier, si tu ne descends pas immédiatement, je...

Flint, l'oreille collée au téléphone, entendit la voix tremblante de Wilt.

– Oui, oui, ma chérie, j'arrive tout de suite.

Il brancha l'écoute du téléphone de campagne et entendit Wilt se déshabiller maladroitement puis le bruit de ses pas légers dans l'escalier. Un instant plus tard, ils furent suivis par ceux, plus lourds, d'Eva qui montait. Flint passa dans la salle de conférences et annonça ce nouveau développement.

– Je croyais vous avoir dit... commença le commissaire, avant de s'asseoir pesamment. Eh bien, les balles ont changé de camp.

Les filles en étaient arrivées à une conclusion semblable, mais elles ne la formulaient pas de la même manière. Comme Wilt se déplaçait avec précaution du hall vers la cuisine, elles glapirent de joie.

– Le zizi de papa, la mimine à maman. Le pipi à maman lui descend sur ses jambes, le pipi à papa y lui gicle devant, se mirent-elles à psalmodier pour la plus grande stupéfaction des terroristes et le dégoût de Mrs de Frackas.

– C'est proprement révoltant, dit-elle, associant ainsi une critique de leur vocabulaire et un verdict sur Wilt.

Elle ne l'avait jamais apprécié habillé mais nu elle le détestait encore plus. Ce type était responsable de la bibine qui avait transformé son cerveau en une balle de ping-pong agitée au mixer, et le maudit breuvage avait aussi cautérisé son système urinaire. Et maintenant ce Wilt avait le toupet de présenter une vue frontale de l'organe diabolique qui avait contribué à apporter dans un monde déjà en proie à la douleur quatre des plus atroces petites filles qu'il lui avait été donné de rencontrer. De plus cet homme agissait avec un mépris total pour le savoir-vivre raffiné dont elle avait l'habitude. Mrs de Frackas abandonna toute prudence.

– Si vous vous imaginez un seul instant que je vais rester dans une maison avec un homme nu, vous vous trompez totalement, dit-elle, et elle se dirigea vers la porte de la cuisine.

– Restez où vous êtes, hurla Baggish, mais

Mrs de Frackas avait perdu le peu de crainte qui l'avait jamais habitée.

Elle poursuivit son chemin.

– Un pas de plus et je tire, hurla Baggish.

Mme de Frackas eut un ricanement de mépris et avança. Wilt aussi. Comme le canon de l'arme se levait, il se précipita avec les filles qui s'agrippaient à lui hors de la ligne de feu, et aussi hors de la cuisine. La porte de la cave était restée ouverte. Wilt et sa couvée s'y précipitèrent, rebondirent sur les marches, glissèrent sur le sol jonché de petits pois et finirent dans le tas de charbon.

Au-dessus de leur tête, il y eut un coup de feu, un bruit de chute massive et le fracas de la porte de la cave qui se referma lorsque Mrs de Frackas la heurta en tombant à terre.

Wilt n'attendit pas plus avant. Il n'avait aucune envie d'entendre d'autres coups de feu. Il grimpa de son mieux sur le tas de charbon et, s'aidant des épaules, souleva la plaque métallique qui fermait la trappe à charbon. Sous ses pieds les boulets glissèrent, mais le couvercle cédait et sa tête et ses épaules furent bientôt à l'air libre. Il rampa dehors et tira les quatre filles à lui avant de remettre en place la plaque métallique. Il hésita un instant. A sa droite, les fenêtres de la cuisine, à sa gauche la porte, au-delà les poubelles et, bien plus intéressant encore, le collecteur organique à compost d'Eva. Pour la première fois, Wilt regarda ce réceptacle avec reconnaissance. Peu importe ce qu'il contenait, ils pouvaient tous tenir dedans et il était, grâce à l'insistance des services d'hygiène, construit en « bois de remplacement » c'est-à-dire en ciment. Wilt ne prit que le temps de serrer les filles sous ses bras, se précipita vers la fosse et les y laissa tomber avant de se jeter lui-même dedans.

– Oh! papa, ce que c'est chouette! gloussa Joséphine, en levant un visage en grande partie couvert de tomate pourrie.

– Ferme-là, aboya Wilt en la repoussant un peu plus loin dans le bourbier.

Puis, se rendant compte qu'ils pouvaient être vus de la porte de la cuisine, il s'enfonça plus profondément avant dans les épluchures et balayures, au point qu'il fût bientôt impossible de savoir où commençaient Wilt et les enfants, et où finissait le compost.

– Qu'est-ce que c'est chaud! glapit l'infatigable Joséphine sous un assaisonnement de courgettes en décomposition.

– Ce sera encore plus brûlant si vous ne fermez pas vos gueules, dit Wilt qui regretta aussitôt d'avoir ouvert la sienne.

Sa bouche était en grande partie emplie de coquilles d'œuf et de ce qui avait dû être à l'intérieur d'un aspirateur et aurait bien dû y rester. Wilt cracha le mélange et ce faisant, il entendit un bruit de tir rapide quelque part dans la maison. Les terroristes tiraient au hasard dans l'obscurité de la cave. Wilt s'arrêta de cracher et se demanda ce qui diable allait arriver à Eva maintenant.

Inutile de s'en faire pour elle. Dans le studio, Eva s'affairait. Elle s'était déjà servi du verre brisé de la fenêtre pour se libérer les mains et les jambes. Puis elle était passée dans la cuisine. Quand Wilt l'avait croisée dans l'escalier, il lui avait murmuré quelque chose sur la garce de la salle de bains. Eva n'avait pas répondu. Elle réservait ses commentaires sur ses relations avec cette garce pour plus tard, quand les filles seraient en sûreté. Le meilleur moyen était d'amener Gudrun Schautz en bas et de faire ce que les terroristes voulaient. Mais au moment où elle essayait d'ouvrir la porte de la salle de bains, elle entendit les coups de feu dirigés contre Mrs de Frackas. A ce signal, toute la fureur qu'elle avait accumulée en elle se déchaîna. Si une de ses filles mourait assassinée, l'infâme créature qu'elle avait accueillie chez elle mourrait aussi. Et si Eva devait mourir, elle entraînerait dans sa mort autant de terroristes que possible. Debout devant la porte de la salle de bains, elle leva une jambe musclée. L'instant d'après, il y eut en bas une autre fusillade. La plante du pied d'Eva s'abattit sur la porte qui sortit de ses gonds, le bois du verrou se fendit. Elle frappa encore. La porte tomba et Eva Wilt l'enjamba. Dans un coin près du lavabo était tapie une femme aussi nue qu'Eva. C'était leur seul point commun. Le corps de Gudrun Schautz ne portait pas de traces de grossesse. Il était aussi lisse et artificiellement séduisant que les pages centrales d'une revue porno, mais son visage contredisait cette séduction. Ses yeux se détachaient, hagards, d'un masque de ter-reur et de folie, ses joues étaient couleur cendre, et sa bouche émettait les sons inarticulés d'un animal terrifié.

Mais Eva ne pouvait ressentir aucune pitié. Elle avança, lourde et implacable, et avec une rapidité surprenante ses mains vinrent agripper les cheveux de l'autre femme. Gudrun Schautz lutta quelques instants, mais Eva leva son genou. Suffoquant et pliée en deux, Gudrun fut tirée hors de la salle de

293

bains et jetée sur le sol de la cuisine. D'un genou posé entre ses omoplates, Eva la maintint plaquée au sol, et lui tordant les bras derrière elle, elle lui attacha les poignets avec le fil électrique et la bâillonna avec un torchon. Enfin, elle lui attacha les jambes avec une serviette déchirée.

Eva fit tout cela avec autant d'aisance que s'il s'agissait de trousser un poulet pour le déjeuner dominical. Un plan avait mûri dans son esprit, né du désespoir et du désir de tuer, et n'attendait que cet instant pour se dévoiler. Elle alla fourrager dans le placard sous l'évier et y trouva ce qu'elle cherchait, la corde de secours en cas d'incendie. Elle l'avait prévue quand l'appartement avait été installé. On pouvait la pendre à un crochet du balcon pour sauver des vies en cas de danger, mais Eva avait autre chose en tête. Et comme d'autres coups de feu se faisaient entendre au rez-de-chaussée, elle se mit rapidement à l'œuvre. Elle coupa la corde en deux et alla chercher une chaise à dossier droit qu'elle plaça dans le milieu de la chambre face à la porte. Puis elle tira le lit et le cala face à la chaise avant de retourner à la cuisine pour traîner sa prisonnière par les chevilles jusqu'au balcon. Une minute plus tard elle revenait avec les deux longueurs de corde. Elle les attacha au pied de la chaise puis elle les fit passer sur le crochet et, en laissant un bout de libre, elle passa l'autre sous les bras de la femme, l'entortilla autour de son corps et le noua. Puis elle enroula la seconde corde avec soin sur le plancher près de la chaise et avec un talent inattendu, fit un nœud coulant à l'autre extrémité et le glissa au cou de la terroriste.

C'est à ce moment que Gudrun Schautz, qui avait

infligé des terreurs mortelles à tant de gens innocents, en vint à connaître elle-même la panique.
Pendant quelques instants elle se tortilla comme un
ver sur le balcon, mais Eva était déjà de retour dans
la pièce et tirait sur la corde autour de sa poitrine.
Comme Eva tirait, Gudrun Schautz s'éleva comme
un pantin de caoutchouc. Puis elle décolla du sol et
fut au niveau de la balustrade. Eva attacha la corde
au lit, vint jusqu'au balcon et fit passer le corps
par-dessus la balustrade. Au-dessous, c'était la cour
et le néant. Enfin, elle enleva son bâillon et revint à
la chaise. Mais avant de s'asseoir elle ouvrit la porte
du palier et dénoua la corde du lit. La tenant à deux
mains, elle la laissa filer jusqu'à ce qu'elle soit
passée par-dessus la balustrade et qu'elle semble
raide. La tenant toujours fermement, elle repoussa le
lit de la chaise et s'assit sur cette dernière. Puis elle
laissa aller. On aurait pu croire un moment que la
chaise allait se soulever sous la tension mais le poids
d'Eva la maintint au sol. Si on la tuait, ou si elle se
levait, sa chaise traverserait la pièce comme une
flèche et la meurtrière qui se balançait sur cet
échafaudage de fortune tomberait et mourrait ainsi
par pendaison. A sa manière simple mais tout à fait
effrayante, Eva Wilt avait rétabli le terrible équilibre de la balance de la Justice.

Il en semblait tout autrement à ceux qui regardaient cette scène dans la salle de conférences. Sur
l'écran de télévision, Eva avait la dimension d'une
archétypale déesse de la Terre et ses actes avaient
une qualité symbolique qui dépassait la simple
réalité. Même le Dr Felden, qui avait une grande
expérience des maniaques homicides, fut épouvanté,

tandis que le professeur Maerlis, témoin pour la première fois des préparatifs horribles d'un bourreau femelle, murmura quelque chose à propos d'une bête monstrueuse bonne pour l'hospice des fous. Mais c'est le représentant de la Ligue des libertés individuelles qui réagit le plus violemment. Mr Symper n'en croyait pas ses yeux.

— Mon Dieu, croassa-t-il, mais elle va pendre cette pauvre fille. Elle est cinglée, il faut l'arrêter.

— Pourquoi ça, mon vieux? dit le commandant. Toujours été pour la peine capitale moi-même.

— Mais c'est illégal, couina Mr Symper, et il en appela à Mr Gosdyke, mais l'avocat avait fermé les yeux et envisageait de plaider les circonstances atténuantes.

Dans l'ensemble, il pensait que cela influencerait plus facilement un jury qu'un homicide justifié. La légitime défense était hors de question. Dans le fish-eye du téléphone de campagne, Eva occupait une place gigantesque tandis que Gudrun Schautz avait les proportions réduites d'un des soldats de plomb du général de division de Frackas. Comme à l'accoutumée le professeur Maerlis se réfugia dans la logique.

— Intéressante situation idéologique, fit-il. Je ne peux imaginer exemple plus limpide de polarisation sociale. D'un côté nous avons Mrs Wilt, et de l'autre...

— Un vert-de-gris bien décapé d'après ce que je vois, dit le commandant enthousiaste, lorsqu'Eva, ayant soulevé Gudrun Schautz, la fit passer par-dessus le balcon. J'ignore la distance correcte de chute pour une pendaison mais il me semblerait que quarante pieds soit un peu exagéré.

– Exagéré? couina Mr Symper. C'est positivement monstrueux et qui plus est je suis indigné de votre emploi du mot « vert-de-gris ». Je protesterai de manière très véhémente auprès des autorités concernées.

– Quel garçon bizarre! dit le commandant comme le secrétaire de la Ligue des défenses individuelles sortait précipitamment de la pièce. A l'entendre, on penserait que c'est Mrs Wilt la terroriste.

Ce fut plus ou moins l'attitude adoptée par l'inspecteur Flint.

– Écoutez mon vieux, dit-il à Symper affolé, faites bien toutes les putains de manifestations de protestation que vous voulez, mais ne venez pas me hurler dans les oreilles que cette bon Dieu de Mrs Wilt est une meurtrière. C'est vous qui l'avez amenée ici...

– Je ne savais pas qu'elle allait pendre des gens. Je refuse d'être impliqué dans une pendaison privée.

– Non, vous ne le serez même pas. Vous n'êtes qu'un accessoire. Les salauds du rez-de-chaussée ont dû descendre Wilt et les fillettes, d'après ce qu'on vient d'entendre. Ça vous convient comme perte de libertés individuelles?

– Mais ils ne l'auraient pas fait si vous leur aviez permis de partir. Ils...

Mais Flint avait eu sa dose. Il avait beau ne pas aimer Wilt, la pensée que ce bon apôtre hystérique blâmait la police pour avoir refusé de céder aux exigences d'un groupe d'étrangers sanguinaires en était trop pour lui. Il se leva et saisit Symper par les revers.

– D'accord, d'accord, si vous réagissez comme ça, je vous envoie dans la maison voisine persuader la veuve Wilt de descendre au rez-de-chaussée et de se faire tuer par...

– Je n'irai pas, bafouilla Mr Symper. Vous n'avez pas le droit de...

Flint resserra sa prise et le mena de force à reculons en direction de la porte d'entrée. Mr Gosdyke intervint à ce moment.

– Inspecteur, il faut agir immédiatement. Mrs Wilt est en train de faire sa propre justice!

– Tant mieux pour elle, dit Flint. Cet enfoiré vient de se porter volontaire pour servir d'émissaire auprès de nos combattants de la liberté si amicaux...

– Ce n'est pas vrai du tout, couina Mr Symper. Mr Gosdyke, je vous demande instamment de...

L'avocat l'ignora.

– Inspecteur Flint, si vous pouvez me promettre que ma cliente ne sera pas tenue responsable, qu'elle ne sera ni interrogée, incarcérée, accusée, ni en détention préventive, ni en aucune manière poursuivie pour ce qu'elle est en train de préparer...

Flint relâcha l'inénarrable Mr Symper. Des années de salles d'audience lui avaient appris quand il était en train de perdre. Il suivit Mr Gosdyke dans la salle de conférences et étudia le postérieur surprenant d'Eva Wilt avec stupéfaction. La remarque de Gosdyke, selon laquelle elle rendait sa propre justice, semblait totalement inadaptée, en fait elle faisait une chose inouïe. Flint regarda le Dr Felden.

– Mrs Wilt est manifestement dans un état mental très perturbé. Nous devons tenter de la rassurer. Vous pourriez utiliser le téléphone...

– Non, dit le professeur Maerlis. Mrs Wilt a peut-être, vue sous cet angle, les proportions d'un gorille, mais même ainsi je ne pense pas qu'elle puisse atteindre le téléphone sans se lever.

– Et alors, la belle affaire? demanda le commandant agressif. Cette salope de Schautz n'a que ce qu'elle mérite.

– Certainement, mais nous ne voulons pas en faire une martyre. Elle est déjà auréolée d'un charisme politique tout à fait considérable...

– Et merde à son charisme, dit Flint, elle vient à l'instant de causer la mort de cinq innocents chez les Wilt, nous pourrons toujours jurer qu'elle est morte de mort accidentelle.

Le professeur le regarda, l'air sceptique.

– Vous pouvez essayer je pense, mais vous aurez du mal à persuader les médias qu'une femme suspendue à un balcon au bout de deux cordes, dont l'une était habilement nouée autour de son cou, et qui a par la suite été décapitée et/ou pendue, est morte de manière on ne peut plus accidentelle. C'est bien sûr à vous de décider, mais...

– D'accord, mais bon Dieu, que suggérez-vous?

– Fermez les yeux, mon vieux, après tout la réaction de Mrs Wilt est très humaine...

– Ah vraiment? marmonna le Dr Felden. Pour un cas plus flagrant d'anthropomorphisme...

– Il va bien falloir qu'elle écoute la voix de la nature d'ici peu.

– La voix de la nature! cria Flint. Mais c'est déjà fait, elle reste accroupie là comme une foutue éléphante de cirque...

– Pisser, mon vieux, faut bien pisser, eh oui! poursuivit le commandant. Il va bien falloir qu'elle se lève pour se soulager d'ici peu.

– Pourvu que ce soit le plus tard possible, dit le psychiatre. Rien que de penser à cette forme terrifiante se levant de sa chaise, bouh! quelle horreur!

– Je suis sûr qu'elle a une vessie de la taille d'un ballon captif, dit Flint. Elle doit plutôt avoir froid aux fesses, nue comme elle est, et il n'y a rien de tel que le froid pour vous faire pisser.

– Dans ce cas, c'est rideau pour la Schautz, dit le commandant. Cela nous tirera d'affaires... Quoi?

– Il y a des manières plus élégantes de le dire, dit le professeur, et le problème du martyre évident de Fräulein Schautz reste le même.

Flint les laissa discuter et sortit à la recherche du commissaire. Comme il passait dans le centre de communication, il fut arrêté par le sergent. Une série de petits cris aigus et des bruits de succion provenaient de l'un des systèmes d'écoute.

– Ça vient de celui qui est orienté vers les fenêtres de la cuisine, expliqua le sergent.

– De la fenêtre de la cuisine, répéta Flint incrédule. On dirait plutôt un ballet de souris qui font des claquettes dans une fosse septique. Bon Dieu, qu'est-ce que c'est que ces petits cris?

– Des enfants, dit le sergent. Je sais c'est peu vraisemblable, mais je n'ai encore jamais entendu de ma vie une souris dire à une autre de fermer sa putain de gueule. Et ça ne vient pas de l'intérieur de la maison. Les deux métèques se sont plaints qu'ils n'avaient plus d'otages sur qui tirer. A mon avis...

Mais Flint était déjà parti et se frayait un chemin parmi les détritus de la serre, à la recherche du commissaire. Il le trouva étendu sur l'herbe près du pavillon du jardin des Wilt, en train d'étudier l'anatomie de Gudrun Schautz à la jumelle.

— C'est fou ce que peuvent faire ces cinglés pour attirer l'attention sur eux, dit-il en guise d'explication. Heureusement que nous avons tenu les caméras de télévision à l'écart.

— L'idée n'est pas d'elle, dit Flint. C'est l'affaire de Mrs Wilt et nous avons une chance de coincer les deux salopards du rez-de-chaussée, ils sont à court d'otages pour l'instant.

— Ah bon? dit le commissaire et c'est à regret qu'il transféra son attention sur les fenêtres de la cuisine.

Un instant plus tard, il mettait ses jumelles au point sur la fosse à compost.

— Nom de Dieu, murmura-t-il, j'ai déjà entendu parler de fermentation active mais... Jetez donc un coup d'œil à cette fosse près de la porte de la cuisine.

Flint prit les jumelles et regarda. Avec le grossissement, il comprenait ce que le commissaire voulait dire lorsqu'il parlait de fermentation active. Le compost était vivant. Il bougeait, il se soulevait, des fanes de haricots montaient et descendaient, tandis qu'une betterave émergeant subitement de ces dépôts disparut tout aussi rapidement. Enfin, et ce qui fut le plus déconcertant, une chose qui ressemblait à une citrouille de Halloween, avec un fatras de cheveux à son sommet, lui jeta un coup d'œil par-dessus le bord de la fosse.

Flint ferma les yeux, les rouvrit et se trouva en

train de contempler un visage très familier par-delà un masque de végétaux en décomposition.

22

Cinq minutes plus tard, Wilt était hissé sans ménagements du tas de compost, tandis qu'une douzaine de policiers en armes pointaient leurs fusils en direction de la porte et des fenêtres de la cuisine.

– Bang, bang, t'es mort! cria Joséphine comme on la sortait de ce bourbier.

Un agent l'emporta comme un paquet au travers de la haie et revint chercher Pénélope. A l'intérieur, les terroristes ne bronchaient pas. Flint les retenait au téléphone.

– Les marchandages, c'est fini, était-il en train de dire, comme on faisait entrer la famille Wilt dans la serre. Ou bien vous sortez, les mains en l'air et sans arme, ou bien nous entrons en tirant et après les dix premières balles vous ne saurez même pas ce qui vous frappe... Nom de Dieu, quelle est cette puanteur?

– Elle dit qu'elle s'appelle Samantha, dit le sergent qui transportait l'enfant fétide.

– Embarquez-moi ça et désinfectez cette foutue bestiole, dit Flint en cherchant précipitamment son mouchoir.

– Je ne veux pas être désinfectée! hurla violemment Samantha.

302

Flint tourna un regard fatigué vers le groupe et un instant il eut le sentiment cauchemardesque de contempler quelque chose dans un état avancé de décomposition. Mais la vision s'effaça. Il voyait maintenant que ce n'était que Wilt encroûté de compost.

— Eh bien, voyez-vous ça! Mais c'est le Casanova du compost lui-même, notre Jacques et son haricot magique. J'ai déjà vu des spectacles plus répugnants mais alors là...

— Charmant, dit Wilt. Compte tenu de ce que je viens de subir, je me passerais de vos plaisanteries sur la *nostalgie de la boue* [1]. Où en est Eva? Elle est encore à l'intérieur et si vous commencez à tirer...

— La ferme, Wilt, dit Flint en se remettant pesamment debout. Pour votre gouverne, sans l'enthousiasme de Mrs Wilt à pendre les gens, il y a une heure que nous serions déjà à la maison.

— Son enthousiasme pour *quoi*?

— Que quelqu'un lui donne une couverture, dit Flint. Ce que je viens de voir de ce légume humain me durera bien pour toute ma vie.

Il passa dans la salle de conférences suivi de Wilt couvert plutôt chichement d'un des châles de Mrs de Frackas.

— Messieurs, j'aimerais vous présenter Mr Henry Wilt, dit-il à l'équipe de combat psychologique sidérée, ou devrais-je dire le camarade Wilt?

Wilt n'entendit pas la plaisanterie. Il regardait fixement l'écran de télévision.

— C'est Eva, dit-il, figé sur place.

— Eh bien, oui, mais il faut savoir, j'imagine, dit

1. En français dans le texte. *(N.d.T.)*

Flint, et à l'extrémité de toutes ces cordes se trouve votre camarade de jeux, Gudrun Schautz. A l'instant même où votre petite femme se lèvera de sa chaise, vous aurez pour épouse le premier bourreau ou bourrelle britannique. Moi, ça m'est bien égal. Je suis absolument en faveur de la peine capitale et du M.L.F. Malheureusement ces messieurs ne partagent pas mes préjugés et la pendaison domestique est illégale, aussi, si vous ne voulez pas voir Mrs Wilt accusée d'homicide volontaire, vous feriez bien d'inventer rapidement quelque chose.

Mais Wilt consterné continuait de fixer l'écran. Son Nouveau Terrorisme à lui était de la gnognote comparé à celui d'Eva. Elle restait assise là, calmement, à attendre qu'on la tue, et elle avait inventé une parade épouvantable.

— On ne peut pas l'appeler au téléphone? demanda-t-il pour finir.

— Sers-toi donc de tes méninges. A la seconde même où elle se lève...

— Pigé, dit Wilt immédiatement. Et j'imagine qu'on ne peut mettre un filet ou un autre truc du même genre sous Fräulein Schautz. Je veux dire...

Flint eut un rire mauvais.

— Oh! c'est *Fräulein* Schautz maintenant, je vois! Quelle modestie. Quand je pense qu'il y a quelques heures à peine, vous étiez en train de vous envoyer la donzelle, je dois dire que je trouve...

— Contraint et forcé, dit Wilt. Vous ne vous imaginez quand même pas que j'ai l'habitude de sauter dans le lit des meurtrières, non?

— Wilt, dit Flint, je me contrefous de la manière dont vous occupez vos loisirs. Du moins tant que vous restez dans le cadre de la loi. Mais vous remplissez votre maison de terroristes et vous leur enseignez la théorie du massacre des foules.

— Mais c'était pour...

— Ne discutez pas. Nous avons enregistré tout ce que vous avez dit. Nous avons établi votre...

— Profil, souffla le Dr Felden qui étudiait Wilt plutôt que de regarder Eva sur l'écran.

— Merci, docteur, le profil psychologique de vos...

— Le profil psycho-politique, dit le professeur Maerlis. J'aimerais savoir où Mr Wilt a acquis des connaissances aussi étendues sur la théorie du terrorisme.

Wilt gratta une épluchure de carotte qu'il avait dans l'oreille et soupira. C'était toujours la même chose. Personne ne le comprenait ni ne le comprendrait jamais. Il était d'une incompréhensibilité infinie et le monde était plein d'idiots, lui compris. Dire que pendant tout ce temps Eva courait le danger de tuer et d'être tuée. D'un air las il se remit debout.

— Bon, si c'est ce que vous voulez, je vais retourner dans cette maison dire à ces cinglés que...

— Mon cul, oui, dit Flint. Vous ne décollez pas d'ici et vous trouvez une solution au merdier dans lequel vous nous avez fourrés.

Wilt se rassit. Il ne voyait rien qui puisse les sortir de cette impasse. Le hasard régnait en maître et seul le chaos pouvait déterminer le sort de l'homme.

Comme pour confirmer cette opinion, le bruit d'un grondement sourd leur parvint de la maison voisine, suivi d'une violente explosion et d'un fracas de verre brisé.

— Nom de Dieu, ces salauds viennent de se faire

kamikaze, cria Flint comme plusieurs soldats de plomb vacillaient sur la table de ping-pong.

Il se précipita avec le reste de l'équipe de combat psychologique dans le centre de communications, seul Wilt resta en arrière les yeux fixés sur l'écran de télévision. Un instant Eva avait semblé se lever de sa chaise, mais elle s'était restabilisée et y semblait plus impassible que jamais. Dans l'autre pièce on entendait le sergent crier à Flint sa propre version du désastre.

– Je ne sais pas ce qui s'est passé. La seconde d'avant, ils étaient en train de discuter pour se rendre, et ils affirmaient que nous utilisions des gaz toxiques et voilà que tout explose. Je ne pense pas qu'ils connaissent la cause de l'explosion.

Mais Wilt la connaissait, lui. Tout joyeux et souriant il se leva et entra dans la serre.

– Si vous voulez bien me suivre, je peux tout vous expliquer, dit-il à Flint et aux autres.

– Une minute, Wilt, dit Flint, mettons une bonne fois pour toutes les choses au point. Vous voulez dire que vous êtes responsable de cette explosion?

– Incidemment seulement, dit Wilt avec l'assurance géniale de l'homme qui sait qu'il ne dit que la stricte vérité, incidemment seulement. Je ne sais pas si vous avez la moindre idée du fonctionnement des cabinets organiques mais...

– Oh merde! dit Flint.

– Eh bien, c'est exactement ça, inspecteur. La merde est anaérobiquement transformée dans les cabinets organiques, ou pour utiliser le terme propre, dans les « Nouveaux Cabinets », en méthane, gaz qui s'enflamme avec la plus grande facilité au contact de l'air. Eva a tout fait pour avoir une maison on ne peut plus autonome. Son rêve est de cuisiner grâce au mouvement perpétuel, enfin au pluriel. La cuisinière est reliée aux cabinets organiques et ce qui rentre d'un côté doit ressortir de l'autre et vice versa. Prenez le cas d'un œuf dur par exemple...

Flint incrédule le dévisageait.

– Des œufs durs? cria-t-il. Vous voulez vraiment dire que les œufs durs... pas question. Non, non, et non. Nous n'avons pas oublié votre histoire de pâté [1] de porc. Cette fois vous ne m'aurez pas. Je veux connaître le fond de cette histoire.

– Sur le plan anatomique..., commença Wilt, mais Flint était déjà en train de traverser la serre en pataugeant en direction du jardin.

Un simple coup d'œil par-dessus la barrière le convainquit que Wilt avait raison. Les quelques fenêtres qui subsistaient au rez-de-chaussée étaient éclaboussées de résidus de papier jaune et d'autre chose. Mais c'était la puanteur qui était on ne peut plus convaincante. L'inspecteur chercha précipitamment son mouchoir. Deux silhouettes extraordinaires sortaient en titubant par les fenêtres pulvérisées du patio. Il était très difficile de reconnaître les terroristes. Chinanda et Baggish avaient subi tout l'impact de l'explosion des cabinets organiques et faisaient les exemples frappants de la justesse de leur propre idéologie.

– Des tas de merde habillés de merde, murmura le professeur Maerlis, étudiant horrifié les excréments humains qui s'avançaient en titubant sur la pelouse.

– Ne bougez plus! cria le chef de la brigade

1. Cf. *Wilt I. (N.d.T.)*

antiterroriste comme ses hommes braquaient leurs armes vers eux. Vous êtes cernés.

— Ce n'est pas une injonction absolument nécessaire à mon avis, dit le Dr Felden. J'ai déjà entendu parler de cerveaux détraqués par des absurdités, mais je n'avais pas encore envisagé le potentiel de déstabilisation de l'épandage.

Mais les deux terroristes ne se souciaient plus guère de la destruction du fascisme pseudo-démocratique. Ils ne souciaient plus que d'eux-mêmes. Ils se roulèrent sur le sol pour tenter de se débarrasser des excréments tandis qu'au-dessus d'eux Gudrun Schautz les regardait, un sourire idiot aux lèvres.

Tandis que Chinanda et Baggish étaient tirés à contrecœur par des policiers, Wilt pénétra dans la maison. Il traversa la cuisine dévastée, enjamba le corps de Mrs de Frackas et monta l'escalier. Sur le palier, il hésita.

— Eva, appela-t-il, c'est moi, Henry. Tout va bien. Les enfants sont en sécurité. Les terroristes sont arrêtés. Surtout ne te lève pas de cette chaise, je monte.

— Je t'avertis que si c'est un putain de piège, je ne serai pas responsable de ce qui se passera, cria Eva.

Wilt tout heureux sourit. C'était bien de cette bonne vieille Eva de parler au mépris de toute logique. Il arriva en haut et se tint sur le pas de la porte, la regardant les yeux pleins d'admiration, Elle n'avait plus rien de stupide maintenant. Assise nue et sans aucune honte, elle était dotée d'un pouvoir qu'il ne posséderait jamais.

— Chérie, dit-il sans réfléchir, avant de s'interrompre brutalement.

Eva le dévisageait, l'air complètement écœuré.

– Je n'ai pas besoin de tes « chérie », Henry Wilt, dit-elle. Et où t'es-tu fourré pour être dans un état pareil?

Wilt abaissa les yeux sur sa poitrine. A y regarder de près, il était dans un état répugnant. Une branche de céleri pointait de manière assez ambiguë sous le châle de Mrs de Frackas.

– Eh bien, j'étais dans la citerne de compost avec les enfants...

– Avec les enfants? cria Eva furieuse, dans le tas de compost?

Et avant que Wilt ait pu fournir une explication, elle se leva de la chaise. Comme celle-ci traversait la pièce comme une flèche, Wilt se précipita sur la corde, s'y cramponna, fut projeté contre le mur et enfin réussit à se coincer derrière une armoire.

– Pour l'amour du ciel, aide-moi à la remonter, cria-t-il, tu ne peux pas laisser cette garce pendouiller tout ce temps.

Eva mit les mains sur ses hanches.

– Ça, c'est ton problème. Je ne touche pas à un seul de ses cheveux, c'est toi qui tiens la corde.

– Avec le plus grand mal. Et j'imagine que tu vas me répondre que si je t'aime réellement je dois tout lâcher. Eh bien, permets-moi de te dire que...

– Ménage ta salive, cria Eva. Je t'ai entendu au lit avec elle. Ça alors elle était un peu raide.

– Raide? hurla Wilt. Je n'ai pu l'avoir raide qu'en imaginant que c'était toi. Je sais bien que ça n'a pas l'air raisonnable, mais...

– Henry Wilt, si tu t'imagines que je vais rester là à te laisser m'insulter...

– Je ne t'insulte pas. Je te fais le plus grand

putain de compliment que tu aies jamais reçu. Sans toi, bordel de merde, je ne sais pas ce que j'aurais fait. Et maintenant pour l'amour du ciel...

— Je sais ce que tu as fait sans moi, cria Eva. Tu as fait l'amour avec cette horrible femme...

— L'amour? hurla Wilt. C'était la guerre, pas l'amour! Cette garce m'a bouffé le trognon comme une bernique affamée de sexe et...

Mais c'était trop tard pour des explications. L'armoire glissait et l'instant d'après, Wilt, toujours agrippé à la corde, s'éleva lentement dans l'air en direction du crochet du balcon. Puis vint la chaise, et bientôt, il se retrouva recroquevillé contre le plafond, la tête dans un angle bizarre. Eva le regardait, l'air hésitant, mais elle ne pouvait pas le laisser dans cette position. Maintenant que les filles étaient en sécurité il était inutile de pendre l'Allemande.

Eva saisit les jambes de Wilt et commença à tirer. Dans le jardin, les policiers avaient atteint Gudrun Schautz et coupaient les cordes pour la faire descendre. Quand la corde céda, Wilt tomba de son perchoir et se trouva emmêlé dans la chaise brisée.

— Oh! mon pauvre chéri! dit Eva, sa voix prenant subitement un ton nouveau et, aux oreilles de Wilt, vraiment dangereux, de sollicitude.

C'était bien de cette putain de femme de faire de lui un infirme ou presque, et puis d'avoir des remords de conscience. Comme elle le prenait dans ses bras, Wilt gémit et décida qu'il était grand temps de jeter le gant – diplomatiquement s'entend. Il s'évanouit.

Dans le jardin en dessous, Gudrun Schautz était elle aussi inconsciente. Quasiment étranglée, elle avait été soutenue dans sa descente, et en ce moment le chef de la brigade antiterroriste lui-même s'activait à lui faire un bouche à bouche un peu plus passionné que ne le demandaient les circonstances. Flint s'écarta de cet accouplement contre nature et pénétra dans la maison avec prudence. Un trou dans le plancher de la cuisine témoignait de la force destructrice des cabinets organiques.

— Ils sont complètement nazes, murmura-t-il derrière son mouchoir et il dérapa dans le hall avant d'escalader l'escalier en direction du grenier.

Là-haut, la scène qui s'offrit à ses yeux le confirma dans son opinion. Les Wilt se tenaient enlacés. Flint frissonna. Il n'arriverait jamais à comprendre l'attrait mutuel de ces deux créatures diaboliques. A y bien réfléchir, il préférait rester dans l'ignorance. Mieux valait ne pas sonder certains mystères. Il revint vers son monde à lui, plus ordonné et où l'on ne rencontrait pas de ces ambiguïtés redoutables. Il fut accueilli sur le palier par les filles. Elles portaient des vêtements trouvés dans une commode de Mrs de Frackas et des chapeaux qui avaient été à la mode avant la Première Guerre mondiale. Comme elles tentaient de le contourner en courant, Flint les arrêta.

— Je ne pense pas que votre papa et votre maman aient besoin de vous, dit-il, pensant sans l'ombre d'un doute que des enfants bien élevés ne devaient pas voir leurs parents nus en train de faire l'amour.

Mais les demoiselles Wilt n'avaient jamais été bien élevées.

– Qu'est-ce qu'ils font? demanda Samantha.

Flint déglutit avec difficulté.

– Ils sont... heu... comme de jeunes fiancés.

– Oh! alors, ils ne sont pas mariés? demanda toute joyeuse Samantha en ajustant son boa.

– Ce n'est pas ce que j'ai dit... commença Flint.

– Alors on est des bâtardes, couina Joséphine. Le papa de Michael dit que quand les papas et les mamans ne sont pas mariés, leurs enfants s'appellent des bâtards.

Flint dévisagea cette enfant atrocement précoce.

– Ça tu peux le dire, murmura-t-il et il descendit.

Au-dessus de sa tête, il entendait les filles scander les papas au zizi les mamans au mimi... Flint se précipita hors de portée d'oreille et trouva un véritable soulagement dans la puanteur de la cuisine. Deux ambulanciers transportaient Mrs de Frackas sur une civière hors de la maison. Par miracle elle était encore en vie.

– La balle s'est logée dans son corset, dit l'un des ambulanciers. Vieux singe coriace. On n'en fait plus des comme ça.

Mrs de Frackas ouvrit un petit œil noir en bouton de bottine.

– Les enfants sont toujours vivantes? demandat-elle faiblement.

Flint opina de la tête.

– Tout va bien. Elles n'ont pas une égratignure. Ne vous faites pas de souci pour elles.

– Pour elles, gémit Mrs de Frackas. Vous n'allez quand même pas imaginer que je me fais du souci pour elles. C'est la perspective de rester la voisine de ces petits monstres qui...

Mais exprimer toute son horreur dépassait ses

312

forces et elle retomba sur son oreiller. Flint la suivit dehors jusqu'à l'ambulance.

— Retirez-moi ce goutte-à-goutte, quémanda-t-elle comme ils la mettaient dans la voiture.

— Pas possible, ma petite mère, dit l'ambulancier, c'est contre les règlements syndicaux.

Il ferma les portes et se tourna vers Flint.

— Elle est sous le choc, pauvre vieille chose. Ça leur fait ça quelquefois. Comprends pas ce qu'elle veut dire.

Mais Flint le savait lui, et comme l'ambulance s'éloignait, il se sentait de tout cœur avec cette vieille dame courageuse. Il envisageait lui aussi de demander une mutation.

23

Au Tech le trimestre touchait à sa fin. Wilt traversa à pied le terrain communal. La gelée blanche couvrait l'herbe, les canards se dandinaient près de la rivière et le soleil brillait à travers un ciel sans nuage. Aucune réunion de comité ne l'attendait et il n'avait pas de cours à donner. La seule ombre au tableau était que le principal risquait de féliciter la famille Wilt de s'être si remarquablement tirée d'une situation dangereuse. Pour y échapper, Wilt avait déjà fait savoir à son adjoint qu'une hypocrisie aussi flagrante serait du plus mauvais goût. Si le principal voulait exprimer ses véritables sentiments, il lui faudrait admettre qu'il souhaitait ardemment la réussite des terroristes.

Le Dr Mayfield partageait certainement, lui aussi, cette opinion. Les services spéciaux avaient passé au peigne fin les étudiants du cours supérieur pour étrangers, et la brigade antiterroriste avait gardé deux Irakiens. Les cours donnés avaient été passés au crible et le professeur Maerlis, aidé avec talent par le Dr Board, avait rédigé un rapport condamnant les séminaires sur les «Théories contemporaines de révolution et de changements sociaux», comme expressément subversifs et incitant à la violence. Board avait aussi contribué à disculper Wilt.

— Compte tenu des activistes qui sont légion dans son département, il est tout à fait surprenant que Wilt ne soit pas devenu un fasciste convaincu. Prenez le cas de Bilger... avait-il dit à l'officier des services spéciaux chargé de l'enquête.

L'officier avait étudié le cas de Bilger. Il avait aussi visionné le film et ce, avec la plus grande stupéfaction.

— Si c'est ce genre de monstruosité que vous encouragez chez vos professeurs, cornecul, je ne suis pas surpris que notre pays soit dans l'état où il se trouve, dit-il au principal qui avait aussitôt jeté le blâme sur Wilt.

— J'ai toujours considéré ce truc comme une véritable honte, dit Wilt, et si vous regardez le compte rendu de la réunion du Comité vous verrez que j'avais voulu porter cette affaire devant le public. Je pense que les parents ont le droit d'être informés, quand leurs enfants sont manipulés sur le plan politique.

314

Le compte rendu avait prouvé la véracité de ses dires. Wilt avait été blanchi. Officiellement du moins.

Car sur le plan privé les doutes persistaient. Eva s'était mise dans la tête de le réveiller aux petites heures du matin pour qu'il lui prouve son amour.

– Bien sûr que je t'aime, putain de merde, grognait Wilt. Combien de fois faut-il que je te le répète?

– Un petit câlin vaut mieux qu'un long discours, répliquait Eva en se blottissant contre lui.

– Oh! d'accord! disait Wilt.

L'exercice lui était bénéfique. C'était donc un Wilt en meilleure santé, et aminci, qui marchait d'un pas vif vers le Tech, et la pensée qu'il empruntait ce chemin pour la dernière fois lui donnait de l'entrain.

Ils quittaient définitivement Willington Road. Le camion de déménagement était déjà là quand il était parti. Cet après-midi, sa maison se situerait au 45 Oakhurst Avenue. C'était Eva qui avait choisi la nouvelle maison. Socialement parlant, elle n'avait pas le standing de Willington Road, mais les grandes maisons, ça ne gazait plus pour elle – selon ses propres termes. Wilt critiquait sa formulation mais était d'accord sur le fond. Le côté prétentieux du voisinage lui avait toujours déplu et Oakhurst Avenue était délicieusement anonyme.

– Nous serons au moins à l'écart des intellos universitaires et des vestiges de l'Empire, dit-il à Peter Braintree en s'installant au bar du *Cochon qui Sommeille*, après le laïus d'encouragement du principal. (Ce dernier n'avait pas fait allusion aux malheurs de Wilt, et les deux amis fêtaient les événements.) Et il y a un petit bar tranquille juste au coin de la rue, comme ça je n'aurai plus besoin de me concocter mon tord-boyaux.

– Dieu merci, mais est-ce qu'Eva ne va pas regretter son tas de compost et tout le reste?

Wilt, tout joyeux, buvait sa bière.

– Les retombées éducatives des fosses septiques explosives sont incroyables mais vraies, dit-il. Peut-être que la nôtre n'a pas révélé les défauts de base d'une Nouvelle Société, mais elle a certainement réduit en miettes les conceptions d'Eva. J'ai remarqué qu'elle n'achète plus que du papier toilette aseptisé et je ne serais pas surpris d'apprendre qu'elle fait son thé avec de l'eau distillée.

– Mais il va bien falloir qu'elle trouve quelque chose pour occuper son énergie?

Wilt opina.

– Elle a déjà trouvé, ce sera les filles. Elle est absolument décidée à les éduquer pour qu'elles ne deviennent pas des Gudrun Schautz. C'est une bataille perdue d'avance à mon avis, mais j'ai au moins réussi à ce qu'elle ne les envoie pas au couvent. C'est fou ce que leur langage a pu s'améliorer ces derniers temps. L'un dans l'autre, j'ai l'impression qu'à partir de maintenant la vie va être beaucoup plus paisible.

Mais comme la plupart des prédictions de Wilt, celle-ci était prématurée. Après avoir passé une heure à ranger son bureau, il remonta d'un pas nonchalant Oakhurst Avenue, mais lorsqu'il arriva dans sa nouvelle maison, il n'y avait pas trace d'Eva, ni des filles, ni du camion de déménagement. Il attendit une petite heure, puis téléphona d'une cabine.

A l'autre bout de la ligne, Eva était dans tous ses états.

— Je n'y suis pour rien, cria-t-elle, il a fallu que les déménageurs déchargent leur camion.

— Le déchargent? Pourquoi diable?

— Parce que Joséphine s'était cachée dans l'armoire et qu'ils l'avaient chargée la première, tout au fond. Voilà.

— Mais ce n'était pas la peine de tout décharger pour ça, dit Wilt. Elle n'allait pas périr asphyxiée et puis cela lui aurait servi de leçon.

— Oui, mais il y avait aussi le chat de Mrs de Frackas, le caniche des Ball et les quatre lapins de Jennifer Willis...

— Les quoi? dit Wilt.

— Elle jouait aux otages, cria Eva et...

Mais le temps de parole était écoulé. Wilt ne prit pas la peine de remettre une autre pièce dans l'appareil. Il repartit en flânant tout en se demandant pourquoi les événements quotidiens se transformaient toujours chez eux en mini-catastrophes. Il n'arrivait pas à imaginer ce que Joséphine pouvait ressentir dans son armoire. Pour un traumatisme... Enfin rien ne valait l'expérience. Comme il se dirigeait vers le bar de Oakhurst Avenue, Wilt se sentit soudain plein de pitié pour ses nouveaux voisins. Ils n'avaient pas encore idée de ce qui les attendait.

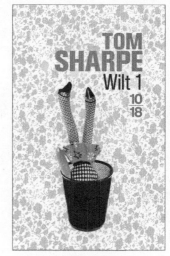

n° 1912 – 7,50 euros

Henry Wilt est à bout. La quarantaine passée, chaque jour lui rappelle sa médiocrité. Une carrière au point mort, des étudiants dégénérés, et Eva sa femme, qui ne rate jamais une occasion de le rabaisser. Certain que le monde lui refuse depuis longtemps une gloire bien méritée, Henry décide d'agir et de supprimer celle qui a fait de sa vie un véritable enfer.

« Tom Sharpe est un moraliste violemment drôle, salubrement grossier et épatamment tonique, dont la charge bouffonne a le pouvoir de dessillement réservé aux grands caricaturistes. »
Évelyne Pieiller - *La Quinzaine littéraire*

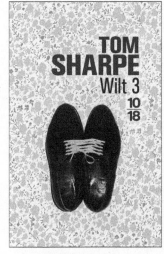

n° 2524 – 8, 60 euros

Se retrouver doublement soupçonné d'être un criminel et un espion soviétique, c'est beaucoup pour un seul homme. Mais Wilt, antihéros moderne de l'Angleterre, réussit toujours à se fourrer dans des situations imparables. Avec la police et la base américaine voisine à ses trousses, il lui faut vite se tirer d'affaire avant que les choses ne tournent (encore) au carnage.

Héritier moderne de Wodehouse et de Waugh, l'ébouriffant Tom Sharpe manie l'humour au coupe-coupe.

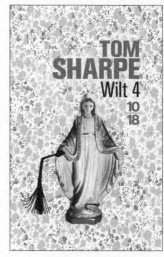

n° 3950 – 7, 90 euros

Pour échapper à l'effrayante perspective des vacances familiales, Wilt n'hésite pas à s'inventer un cours de théorie marxiste. De quoi partir seul en Angleterre et se lancer à l'aventure loin de toute contrainte, pendant que les quadruplées sèment la terreur à l'autre bout du monde… Sauf que Wilt a le chic pour se trouver au mauvais endroit au mauvais moment !

« *Wilt 4* est un cocktail explosif d'humour british, tendance Monty Python plutôt que Wodehouse. Point de demi-teinte ou d'allusions subtiles, mais un comique d'accumulations, une avalanche de cocasseries volontiers scabreuses et politiquement incorrectes. » **Les Echos**